10
18

12, AVENUE D'ITALIE. PARIS XIIIe

Sur l'auteur

Considéré comme l'un des plus grands auteurs britanniques, Graham Greene est né le 2 octobre 1904 à Berkhamsted en Angleterre. Après des études au Balliol College d'Oxford, il travaille pendant quatre ans comme rédacteur adjoint au *Times*. En 1929 paraît son premier roman. *L'Homme et lui-même* bientôt suivi par *Orient-Express* (1932), *C'est un champ de bataille* (1934), *Mère Angleterre* (1935). Il fait la guerre comme agent de renseignements en Sierra Leone. Ses nombreux déplacements vont nourrir son œuvre : *Le Fond du problème* (1948), *Un Américain bien tranquille* (1955), *Notre agent à La Havane* (1958). Romancier, nouvelliste, homme de théâtre, essayiste, engagé sur le plan politique et religieux, Greene a aussi travaillé pour le cinéma, adaptant ses œuvres à l'écran, écrivant des scénarios, dont ce grand classique du film noir, *Le Troisième Homme* (1949). Décoré de l'ordre du Mérite anglais et nommé *Companion of Honour*, Graham Greene est mort en Suisse en avril 1991.

GRAHAM GREENE

NOTRE AGENT
À LA HAVANE

Traduit de l'anglais
par Marcelle Sibon

« *Domaine étranger* »
dirigé par Jean-Claude Zylberstein

ROBERT LAFFONT

© Graham Greene et Éditions Robert Laffont, 1965
ISBN 2-264-02198-5

Dans un conte de fées comme celui-ci, qui se situe dans un avenir indéterminé, il semble superflu de nier que mes personnages aient quelque rapport avec des personnes vivantes. J'aimerais toutefois préciser que pas un seul de ces personnages n'est le portrait d'une personne réelle, qu'il n'existe pas actuellement à Cuba d'officier de police comparable au capitaine Segura et certainement pas d'ambassadeur de Grande-Bretagne du type de celui que j'ai dépeint. Je ne crois pas non plus que le chef des Services secrets du gouvernement ait la moindre ressemblance avec mon personnage mythique.

G.G.

Introduction

Peu après la fin de la guerre, mon ami Cavalcanti me demanda d'écrire un film pour lui. J'eus l'idée d'écrire une comédie d'espionnage fondée sur ce que mon travail m'avait appris en 1943-1944, à mon retour d'Afrique occidentale, au sujet des activités de l'Abwehr allemande à Lisbonne. Les officiers qui n'avaient pas encore été subornés par notre propre service passaient une grande partie de leur temps à envoyer dans leur pays des rapports totalement faux, basés sur des renseignements que fournissaient des agents imaginaires. C'était un jeu lucratif, surtout quand les remboursements de frais et les primes s'ajoutaient au salaire du chiffre, et c'était un jeu sûr. Les chances de réussite du gouvernement allemand étaient alors sur leur déclin, et c'est extraordinaire comme la conception de l'honneur se modifie dans l'atmosphère de la défaite. Il était peu vraisemblable qu'une bonne histoire serait examinée avec rigueur par l'état-major de l'amiral Canaris, car l'Abwehr avait à lutter contre un service d'espionnage rival, le SD de Himmler.

Au cours de mon travail, j'avais parfois pensé à la facilité avec laquelle j'aurais pu, en Afrique occidentale, jouer un jeu semblable, si je m'étais contenté de profits plus discrets en rapport avec le chiffre modeste de mes émoluments. J'avais appris que rien ne plaisait plus aux services de la métropole que de pouvoir ajouter une fiche à leurs dossiers de renseignements. Par exemple, un rapport avait été fait sur un champ d'aviation de Vichy en Guinée française — l'agent était illettré et ne savait compter que jusqu'à dix (sur ses doigts) ; il ne connaissait des points cardinaux que l'est : il était mahométan. Un bâtiment qui s'élevait sur le terrain en question et cachait, d'après lui, un char de l'armée, n'abritait, je crois, selon d'autres sources d'information, qu'une réserve de vieilles bottes. J'avais insisté sur l'incompétence de cet agent, aussi ma surprise fut-elle grande quand la note attachée à son rapport se révéla être : « Très précieux ». Il n'y avait pas d'organisation rivale sur le champ si ce n'est le SOE dont les rapports eussent pu être comparés à ceux que je recevais, et les rapports du SOE ne m'inspiraient pas plus de confiance que les miens : ils émanaient probablement de la même source. Quelqu'un, dans un bureau de Londres, avait été à même d'écrire une ou deux lignes sur une fiche qui sans cela serait demeurée blanche : cela paraissait être la seule explication. Je commençais déjà moi-même à ressentir l'attrait psychologique exercé par un système de fiches.

C'est ainsi que les aventures que je connus dans ma petite cabane de Freetown (où la canicule et les mouches me torturèrent au point de me conduire au bord de la démence, sans parler de la voix africaine qui pendant une longue journée clama *Heil Hitler* au téléphone toutes les demi-heures), s'ajoutant à d'autres qui se placent dans une pièce plus confortable située non loin de Saint James, me donnèrent l'idée de ce qui devint douze ans plus tard *Notre agent à La Havane*.

La version initiale en fut un sujet de film qui tenait sur une seule feuille de papier. L'histoire s'y passait en 1938, la scène était Tallinn, capitale de l'Estonie, décor assez plausible pour un récit d'espionnage. À ce stade, l'agent anglais ne s'occupait pas du tout d'aspirateurs, et ce n'était pas une fille, mais une épouse dépensière qui l'amenait à tricher avec son service. C'était un personnage plus abruti que Wormold et il était moins innocent. À mesure que la guerre de 1939 approchait, ses ennemis, comme ceux de Wormold, se mettaient à le prendre au sérieux, la police locale aussi. L'incident du mauvais usage qu'il fait des microphotographies figurait déjà dans ce projet. Avant que nous nous missions au travail, Cavalcanti jugea nécessaire de faire approuver le sujet par la censure et on lui répondit qu'aucun visa ne pouvait être accordé à un film où l'on se moquait des Services secrets britanniques. C'est, du moins, ce qu'il me raconta. Peut-être avait-il inventé cette excuse parce qu'il n'était pas très emballé par le sujet.

Je gardai — sans m'en rendre compte — cette histoire au fond de mon esprit, et là, elle se soumit aux sages critiques de mon inconscient. Dans l'intervalle, je fis plusieurs voyages à La Havane. J'aimais l'atmosphère *louche*[1] de cette ville et je n'y fis jamais de séjours assez longs pour découvrir le triste arrière-plan politique d'emprisonnements arbitraires et de tortures. « Recherchant le plaisir pour ma punition », ainsi que l'écrivait Scawen Blunt, j'y allais pour le restaurant *Floridita* (célèbre à cause de ses daiquiris et de ses crabes Morro), pour la vie de bordel, la roulette dans tous les hôtels, les machines à sous d'où ruisselaient des piles de dollars d'argent, le *Théâtre Shanghai* où, pour un dollar vingt-cinq, on pouvait voir un spectacle de nus d'une extrême licence, avec pendant les entractes les films obscènes les plus obscènes qui soient. (Il y avait dans le foyer une librairie d'ouvrages pornographiques pour les jeunes Cubains qui s'ennuyaient au spectacle.) L'idée me vint subitement que dans cette extraordinaire ville, où tous les vices étaient tolérés et tous les trafics possibles, se trouvait le véritable décor de ma comédie. Je me rendis compte que j'avais imaginé dans mes projets une situation fausse que j'avais située à la mauvaise

---

1. En français dans le texte. *(N.d.T.)*

époque. En 1938, l'ombre de la guerre imminente était trop sombre pour une comédie ; le lecteur n'aurait pas la moindre sympathie pour un homme qui, à l'époque de Hitler, tromperait son pays pour une épouse dépensière (dans mon projet elle le faisait cocu avec le chef de la police). Mais dans cette fantastique Havane, au milieu des absurdités de la guerre froide (car qui pourrait accepter comme grande cause la survie du capitalisme occidental ?), la situation devenait comique, surtout si je transformais l'épouse en fille.

Ce qui est étrange, c'est qu'en établissant le plan d'une comédie fantastique de cette espèce, je découvris pour la première fois certaines des réalités de la Cuba de Batista : je n'avais jamais rencontré de Cubains jusque-là, je n'avais pas voyagé dans l'intérieur du pays. Tandis que l'histoire émergeait, et se transformait, j'entrepris de remédier un peu à mon ignorance. Je me liai avec des Cubains. Je louai une voiture avec son chauffeur et je parcourus l'île. Ce chauffeur était un homme superstitieux et mon éducation commença quand, dès le premier jour, il écrasa un poulet. C'est alors qu'il m'initia aux symboles de la loterie : nous avions tué un poulet, nous devions acheter un billet portant tel ou tel numéro. C'est ce qui remplaçait l'espoir dans cette Cuba sans espoir.

Naturellement, il existait une autre forme d'espoir. En entrant dans Cienfuegos, minuscule base navale et scène d'un soulèvement avorté contre Batista, mon chauffeur avait un air de conquérant.

— Je suis un homme de La Havane, me dit-il, et les filles d'ici vont m'adorer. Le premier soir, je trouverai une fille et je la traiterai avec beaucoup de courtoisie. Ce n'est que la seconde nuit que je la ferai coucher avec moi.

La première nuit, en fait, nous la passâmes ensemble à regarder un film de Marilyn Monroe (le public ressemblait à celui du *Théâtre Shanghai* : les gens riaient et rugissaient pour montrer leur approbation à chaque tortillement de son derrière serré dans sa jupe), mais la seconde nuit, malheureusement pour ses projets, nous avions repris la route.

La destinée avait fait apparaître ce chauffeur d'une façon typiquement cubaine. Je l'avais employé environ deux ou trois années auparavant, pendant quelques jours que je passais à La Havane. J'étais avec une amie et, pour notre dernier après-midi, nous songeâmes à essayer quelque chose de nouveau. Nous avions été au *Théâtre Shanghai*, nous avions regardé sans grand intérêt les ébats de Superman avec une petite mulâtresse (aussi peu exaltants que ceux d'un mari remplissant honnêtement ses devoirs), nous avions perdu un peu d'argent à la roulette, nous nous étions nourris au *Floridita*, nous avions fumé de la marijuana et assisté à une exhibition de lesbiennes au *Blue Moon*. Alors, nous demandâmes à notre chauffeur s'il pouvait nous procurer un peu de cocaïne. Apparemment, rien n'était plus facile. Il s'arrêta devant la boutique d'un dépositaire de journaux et revint porteur d'un petit cornet de papier contenant une poudre blanche : le prix en était l'équivalent de cinq shillings, ce qui me parut d'un bon marché suspect.

Étendus sur nos lits, nous aspirions et nous recommencions à aspirer. Un ou deux éternuements fusèrent.

— Sentez-vous quelque chose ?

— Rien du tout.

Nous aspirâmes.

— Pas d'extase ?

— Pas d'extase.

J'étais d'un naturel plus méfiant que ma compagne et je fus vite convaincu qu'on nous avait vendu (à un prix que je jugeai alors exorbitant) un petit peu d'acide borique en poudre. Le lendemain matin je le dis au chauffeur. Il nia. Les années passèrent.

Quand je revins à La Havane, je le cherchai dans tous les quartiers où se réunissaient les chauffeurs de taxi ; je laissai partout des messages pour lui, sans résultat ; je refusai de nombreux volontaires, car les bombes de Castro effarouchaient les touristes et le chômage régnait. L'homme dont j'avais gardé le souvenir était sans doute un filou, mais il m'avait bien guidé dans les endroits louches de La Havane, et je ne me sentais pas du tout disposé à élire, comme compagnon quotidien de cette longue tournée, un homme honnête et ennuyeux. Un soir que j'avais décidé d'engager un chauffeur sans plus attendre, j'allai au *Théâtre Shanghai* (on donnait ce soir-là un film de bestialité dans lequel un pauvre chien était contraint d'aller au-delà de ses forces — cas étrange et équivoque de cruauté à soumettre à la Société protectrice des animaux). À la sortie, je vis dans la rue sordide une file de taxis qui attendaient. Un chauffeur vint à moi.

— Il faut que je vous présente mes humbles excuses. Vous aviez raison. C'était vraiment de l'acide borique il y a trois ans. J'ai été trompé moi aussi. Ce maudit marchand de journaux ! Un escroc, *señor* ! J'avais confiance en lui. Je vais vous rendre les cinq shillings…

Au cours du voyage qui suivit, il fit plus de bénéfices qu'il n'avait subi de pertes. Tous les hôtels, tous les restaurants, toutes les *cantinas* lui versaient une commission. Je ne l'ai revu ni à l'un ni à l'autre de mes séjours postérieurs dans l'île. Peut-être avait-il ramassé assez d'argent pour se retirer des affaires.

Il y avait un seul endroit à Cuba où nous n'avions pas pu aller : Santiago, la seconde ville de l'île, qui était devenue le quartier général des opérations dirigées contre Fidel Castro, lequel faisait périodiquement des sorties, entouré des quelques centaines d'hommes réfugiés avec lui dans la montagne. C'était le début de la période héroïque. La province d'Oriente, hommes, femmes et enfants (je dis « enfants » en connaissance de cause), presque jusqu'au dernier, était pour Fidel Castro. Des groupes de soldats bloquaient les routes autour de la capitale de l'Oriente et tout étranger arrivant dans une voiture particulière était suspect. Un couvre-feu officieux commençait à neuf heures et il était dangereux d'y contrevenir ; il y avait des arrestations arbitraires et souvent, au point du jour, le cadavre d'un homme se balançait à un réverbère. C'était une victime qui avait eu de la chance. Un certain édifice avait une réputation sinistre à cause des cris qu'on entendait jusque dans la rue, et lorsque Castro s'empara de Santiago, on découvrit dans la campagne, à la lisière même de la ville, une cachette où étaient enfouis des corps mutilés. Peu de temps avant, le représentant des États-Unis, chargé de la tâche désagréable de soutenir Batista par sa neutralité, était venu à Santiago et avait été reçu par le maire. Une manifestation impromptue des femmes de Santiago fut organisée à la vitesse foudroyante que fait naître un régime de terreur. Il n'y eut pas de différences de classes. On en était encore à la révolution nationale. Des femmes de la bourgeoisie et des paysannes unirent leurs voix et chantèrent des chants patriotiques cubains au ministre américain qui les regardait du haut du balcon de la mairie. Les militaires ordonnèrent aux femmes de se disperser. Elles refusèrent. L'officier commandant les fit arroser par les lances à incendie. Le ministre américain, disons-le à son honneur, mit fin à la cérémonie. Cela lui fut reproché plus tard par M. John Foster Dulles : le ministre avait commis une violation de la neutralité. Il ne devait pas y avoir de « baie des Cochons » pendant le règne de terreur de Batista. Aux yeux des États-Unis, le terrorisme n'était terrorisme que lorsqu'il venait de la gauche. Plus tard, à un cocktail de diplomates à La Havane, parlant à l'ambassadeur espagnol, je fis allusion à cette protestation du ministre américain.

— C'était tout à fait contraire à la diplomatie, me dit-il.

— Qu'auriez-vous fait ?

— J'aurais tourné le dos.

La meilleure façon d'aller à Santiago était par avion. La veille de mon départ, j'assistais à une soirée chez des amis cubains. Ils appartenaient tous à la classe bourgeoise et étaient tous partisans de Castro (bien que l'un d'entre eux au moins ait aujourd'hui quitté Cuba). Une jeune femme parmi les invités avait été arrêtée par le chef tristement célèbre de la police de Batista, le capitaine Ventura, et avait été battue. Une autre jeune femme se vantait de servir de courrier à Castro. Elle prenait le même avion que moi, et elle me demanda d'emporter dans mes valises quelques chandails et des chaussettes épaisses dont les hommes avaient grand besoin dans la montagne. (À Santiago, la chaleur était tropicale. Il y avait une douane à passer à l'aéroport, et il était plus facile à un voyageur étranger d'expliquer la présence de ces vêtements d'hiver.) Elle désirait vivement que je rencontre les représentants de Castro à Santiago, les vrais, ajouta-t-elle, car les espions de Batista grouillaient dans la ville et surtout dans l'hôtel où j'allais descendre.

Ainsi commença une comédie des erreurs aussi absurde que tout ce que je décrivis plus tard dans *Notre agent à La Havane*. Le lendemain matin, le correspondant du *Time Magazine* vint me voir. Son journal l'avait chargé de m'accompagner jusqu'à Santiago et de me donner toute l'aide dont j'aurais besoin. Je n'avais besoin d'aucune aide, mais son journal pensait visiblement que je pourrais fournir un paragraphe de nouvelles, sous une forme ou une autre. Il fallait que je retrouve la jeune fille pour l'avertir que je ne serais pas seul. Malheureusement, je ne connaissais ni son nom ni son adresse, et mon hôte de la veille n'était guère mieux informé que moi. Il me transporta toutefois dans sa voiture jusqu'à l'aérodrome et, tandis que j'attendais au bar, il surveilla l'entrée. Il me rejoignit à la fin avec, comme instructions, que je devais faire semblant de ne pas la reconnaître. Elle me téléphonerait à l'hôtel dans la matinée.

L'hôtel se dressait au coin de la petite place principale de Santiago : d'un côté, il y avait la cathédrale, dont le mur était bordé de boutiques. Deux taxis et un fiacre semblaient avoir abandonné tout espoir de voir apparaître un client. Il n'y avait alors personne à Santiago, sauf sans doute les espions contre qui l'on m'avait mis en garde. La nuit était étouffante et moite ; l'heure du couvre-feu officieux approchait et l'employé de l'hôtel ne faisait même pas semblant de se préparer à recevoir des voyageurs. Les chauffeurs de taxi plièrent bagage et partirent, la place se vida de tout passant, un peloton de soldats passa, un homme en costume de toile blanc sale se balançait d'avant en arrière dans son fauteuil dans le vestibule de l'hôtel, créant ainsi un léger courant d'air dans le soir infesté de moustiques. Cela me rappelait Villa Hermosa pendant les persécutions de Tabasco. L'odeur du poste de police flottait au-dessus de la ville. J'étais de retour dans ce que mes critiques imaginent être le « Greeneland ».

Pendant que je prenais mon petit déjeuner, le lendemain matin, on frappa à ma porte. C'était le correspondant du *Time Magazine* accompagné d'un homme entre deux âges arborant un élégant costume de gabardine et le large sourire de l'homme d'affaires qui a de l'argent. Il me fut présenté comme étant chargé des *public relations* de Castro à Santiago : il paraissait séparé par tout un monde des bandits réfugiés dans la montagne. J'étais fort gêné, car je savais que d'un moment à l'autre mon téléphone allait sonner. J'essayai de le persuader de revenir un peu plus tard, quand je serais habillé. Il continua à parler. Et le téléphone sonna.

À ce moment-là, j'étais si bien convaincu de la menace des « espions » que je demandai à Mr X et au correspondant du *Time Magazine* de quitter ma chambre pendant que je répondais au téléphone. C'était la jeune fille qui m'appelait et elle me demandait de venir à un certain numéro de la rue San Francisco. Mr X revint dans ma chambre et me dit qu'il était persuadé qu'un agent de Batista était entré en rapport avec moi. Aucun membre de son organisation, à lui, n'aurait fait preuve d'autant d'imprudence… Il exigea que je lui répète ce qu'on m'avait dit au téléphone.

J'étais furieux. Je n'avais jamais demandé à me mêler de quoi que ce fût. Je lui déclarai qu'en ce qui me concernait il pourrait bien être lui-même un agent de Batista. C'était une impasse, et il partit.

Il s'agissait alors de trouver la rue. Je me méfiais au point de renoncer à consulter l'employé de l'hôtel. J'allai sur la place et m'assis dans un des taxis à l'air désolé. Sans me laisser le temps de parler au chauffeur, un Noir vêtu d'un complet criard s'installa sur le siège à côté de lui.

— Je parle britannique, dit-il. Je vous montre où vous vouloir aller.

« Batista n'eût-il qu'un seul mouchard, pensai-je, ce ne peut être que cet homme-là. »

— Oh ! dis-je d'un air vague, je veux voir la ville, les endroits intéressants…

Et nous voilà partis, descendant vers le port, montant vers le monument aux fusiliers marins américains tués dans la guerre hispano-américaine, puis à l'hôtel de ville… Je me voyais déjà ramené à mon hôtel si je ne trouvais pas une excuse.

— Vous avez une église ancienne, San Francisco ? demandai-je.

S'il existait une église de ce nom, elle serait sûrement dans la rue que je cherchais.

J'avais bien deviné ; il y avait une vieille église, et la rue où elle se trouvait portait son nom. Je déclarai à mon guide que je retrouverais mon chemin jusqu'à l'hôtel : je désirais prier. Bientôt, ma lente promenade dans le cloître fut interrompue par un prêtre, hostile et méfiant ; il m'était difficile de lui expliquer que tout ce que je désirais était un moment de répit qui permette à mon taxi et à mon guide noir de disparaître à mes yeux.

Après cela commença une longue marche, sous le soleil brûlant de midi, car la rue San Francisco que je remontais s'étirait sur des kilomètres, et le numéro que je cherchais était à l'autre extrémité. Je n'avais parcouru que la moitié de la distance quand une voiture s'arrêta à ma hauteur. C'étaient Mr X et le correspondant du *Time Magazine*.

— Nous vous avons cherché partout, dit Mr X sur un ton de reproche.

J'essayai de trouver quelque chose pour leur expliquer pourquoi je remontais à pied, sous le soleil torride, cette rue uniforme et interminable.

— Tout est en règle, dit Mr X, absolument en règle. J'ai appris que ma propre organisation s'était mise en rapport avec vous.

Je terminai donc la remontée de la rue confortablement.

Dans la maison qui appartenait à une riche famille bourgeoise de Santiago, se trouvaient le courrier, sa mère, un prêtre, et un jeune homme dont un coiffeur était en train de teindre les cheveux. Ce jeune homme s'appelait Hart et c'était un juriste qui, à l'heure où j'écris, est ministre de l'Éducation à Cuba. Quelques jours avant, il s'était évadé du Palais de justice de La Havane au moment où on l'amenait sous escorte militaire devant le tribunal. Il y avait une longue file d'accusés, avec un soldat à chaque bout. Hart connaissait l'endroit exact où le couloir tournait à côté des cabinets, et où il échapperait momentanément à la vue du soldat de tête et du soldat de queue. Il se faufila dans les cabinets ; ses amis l'attendaient dehors dans la rue. Son absence ne fut remarquée qu'à l'appel de son nom devant la cour.

Dans la maison de la rue San Francisco, il était avec sa femme, jeune, au visage hâve, qui semblait avoir été poussée au fanatisme sous les coups redoublés d'événements échappant à son contrôle. Avant d'épouser Hart, elle avait été fiancée avec un autre jeune *fidelista*. Il fut arrêté et elle fut amenée à la prison pour y voir son corps, châtré et les yeux crevés. (Je me rappelai cette histoire quand la femme de l'ambassadeur espagnol me parla du charme mondain de Batista.)

C'était de l'histoire ancienne : ils n'étaient alors préoccupés que des avions à réaction que les Anglais se préparaient à vendre à Batista ; ils étaient mieux renseignés dans cette maison de la rue San Francisco que ne l'était le gouvernement britannique, car, après mon retour en Angleterre, quand un membre travailliste du

Parlement posa une question à ce sujet, il lui fut affirmé par le ministre des Affaires étrangères qu'on n'avait pas vendu d'armes à Batista. Quelques mois plus tard, une semaine ou deux avant l'entrée de Castro à La Havane, le ministre des Affaires étrangères reconnut qu'une licence d'exportation avait été accordée concernant certains appareils d'un type périmé. À l'époque où il avait accordé la licence, il n'avait pas été informé, disait-il, qu'une guerre civile eût éclaté à Cuba.

Aux yeux d'un observateur du moins, il y avait déjà à Santiago des traces nombreuses de guerre civile. Le lendemain de mon arrivée, trois sœurs, âgées de huit à dix ans, furent enlevées de la maison de leurs parents par des soldats, au milieu de la nuit. Leur père s'était enfui de Santiago pour rejoindre Castro dans la montagne, et les petites filles avaient été emportées en chemise de nuit à la caserne, comme otages.

Le matin suivant, je fus témoin de la révolution des enfants. L'histoire était parvenue aux oreilles des écoliers. Les élèves des écoles secondaires prirent seuls leur décision : ils quittèrent l'école et envahirent les rues. La nouvelle se propagea. Dans les classes enfantines, les parents vinrent chercher et emmenèrent leurs petits. Les rues étaient pleines. Les commerçants, s'attendant au pire, commencèrent à dresser les volets pour fermer leurs boutiques. L'armée céda et relâcha les trois petites filles. On ne pouvait pas disperser les enfants à coups de lance d'incendie dans les rues comme on l'avait fait pour leurs mères ou les pendre aux becs de gaz comme on aurait pendu leurs pères. Ce qui me parut étrange, c'est qu'aucun écho de la révolte des enfants ne parut jamais dans le *Time Magazine* ; leur correspondant se trouvait dans la ville, mais peut-être Mr Luce n'avait-il pas encore opté entre Castro et Batista.

Et le gouvernement britannique ? L'incident était peut-être trop insignifiant pour être relaté. En ce qui concernait les Affaires étrangères, la guerre civile demeurait invisible, bien que Mr Dulles lui-même fût en train d'acquérir quelque sagesse. Mais à l'époque de mon voyage suivant à Cuba — au moment précis où la licence d'exportation d'avions fut accordée —, la guerre civile se manifestait suffisamment pour m'empêcher de quitter La Havane. Je ne pouvais plus aller à Santiago, même par avion. En fait, il m'était impossible de m'éloigner de La Havane au-delà de cent kilomètres ; aucun chauffeur de taxi n'aurait accepté de courir le risque d'une embuscade, car les grandes routes elles-mêmes n'étaient pas sûres. À ce moment-là, j'avais terminé *Notre agent à La Havane*. Je n'avais pas de regrets. Il me semblait que les Affaires étrangères autant que les Services de renseignements avaient amplement mérité d'être un peu tournés en ridicule.

Hélas, ce livre ne me servit pas auprès des nouveaux maîtres de La Havane. En me moquant des Services secrets britanniques, j'avais minimisé la terreur qu'avait fait régner le régime de Batista. Je n'avais pas voulu donner un arrière-plan trop noir à une comédie légère, mais l'on ne pouvait attendre des gens qui avaient souffert pendant ces années de dictature qu'ils comprissent que le véritable sujet de mon livre était l'absurdité de l'agent britannique et non le bien-fondé de la révolution ; ils ne goûtèrent pas non plus les raisons esthétiques qui me firent changer un capitaine Ventura en un capitaine Segura.

Post-scriptum à l'Histoire : le capitaine Ventura s'échappa de Cuba en tenant son propre président à la pointe de son fusil. Batista avait eu l'intention de le laisser en partant, comme la dernière goutte au fond d'un verre, en sacrifice aux dieux. Mais Ventura surgit sur l'aéroport de La Havane et força Batista à décharger une partie de ses bagages pour lui faire de la place. Ils durent être fort mal à l'aise, ces deux hommes, dans l'hôtel de Ciudad Trujillo, où Ventura passa ses longues heures d'exil à jouer avec les machines à sous.

Assez parlé de la politique cubaine. Wormold n'a pas d'origine que je puisse retracer, mais l'élégant Hawthorne est quelque peu redevable, dans ses meilleures envolées

21

d'imagination, à un officier du même service qui fut pendant un temps mon chef. Le monocle noir de C n'est pas une invention non plus, mais sa façon de faire la cuisine par téléphone est empruntée, me semble-t-il, à un célèbre prédécesseur, l'amiral Hall.

Hasselbacher est entré dans ma vie sur une autre île : Capri. Le baron Schacht, ami de Norman Douglas, avait un minuscule appartement au-dessus d'un restaurant à Capri. Cet homme grand, triste et doux, vivait là dans la pauvreté depuis la fin de la Première Guerre mondiale. Il était torturé par l'odeur de cuisine montant du restaurant, car il avait un énorme appétit sans les moyens de le satisfaire. Il se nourrissait surtout de pâtes assaisonnées d'herbes cueillies sur le Monte Solario. Au début des années cinquante, le gouvernement Adenauer reconnut subitement son existence et lui accorda une petite pension. Cela marqua sa fin. C'était un homme généreux, et, brusquement, il eut la possibilité de rendre les politesses qu'on lui avait faites. Un soir du mois d'août, après avoir nagé longtemps et bu trop de vin, il eut une attaque et on le trouva mort à côté de son lit. J'arrivai sur l'île le lendemain et je me joignis à la petite procession qui suivit le cercueil jusqu'au cimetière protestant. La police voulait mettre les scellés sur son petit logement avec tout ce qu'il contenait, mais, après quelque discussion, j'obtins la permission de placer sur son cercueil son casque à pointe et ses gants blancs de uhlan. Il avait adoré son uniforme et, comme Hasselbacher, il le revêtait tous les ans, le jour de l'anniversaire du Kaiser et buvait à la mémoire de l'Empereur (je ne sais pas comment il entrait dans son armure, car les années avaient été sans indulgence pour sa ligne). Comme Hasselbacher aussi, il avait accroché au mur, dans la minuscule entrée de son appartement, à côté du placard contenant l'uniforme, une photographie du Kaiser, monté sur un cheval blanc et passant en revue ses uhlans, et je me rappelle le baron Schacht me disant, des années avant que Hasselbacher insistât pour faire la même réflexion : « Tout était si paisible alors. »

PREMIÈRE PARTIE

Chapitre premier

1

— Ce Noir qui descend la rue, dit le docteur Hassel-bacher debout dans le *Wonder Bar*, il me fait penser à vous, Mr Wormold.

C'était caractéristique du docteur Hasselbacher qu'après quinze ans de relations amicales il se servît encore du terme « Mister » : son amitié progressait avec la lenteur et la sûreté d'un diagnostic prudent. Sur son lit de mort, quand le docteur Hasselbacher viendrait tâter son pouls défaillant, Wormold deviendrait peut-être Jim.

Le Noir était borgne et il avait une jambe plus courte que l'autre ; il portait un chapeau de feutre antédiluvien et, par les déchirures de sa chemise, ses côtes saillaient comme la membrure d'un navire en démolition. Il marchait au bord du trottoir, juste en dehors de la colonnade jaune et rose, sous le brûlant soleil de janvier, et il comptait ses pas. Lorsqu'il passa devant le *Wonder Bar* pour remonter la rue Virdudes, il en était à 1 369. Il était forcé d'avancer lentement pour se donner le temps de dire un nombre aussi long. « Mille trois cent soixante-neuf. » Sa silhouette était bien connue autour de la place Nationale, où il rôdait parfois et s'arrêtait de compter juste assez longtemps pour vendre à un touriste une liasse de photographies obscènes. Ensuite, il reprenait son énumération là où il l'avait laissée. À la fin de la journée, tel le passager décidé à prendre de l'exercice sur un transatlantique, il devait savoir à un mètre près combien de chemin il avait fait.

— Joe ? demanda Wormold. Je ne vois pas la ressemblance. Sauf, naturellement, qu'il boite.

Toutefois, il lança instinctivement un rapide coup d'œil sur son image reflétée dans la glace marquée *Cerveza Tropical*, comme s'il avait pu se détériorer et noircir à ce point en venant à pied de son magasin situé dans la vieille ville. Mais le visage qu'il trouva devant lui, bien qu'un peu décoloré par la poussière qui montait des travaux du port, était toujours le même, anxieux, sillonné de rides, la quarantaine : bien plus jeune que celui du docteur Hasselbacher, et dont pourtant, au premier coup d'œil, on eût affirmé qu'il s'éteindrait le premier des deux ; l'ombre l'envahissait déjà : l'angoisse qui échappe à l'action d'un « tranquillisant ». Le Noir tourna le coin du Paseo et disparut clopin-clopant. Le soleil éclairait une nuée de cireurs de chaussures.

— Je ne voulais pas parler de sa claudication. Vous ne voyez pas la ressemblance ?

— Non.

— Il a deux idées en tête, expliqua le docteur Hasselbacher. Exercer son petit commerce et compter. En outre, naturellement, il est britannique.

— Je ne vois toujours pas.

Wormold se rafraîchit la bouche d'une gorgée de son daiquiri du matin. Sept minutes pour venir au *Wonder Bar*, sept minutes pour retourner au magasin, six minutes en compagnie d'un ami. Il regarda sa montre. Il se rappela qu'elle retardait d'une minute.

— C'est un homme sûr, on peut compter sur lui, c'est tout ce que j'avais à l'esprit, dit le docteur Hasselbacher, agacé. Comment va Milly ?

— Merveilleusement, dit Wormold.

C'était sa réponse invariable, mais il était sincère.

— Dix-sept ans le 17, n'est-ce pas ?

— Exact.

Il jeta un regard rapide par-dessus son épaule comme un homme qui se sent poursuivi, puis consulta de nouveau sa montre.

— Vous viendrez partager une bouteille avec nous ?

— Je n'y ai jamais manqué jusqu'à présent, Mr Wormold. Qui d'autre sera invité ?

— Nous ne serons que nous trois, je pense. Cooper est rentré en Angleterre, le pauvre Marlowe est encore à l'hôpital et Milly n'a pas l'air d'aimer beaucoup les nouveaux venus du consulat. Alors j'ai pensé que nous fêterions cela tranquillement, en famille.

— Je suis très flatté de faire partie de la famille, Mr Wormold.

— Peut-être une table au *Nacional*… ou pensez-vous que ce ne soit pas… pas tout à fait convenable ?

— Nous ne sommes pas en Angleterre ou en Allemagne, Mr Wormold. Les jeunes filles poussent vite sous les tropiques !

De l'autre côté de la rue, un volet s'ouvrit en grinçant, puis se mit à battre régulièrement sous les coups d'une légère brise de mer, clic, clac, comme une très vieille horloge.

— Il faut que je m'en aille, dit Wormold.

— Les Rapidaspis se passeront bien de vous, Mr Wormold, dit le docteur Hasselbacher.

C'était le jour des vérités désagréables.

— Autant que mes malades… ajouta-t-il par bonté d'âme.

— Les gens ne peuvent s'empêcher de tomber malades. Ils ne sont pas forcés d'acheter des aspirateurs.

— Mais vous les faites payer davantage.

— Et je n'en retire que vingt pour cent pour moi. On ne peut guère économiser sur une commission de vingt pour cent.

— L'époque n'est pas aux économies, Mr Wormold.

— Moi, il faut que j'en fasse… pour Milly. S'il m'arrivait quelque chose…

— Aucun de nous actuellement n'a beaucoup de chances de vivre vieux, alors pourquoi s'inquiéter ?

— Tous ces troubles sont très mauvais pour le commerce. À quoi sert un aspirateur électrique quand le courant est coupé ?

— Si vous voulez faire un petit emprunt, Mr Wormold, je puis m'arranger.

— Non, non. Il n'en est pas question. Mon inquiétude ne porte pas sur cette année, ou même sur l'année prochaine, c'est une inquiétude à long terme.

— Alors, elle ne mérite pas ce nom d'inquiétude. Nous vivons à l'âge atomique, Mr Wormold. On pousse un bouton : bing, bang ! Plus personne ! Encore un scotch, s'il vous plaît.

— Justement ! Vous m'y faites penser. Savez-vous ce que ma maison a inventé ? Ils m'ont envoyé un appareil qu'ils appellent l'Atomic !

— Vraiment ? J'ignorais que la science fût allée jusque-là.

— Oh ! sans aucun rapport avec l'énergie nucléaire naturellement, ce n'est qu'un nom. L'année dernière nous avions le Turbo-Réac, cette année c'est l'Atomic. Il se branche sur une prise de courant exactement comme les autres.

— Alors, pourquoi vous tourmenter ? répéta le docteur Hasselbacher, en forme de leitmotiv, en se penchant sur son whisky.

— Ils ne se rendent pas compte que ce genre d'appellation peut réussir aux États-Unis, mais pas dans ce pays-ci, où les prêtres ne cessent de prêcher contre les mauvais emplois de la science. Milly et moi, nous sommes allés à la cathédrale, dimanche dernier. Vous savez comment elle est quand il s'agit de la messe ; s'imagine-t-elle qu'elle va me convertir, je n'en serais pas surpris. Eh bien ! le père Mendez a passé une demi-heure à décrire les effets d'une bombe à hydrogène. Ceux qui croient au Ciel sur la Terre, disait-il, sont en train de créer un Enfer... et ses illustrations en donnaient bien l'impression. Le tout avec une grande lucidité. Si vous croyez que j'étais à mon aise, le lundi matin, quand il a fallu que je fasse une vitrine avec « l'Atomic, nouvel appareil à suceur ». Je n'aurais pas été surpris si quelque énergumène du cru avait démoli ma devanture. Action catholique, Christ-Roi, toute la lyre. Je ne sais que faire, Hasselbacher.

— Vendez-en un au père Mendez pour l'évêché.

— Mais il est satisfait de son Réac. C'est un bon appareil. Ce dernier aussi est excellent. Dispositif spécial pour dépoussiérer les bibliothèques. Vous savez que je ne vendrais jamais un appareil qui ne marcherait pas parfaitement.

— Je le sais, Mr Wormold. Ne pourriez-vous pas le changer de nom ?

— Ils refusent. Ils en sont fiers. Ils trouvent que c'est leur meilleure trouvaille depuis : « Je bats, balaie et blanchis bien. » Vous savez qu'ils avaient introduit dans le Réac quelque chose qu'ils appelaient un tampon-filtre purificateur d'air. Personne n'y a fait attention, ce n'était qu'un bon petit accessoire de plus, mais hier une femme est venue pour voir l'Atomic et elle a demandé si un tampon de cette taille pourrait vraiment absorber toute la radioactivité. « Et que devient le strontium 90 ? » a-t-elle demandé.

— Je pourrais vous donner un certificat médical, dit le docteur Hasselbacher.

— Ne vous faites-vous jamais de souci ?

— J'ai une défense secrète, Mr Wormold. Je m'intéresse à la vie.

— Moi aussi. Mais…

— Vous vous intéressez à une personne, pas à la vie, et les êtres meurent, ou nous quittent… Excusez-moi. Je ne faisais pas allusion à votre femme. Mais la vie, si vous vous y attachez vraiment, ne vous fait jamais défaut. Les taches bleues du fromage m'intéressent. Vous ne faites pas de mots croisés, Mr Wormold, j'imagine. Moi, j'en fais, et dans les mots croisés comme avec les humains, on arrive toujours à la fin. Je suis capable de finir n'importe quels mots croisés en moins d'une heure, mais je suis sur la voie d'une découverte concernant le bleu du fromage qui n'atteindra jamais sa conclusion… bien qu'on rêve pour sûr que peut-être le temps viendra… Il faut que je vous montre mon laboratoire un de ces jours.

— Cette fois, je m'en vais, Hasselbacher.

— Vous devriez rêver davantage, Mr Wormold. Au siècle où nous vivons, la réalité n'est pas une chose à regarder en face.

2

Quand Wormold arriva chez lui rue Lamparilla, Milly n'était pas encore rentrée de l'école des sœurs américaines et le magasin, en dépit des deux silhouettes qu'il aperçut par la porte vitrée, lui parut vide. Comme il était vide ! Il ne cesserait de l'être qu'au retour de Milly. Chaque fois qu'il entrait dans ce magasin, Wormold avait conscience d'un vide qui n'avait rien à voir avec ses aspirateurs : un vide que nul client ne pouvait combler, surtout pas celui qu'il y voyait, debout, beaucoup trop élégant pour La Havane, et lisant un prospectus en anglais sur l'aspirateur Atomic, en ignorant avec affectation l'assistant de Wormold. Lopez était un homme peu patient, mécontent de perdre un temps qu'il aurait passé à lire l'édition espagnole de *Confidential*. Il fixait sur l'inconnu un regard furibond et ne faisait aucun effort pour lui vanter la marchandise.

— *Buenos días*, dit Wormold.

Par habitude, il considérait avec méfiance tous les étrangers dans son magasin. Dix ans auparavant, un homme était entré en se donnant une allure de client et lui avait tout bonnement vendu une peau de mouton destinée à donner un brillant impeccable à la carrosserie de sa voiture. Cet imposteur avait eu l'air plausible, mais personne ne pouvait moins ressembler à un acheteur d'aspirateurs que l'inconnu qu'il avait devant les yeux. Grand, élégant dans ses vêtements tropicaux couleur de pierre, il portait une cravate d'un modèle exclusif, et promenait avec lui le souffle des *Lodges* et l'odeur de cuir d'un club cossu. On s'attendait à l'entendre dire : « Son Excellence l'Ambassadeur vous recevra dans un instant. » Il y aurait toujours un océan ou un valet pour assurer son nettoyage.

— Je ne parle pas leur baragouin, répondit l'inconnu.

Le mot trivial faisait tache sur son costume comme une bavure de jaune d'œuf après le déjeuner.

— Vous êtes anglais…

— Oui.

— Je veux dire… un véritable Anglais. Passeport britannique, etc. ?

— Mais oui. Pourquoi ?

— C'est agréable de traiter des affaires avec une firme britannique. On sait où l'on est, si vous voyez ce que je veux dire.

— Qu'y a-t-il pour votre service ?

— Eh bien, tout d'abord, je voulais jeter un coup d'œil.

Il parlait comme s'il était dans une librairie.

— Je n'ai pas pu faire comprendre ça à votre type.

— Vous avez besoin d'un aspirateur ?

— Oh ! ce n'est pas exactement un besoin.

— Je voulais dire que vous songez à en acheter un ?

— C'est ça, mon vieux. Vous avez tapé dans le mille.

Wormold avait l'impression que l'homme avait choisi ce ton parce qu'il pensait que c'était celui du magasin : une encre protectrice réservée à la rue Lamparilla, tant cette désinvolture jurait avec sa mine. On ne peut appliquer avec succès la technique de saint Paul, et être « tout pour les hommes », sans avoir plusieurs costumes de rechange.

— Vous ne pouvez rien trouver de mieux que l'Atomic, dit Wormold avec empressement.

— Je vois qu'il y en a un qui s'appelle Turbo-Réac.

— C'est un excellent aspirateur aussi. Avez-vous un grand appartement ?

— Oh ! non, pas très grand.

— Cet appareil, voyez-vous, comporte deux jeux de brosses, celles-ci pour cirer, celles-là pour polir. Ah ! non, je crois que c'est le contraire. Le turbo est à suceur.

— Qu'est-ce que cela signifie ?

— Eh bien, c'est très simple, il est… comme je viens de vous le dire.

— Ce drôle de petit machin, là, à quoi sert-il ?

— C'est un suceur à rotule à double action pour les tapis.

— Vous m'en direz tant ! Comme c'est intéressant ! Pourquoi à double action ?

— Il souffle et il aspire.

— Ce qu'on va imaginer ! dit l'inconnu. Je suppose que vous en vendez beaucoup.

— Je suis le seul représentant ici.

— Sans doute tous les gens importants se sentent-ils obligés d'avoir un Atomic ?

— Ou un Turbo-Réac.

— Les bureaux du gouvernement ?

— Bien sûr. Pourquoi ?

— Ce qui est assez bon pour un ministère est assez bon pour moi.

— Vous pourriez préférer notre Farfadet Aide-Sans-Peine.

— Aide à quoi ?

— Son nom tout entier est : le Farfadet Aide-Sans-Peine, aspirateur à rotule pour petit ménage.

— Encore cette rotule.

— Je n'en suis pas responsable.

— Ne prenez pas la mouche, mon vieux.

— Personnellement, je déteste ce mot d'Atomic, dit Wormold avec une violence subite.

Il était profondément troublé. L'idée lui était venue que cet étranger pourrait bien être un inspecteur envoyé par la direction de Londres ou de New York. Dans ce cas, il allait lui faire entendre la vérité et rien que la vérité.

— Je vois ce que vous voulez dire. Le choix n'est pas heureux. Dites-moi, assurez-vous l'entretien de ces appareils ?

— Tous les trois mois. Gratuitement, pendant la période de garantie.

— Je voulais savoir si vous vous en occupez personnellement.

— J'envoie Lopez.

— Le type grincheux ?

— Je ne m'y connais guère en mécanique. Chaque fois que je touche un de ces appareils, il se détraque, je ne sais comment.

— Vous ne conduisez pas votre voiture ?

— Si. Mais quand quelque chose ne va pas, c'est ma fille qui s'en charge.

— Ah ! oui, votre fille. Où est-elle ?

— À l'école. Tenez, je vais vous montrer cet assemblage automatique.

Mais, naturellement, lorsqu'il tenta de faire sa démonstration, la chose refusa de s'assembler. Wormold poussait et vissait.

— Pièce défectueuse, dit-il en désespoir de cause.

— Permettez-moi d'essayer, dit l'étranger.

Et l'assemblage se fit sans la moindre difficulté.

— Quel âge a votre fille ?

— Seize ans, dit Wormold, furieux contre lui-même d'avoir répondu.

— Allons, dit l'étranger, il faut que je me sauve. Content d'avoir taillé une bavette.

— Voulez-vous voir fonctionner un de nos appareils ? Lopez vous ferait tout de suite une démonstration.

— Pas pour le moment. Nous nous reverrons, ici ou ailleurs, dit l'homme avec une insolente et désinvolte assurance.

Il avait déjà franchi la porte quand Wormold songea à lui donner la carte de la maison. Sur la place, en haut de la rue Lamparilla, il disparut dans la foule des proxénètes et des marchands de billets de loterie : midi à La Havane.

— Il n'avait pas la moindre intention d'acheter, dit Lopez.

— Alors, que voulait-il ?

— Qui sait ? Il m'a regardé très longtemps par la vitre. Je crois que si vous n'étiez pas arrivé il m'aurait demandé de lui trouver une fille.

— Une fille ?

Wormold se souvint d'un jour passé depuis dix ans, puis il songea à Milly avec un malaise, et s'en voulut d'avoir répondu à tant de questions. Il aurait bien voulu aussi que l'assemblage automatique se fût, pour une fois, assemblé automatiquement.

Chapitre II

Il était averti de l'arrivée de Milly comme on entend venir un car de police, de très loin. Des coups de sifflet, non des sirènes, annonçaient son approche. Elle venait habituellement à pied de l'avenue de Belgique où s'arrêtait l'autobus, mais, ce jour-là, ses admirateurs semblaient opérer sur le chemin de Compostella. Wormold était forcé de reconnaître, à regret, qu'ils n'étaient pas dangereux. Ces saluts bruyants, qui accompagnaient Milly depuis environ l'anniversaire de ses treize ans, constituaient en réalité un hommage car, même d'après le niveau d'opinion qui, à La Havane, est élevé, elle était belle. Elle avait des cheveux couleur de miel pâle, des sourcils bruns, et sa queue de cheval était taillée et mise en plis par le meilleur coiffeur de la ville. Elle n'accordait pas la moindre attention aux coups de sifflet dont le seul effet était de lui faire lever les pieds plus haut (en la voyant marcher on aurait pu croire à la lévitation). Le silence lui eût semblé injurieux, désormais.

Au contraire de Wormold qui ne croyait à rien, Milly était catholique : il avait dû faire cette promesse à sa mère avant leur mariage. Cette mère, supposait-il, n'avait sans doute plus la moindre foi, mais elle lui avait laissé une catholique sur les bras. Cela rendait Milly plus proche de Cuba qu'il ne parvenait à l'être lui-même. Il pensait que dans les familles riches régnait encore la coutume d'avoir une duègne dans la maison et il lui semblait parfois que Milly, elle aussi, était accompagnée d'une duègne invisible à tous les yeux, sauf aux siens propres. À l'église, où elle était plus ravissante que partout ailleurs, coiffée d'une mantille légère comme une plume, brodée de transparentes feuilles d'hiver, elle avait toujours à ses côtés cette duègne qui veillait à ce que son dos fût bien droit, son visage voilé au bon moment, le signe de la croix fait correctement. Les gamins pouvaient impunément sucer des bonbons autour d'elle ou pouffer de rire derrière les piliers, elle demeurait assise avec une rigidité de nonne et suivait la messe dans un petit missel doré sur tranche, relié en maroquin de la couleur de ses cheveux (elle l'avait choisi elle-même). La même duègne invisible exigeait qu'elle mangeât du poisson le vendredi, jeûnât les quatre-temps, et assistât à la messe, non seulement le dimanche et aux grandes fêtes de l'Église, mais aussi le jour de sa sainte patronne. Milly était son petit nom intime, son vrai prénom était Séraphina.

Il avait fallu longtemps pour que Wormold s'aperçut que la duègne n'était pas toujours aux côtés de Milly. Sa tenue à table était impeccable. Jamais elle n'oubliait ses prières du soir, et son père avait de bonnes raisons pour le savoir, car, depuis son enfance, elle l'avait fait attendre devant la porte de sa chambre jusqu'à ce qu'elle les eût achevées, pour lui faire bien sentir qu'il n'était pas catholique. Une lampe brûlait continuellement devant l'image de Notre-Dame de Guadalupe. Il se rappelait avoir entendu sa fille, à l'âge de quatre ans, prier : « Je vous salue, Marie, trempe ton pain… Marie, trempe ton pain… »

Un jour, cependant — Milly avait alors treize ans —, Wormold avait été convoqué au couvent des Clarisses américaines, dans l'une des demeures blanches du riche faubourg de Vedado. Là, il comprit, pour la première

fois, que lorsque Milly avait dépassé l'écusson des religieuses placé à la porte grillée de l'école, la duègne cessait de la surveiller. L'accusation était grave : Milly
avait mis le feu à un petit garçon nommé Thomas Earl
Parkman. Il est vrai, et la révérende mère en convenait,
qu'Earl — c'est ainsi qu'on l'appelait à l'école — avait
commencé par tirer les cheveux de Milly, mais la supé-
rieure ne considérait pas que ce geste justifiât l'acte de
Milly, lequel eût pu avoir de très graves conséquences,
si une autre petite élève n'avait vivement poussé Earl
dans un bassin. Le seul argument dont Milly usa pour
sa défense fut qu'Earl était protestant et qu'il fallait
bien, si les persécutions devaient commencer, que les
catholiques montrent aux protestants qu'ils étaient de
taille à se battre.

— Mais comment a-t-elle mis le feu à Earl ?
— Elle a arrosé d'essence le pan de sa chemise.
— D'essence !
— Oui, d'essence légère, et elle a frotté une allu-
mette. Nous croyons savoir qu'elle fume en cachette.
— C'est une histoire bien invraisemblable.
— Parce que vous ne connaissez pas Milly. Je dois
vous dire, Mr Wormold, que notre patience a été mise
à rude épreuve.

Il se révéla que, six mois avant de mettre le feu à
Earl, Milly avait fait circuler en classe de dessin une
collection de cartes postales représentant les plus beaux
tableaux de tous les pays.

— Je ne vois pas où est le mal.
— À l'âge de douze ans, Mr Wormold, une petite
fille ne doit pas limiter son admiration aux nus, si clas-
siques que soient les peintures.
— Ce n'étaient que des nus ?
— Exclusivement, sauf la *Maja vestida* de Goya,
qu'elle possédait également en version déshabillée.

Wormold avait été forcé d'implorer la merci de la
révérende mère. Il devait, pauvre père athée, élever une
enfant catholique ; le couvent américain était à La

Havane la seule école catholique qui ne fût pas espagnole, et il n'avait pas les moyens de prendre une gouvernante. Les sœurs n'allaient pas l'obliger à mettre sa fille à l'Institut Hiram C. Truman, voyons ! Ce serait violer la promesse qu'il avait faite à la mère de Milly. Il se demanda, intérieurement, si son devoir ne serait pas de chercher une nouvelle épouse, mais les sœurs ne l'admettraient sans doute pas et, d'ailleurs, il aimait toujours la sienne.

Naturellement, il eut avec Milly une explication qui, du côté de la petite fille, fut un modèle de candeur.

— Pourquoi as-tu mis le feu à Earl ?

— J'ai été tentée par le démon.

— Milly, s'il te plaît, un peu de bon sens.

— Les saints ont été tentés par le démon.

— Tu n'es pas une sainte.

— Exact. C'est pour cela que j'ai cédé à la tentation.

L'incident était clos. Du moins le serait-il ce même après-midi, entre quatre et six, dans le confessionnal. Sa duègne, revenue près d'elle, allait s'en occuper. « Si seulement, pensa-t-il, je pouvais savoir, avec certitude, quel est le jour de sortie de ce cerbère ! »

Restait l'accusation de fumer en secret.

— Est-ce que tu fumes des cigarettes ? lui demanda-t-il.

— Non, papa.

Quelque chose dans le ton de cette réponse lui fit répéter sa question sous une autre forme.

— Milly, as-tu jamais fumé ?

— Rien que des manilles, répondit-elle.

Et maintenant, en entendant les coups de sifflet annoncer l'approche de sa fille, il se demanda pourquoi elle semblait revenir du port au lieu de suivre la rue Lamparilla depuis l'avenue de Belgique. Mais dès qu'il la vit, il en vit aussi la raison. Elle était suivie d'un jeune commis de magasin qui portait un paquet si gros que son visage disparaissait derrière. Wormold comprit avec tristesse qu'elle avait encore fait des achats. Il monta dans leur appartement, au-dessus du magasin, où, peu de temps après, il l'entendit diriger, dans une autre pièce, l'installation de ses emplettes. Plusieurs chocs, un bruit métallique, un cliquetis de chaînes lui parvinrent.

— Mettez-le là, disait-elle. Non, là !

Des tiroirs s'ouvraient et se refermaient. Elle se mit à enfoncer des clous dans le mur. Un petit morceau de plâtre se détacha du côté de Wormold et tomba dans la salade, sur la table où la femme de ménage avait préparé un repas froid.

Milly entra à l'heure précise. Il était toujours difficile à son père de dissimuler le choc que lui causait sa beauté, mais l'invisible duègne le traversait d'un regard froid, comme elle l'aurait fait d'un prétendant indésirable. Il y avait bien longtemps que la duègne n'avait pris de vacances. Il déplorait presque son assiduité et aurait parfois éprouvé quelque plaisir à voir flamber Earl de nouveau. Milly dit le bénédicité et se signa, tandis que son père attendait respectueusement, tête penchée, qu'elle eût terminé. C'était une de ses plus longues prières, ce qui pouvait vouloir dire qu'elle n'avait pas très faim, ou qu'elle essayait de gagner du temps.

— La journée s'est bien passée, papa ? demanda-t-elle poliment.

C'était le genre de question que poserait une épouse au bout de longues années.

— Pas mal. Et pour toi ?

Il devenait lâche lorsqu'il la regardait et détestait l'idée de lui interdire quoi que ce soit, aussi essaya-t-il d'éviter le plus longtemps possible le sujet de ses achats. Il savait que son argent de poche du mois avait été entièrement consacré, quinze jours avant, à des boucles d'oreilles qui lui avaient plu et à une petite statue de sainte Séraphina.

— C'est moi qui ai eu les meilleures notes aujourd'hui en dogme et morale.

— Très bien, très bien. Quelles étaient les questions posées ?

— Où j'ai le mieux répondu, c'est sur le péché véniel.

— J'ai vu le docteur Hasselbacher ce matin, dit-il, sautant en apparence du coq à l'âne.

— J'espère qu'il allait bien, répondit-elle poliment.

« La duègne, pensa Wormold, passe les bornes. Les écoles catholiques ont une renommée à cause des leçons de maintien qu'on y donne ; encore ce maintien n'est-il destiné qu'à impressionner les étrangers. Mais, songea-t-il avec tristesse, je suis un étranger pour Milly. » Il était incapable de la suivre dans son univers bizarre de cierges, de dentelles, d'eau bénite et de génuflexions. Il avait parfois l'impression de n'avoir pas d'enfant.

— Je l'ai invité à boire une bonne bouteille le jour de ton anniversaire. J'ai pensé que nous pourrions aller ensuite dans une boîte de nuit.

— Une boîte de nuit !

La duègne détourna sans doute la tête momentanément, tandis que Milly s'écriait :

— Ô Gloria Patri !

— Je croyais que tu disais toujours : Alléluia !

— C'était dans les petites classes. Quelle boîte de nuit ?

— J'avais pensé au *Nacional*.

— Pas au *Théâtre Shanghai ?*

— Certainement pas au *Théâtre Shanghai*. Je me demande même comment tu peux savoir que cela existe.

— À l'école, on est assez bien renseignés.

— Nous n'avons pas parlé de ton cadeau, dit Wormold. Un dix-septième anniversaire n'est pas pareil aux autres. Je me disais…

— Très sincèrement, dit Milly, rien au monde ne me fait envie.

Wormold se rappela avec appréhension l'énorme paquet. Serait-elle allée acheter tout ce qui lui faisait envie au monde ? Il tenta de la convaincre :

— Voyons, il reste certainement une chose qui te ferait plaisir.

— Non, rien. Vraiment rien.

— Un maillot de bain neuf, suggéra-t-il, à bout d'imagination.

— Eh bien, oui, il y a une chose… Mais j'ai pensé que ça pourrait compter en plus comme cadeau de Noël, pour cette année, l'année prochaine et même celle d'après…

— Grands dieux ! Qu'est-ce que c'est ?

— Tu n'aurais plus à te fatiguer l'imagination pour savoir quoi m'offrir pendant très longtemps.

— Ne me dis pas que tu veux une Jaguar !

— Oh ! non, c'est un tout petit cadeau. Pas une voiture. Ça durerait des années. C'est quelque chose de très pratique. On peut même dire que ça permet d'économiser l'essence.

— D'économiser l'essence ?

— Et aujourd'hui, j'ai acheté tous les accessoires… avec mon argent.

— Tu n'as pas d'argent. J'ai été forcé de te prêter trois pesos pour sainte Séraphina.

— Mais mon crédit est solide.

— Milly, combien de fois t'ai-je répété que je t'interdis d'acheter à crédit. D'ailleurs, il s'agit de mon crédit, pas du tien, et mon crédit ne cesse pas de baisser.

— Pauvre papa ! Sommes-nous au bord de la ruine ?

— Oh ! j'espère que les affaires vont reprendre quand les troubles politiques s'apaiseront.

— Je croyais qu'il y avait toujours des troubles à Cuba. Si les choses en viennent au pire, je pourrai travailler pour gagner ma vie.

— En faisant quoi ?

— Je pourrais être gouvernante comme Jane Eyre.

— Qui t'engagerait ?

— Le *señor* Perez.

— Milly, tu ne sais pas de quoi tu parles ! Il vit avec sa quatrième femme, tu es catholique…

— C'est peut-être une vocation secrète qui m'entraîne vers les pécheurs, dit Milly.

— Milly, ne dis pas de sottises. D'ailleurs, je ne suis pas ruiné. Pas encore. Autant que je sache. Milly, qu'est-ce que tu as acheté ?

— Viens voir.

Il la suivit jusque dans sa chambre : une selle était posée sur son lit, une bride et un mors pendaient contre le mur, suspendus aux clous que Milly avait enfoncés (elle avait démoli le talon d'un de ses escarpins du soir les plus neufs en tapant dessus), des rênes étaient drapées entre les appliques électriques, un fouet posé debout sur la coiffeuse.

— Où est le cheval ? demanda Wormold, qui renonçait à protester et s'attendait presque à voir sortir un pur-sang de la salle de bains.

— Dans une écurie près du Country Club. Devine son nom.

— Comment veux-tu…

— Séraphina. Avoue que c'est le doigt de Dieu.

— Mais Milly, je n'ai absolument pas les moyens…

— Tu n'as pas besoin de la payer tout d'un coup. Sa robe est alezane.

— La couleur n'y change rien.

— Elle est dans le stud-book : Séraphina par Ferdinand de Castille et Santa Teresa. Elle coûterait deux fois plus, si elle ne s'était pas abîmé un fanon en sautant sur un fil métallique. Ça ne la gêne pas. Ce n'est qu'une petite boule, mais elle ne peut plus concourir.

— Peu m'importe qu'on la vende au quart de sa valeur. Les affaires vont trop mal, Milly.

— Mais je t'ai expliqué qu'on ne te demandera pas la totalité tout de suite. Tu pourras mettre des années à payer.

— Et je continuerai à payer quand la rosse sera morte !

— Ce n'est pas une rosse, c'est une jolie jument. Et Séraphina durera beaucoup plus longtemps qu'une voiture. Elle durera probablement plus que toi.

— Mais, Milly, tes trajets pour aller à l'écurie, et rien que les frais d'écurie…

— J'ai discuté tout ça avec le capitaine Segura. Il m'en offre une au plus juste prix. Il voulait me la loger gratuitement, mais je savais que tu ne serais pas content si j'acceptais.

— Qui est le capitaine Segura, Milly ?

— Le chef de la police à Vedado.

— Où diable l'as-tu connu ?

— Oh ! il me ramène souvent jusqu'à Lamparilla dans sa voiture.

— La révérende mère le sait-elle ?

— Chacun a droit à sa vie privée, répliqua Milly avec raideur.

— Écoute, Milly. Je n'ai pas d'argent pour acheter un cheval, et tu n'as pas d'argent pour acheter tout ce… fourbi. Il faut le rapporter où tu l'as pris.

Il ajouta, furibond :

— Et je ne veux pas que tu montes dans la voiture du capitaine Segura !

— Ne t'inquiète pas. Il ne me touche jamais, dit Milly. En conduisant, il chante des chansons mexicaines très tristes qui parlent de fleurs et de mort. Il y en a une sur un taureau.

— Je te le défends absolument, Milly. J'en parlerai à la révérende mère. Il faut que tu me promettes…

Il put voir, sous les sourcils bruns, les yeux d'ambre vert s'emplir de larmes. Wormold se sentit pris de panique ; sa femme l'avait regardé de la même manière un certain après-midi glacial d'octobre où six années de vie commune avaient soudain pris fin.

— Dis-moi, demanda-t-il, tu n'es pas tombée amoureuse de ce capitaine Segura ?

Deux larmes, aussi brillantes que les harnais pendus au mur, se poursuivirent avec une sorte d'élégance sur la courbe d'une pommette : elles aussi faisaient partie de l'équipement de Milly.

— Je me fiche pas mal du capitaine Segura, dit-elle. C'est Séraphina toute seule que j'aime. Elle mesure quinze paumes et tout le monde dit que sa bouche est comme du velours.

— Ma petite Milly, tu sais bien que si je pouvais…

— Oh ! je savais que tu allais le prendre comme ça ! Je le sentais tout au fond de moi. J'ai fait deux neuvaines pour que ça réussisse, mais elles n'ont servi à rien. Et j'avais pris tant de précautions. J'étais en état de grâce tout le temps. Je ne croirai jamais plus aux neuvaines, jamais plus, jamais plus !

Sa voix avait les prolongements obsédants du corbeau d'Edgar Poe. Wormold n'avait pas la foi, mais il n'aurait voulu par aucune de ses actions diminuer la foi de Milly. Et voilà qu'il se sentait une terrible responsabilité : d'un moment à l'autre, elle allait nier l'existence de Dieu. De lointaines paroles données remontèrent du passé et ses forces faiblirent.

— J'ai entendu deux messes supplémentaires…

— Milly, dit-il, je suis désolé…

Par le vieux procédé magique bien connu, elle faisait passer sur les épaules de son père tout le fardeau de sa déception. C'est très joli de parler des larmes faciles que répand un enfant, mais un père ne peut courir les mêmes risques qu'un maître d'école ou qu'une gouvernante. Qui sait s'il n'y a pas un moment de l'enfance où le monde change pour toujours, comme on fait une grimace au moment où la pendule sonne.

— Je te promets, Milly, que si c'est possible l'année prochaine… Écoute, mon petit, tu peux garder la selle jusque-là et tous les autres machins aussi.

— À quoi bon avoir une selle sans cheval ? Et moi qui ai dit au capitaine Segura…

— Le diable emporte Segura… Qu'est-ce que tu lui as dit ?

— Je lui ai dit qu'il suffirait que je te demande Séraphina pour que tu me la donnes. Je lui ai dit que tu étais merveilleux. Je ne lui ai pas parlé des neuvaines.

— Combien en demande-t-on ?

— Trois cents pesos.

— Oh ! Milly, Milly...

Il ne lui restait plus qu'à capituler.

— Il faudra que tu prennes les frais d'écurie sur ton argent de poche.

— Naturellement.

Elle lui embrassa l'oreille.

— Je commence le mois prochain.

Ils savaient très bien tous les deux qu'elle ne commencerait jamais.

— Tu vois, ajouta-t-elle, elles ont tout de même agi, les neuvaines, je veux dire. J'en recommencerai une demain pour que les affaires reprennent. Je me demande à quel saint il faut s'adresser pour cela.

— J'ai entendu dire que saint Jude était le patron des causes perdues, dit Wormold.

Chapitre III

1

Wormold faisait souvent le rêve creux qu'un jour, en s'éveillant, il s'apercevrait qu'il avait amassé des économies, et que titres au porteur et actions nominatives déversaient sur lui le flot régulier de leurs dividendes, comme c'était le cas pour les riches habitants du faubourg de Vedado. Alors, il se retirerait, avec Milly, en Angleterre, où il n'y aurait plus de capitaine Segura, ni de coups de sifflet admiratifs. Mais ce rêve s'évanouissait chaque fois qu'il entrait dans la grande banque américaine d'Obispo. En franchissant le vaste portail de pierre décoré de trèfles à quatre feuilles, il redevenait le petit commerçant qu'il était en réalité et dont la retraite ne suffirait jamais à emmener Milly dans le pays de la sécurité.

Tirer un chèque est loin d'être une opération aussi simple dans une banque américaine que dans une banque anglaise. Les banquiers américains sont partisans du contact humain : le caissier vous donne l'impression de se trouver là tout à fait par hasard, par pur accident ; il déborde de joie d'avoir cette chance inespérée de vous rencontrer. « Vraiment, pouvez-vous lire dans la chaleur de son sourire ensoleillé, je ne m'attendais guère à vous voir ici, vous moins que personne, dans une banque moins qu'en tout autre endroit ! » Après avoir échangé avec lui des nouvelles de votre santé et de sa santé, et découvert entre vous une communauté de goût pour le beau temps de cette journée d'hiver, vous glissez timidement, comme en vous en excusant, le chèque vers lui — mon Dieu, que toutes ces questions d'argent sont ennuyeuses et banales ! —, mais à peine a-t-il eu le temps d'y jeter un coup d'œil que le téléphone, à portée de sa main, se met à sonner.

— Comment, c'est vous, Henry ! s'écrie-t-il tout surpris dans l'appareil, comme si Henry était, lui aussi, la dernière personne à qui il s'attendait à parler ce jour-là. Quelles nouvelles ?

Les nouvelles prennent un bon moment ; le caissier vous fait un petit sourire complice : les affaires sont les affaires.

— Mon cher, Edith était ravissante hier soir, dit le caissier.

Wormold s'agita impatiemment.

— Oh ! soirée épatante, très réussie. Moi ? Oui, parfaitement en forme. Alors, qu'est-ce que nous faisons pour vous aujourd'hui ?

— …

— N'importe quoi pour vous rendre service, Henry, vous le savez bien… Cent cinquante mille dollars à trois ans… Mais non, naturellement, aucune difficulté pour une maison comme la vôtre. Nous sommes forcés de demander un OK à New York, mais c'est une formalité. Entrez en passant, quand vous voudrez, pour en parler avec le directeur. Paiements mensuels ? Non, ce n'est pas nécessaire avec une firme américaine. Je pense que nous pourrions obtenir cinq pour cent. Dites plutôt deux cent mille à quatre ans. Mais bien sûr, Henry.

Le chèque de Wormold se réduisait à rien entre ses doigts. « Trois cent cinquante dollars… » les mots écrits lui paraissaient aussi minces que ses ressources.

— On se voit demain chez Mrs Slater ? Je crois qu'on fera un bridge. Pas d'as dans votre manche, Henry ! Combien de temps pour le OK ? Oh ! pas plus de deux jours, par câble. Onze heures demain ? Votre heure est la mienne. Entrez tout droit. Je préviens le directeur. Il sera ravi de vous voir.

« Désolé de vous avoir fait attendre, Mr Wormold.

Cette absence de prénom, de nouveau. « Sans doute, pensa Wormold, trouve-t-il que je ne vaux pas la peine d'être fréquenté, ou serait-ce la différence de nationalité qui nous sépare ? »

— Trois cent cinquante dollars.

Le caissier lança sur un dossier un regard apparemment fortuit, avant de compter les billets. Il commençait à le faire quand le téléphone sonna une seconde fois.

— Oh ! Mrs Ashworth ! Où vous cachiez-vous donc tous ces temps-ci ? À Miami ! Voyez-vous cela !...

Il se passa quelques minutes avant qu'il en eût terminé avec Mrs Ashworth. En faisant passer les billets à Wormold, il lui glissa un petit papier.

— Vous m'excuserez, n'est-ce pas, Mr Wormold. Vous m'avez demandé de vous tenir au courant.

Ce petit papier lui annonçait un découvert de cinquante dollars.

— Parfaitement. C'est très aimable à vous, dit Wormold. Mais il n'y a pas lieu de vous inquiéter.

— Oh ! la banque n'a aucune inquiétude, Mr Wormold. Je vous avertis parce que vous l'avez demandé, c'est tout.

« Si le découvert avait été de cinquante mille dollars, pensa Wormold, il m'aurait appelé Jim. »

2

Sans savoir exactement pourquoi, il n'avait pas envie, ce matin-là, de boire son daiquiri du matin en compagnie du docteur Hasselbacher ; il y avait des moments où le docteur lui semblait un peu trop libre de soucis. Il entra donc chez *Sloppy Joe* au lieu d'aller au

Wonder Bar. Aucun résident de La Havane n'allait jamais chez *Sloppy Joe* parce que c'était le rendez-vous des touristes, mais les touristes étaient alors en nombre de plus en plus réduit, car l'on pouvait entendre dans le régime du président les craquements avant-coureurs de l'écroulement final. Il y avait toujours eu, hors de la vue du public, des incidents déplaisants qui, en éclatant dans les chambres secrètes de la Jefatura, n'avaient pas troublé les étrangers logés au *Nacional* ou au *Séville-Biltmore*, mais voilà qu'un de ces visiteurs venait d'être tué par une balle perdue, pendant qu'il photographiait un mendiant pittoresque, sous un balcon près du palais, et cette mort avait sonné le glas des « tours complets comprenant une excursion à la plage de Varadero et un aperçu de la vie nocturne à La Havane ». Le Leica de la victime avait été pulvérisé du même coup, ce qui plus que le reste avait donné à ses compagnons une notion impressionnante du pouvoir destructeur d'un projectile. Wormold les avait entendus discuter, après l'incident, au bar du *Nacional*.

— La balle a fracassé l'appareil, disait l'un d'eux. Cinq cents dollars envolés, comme ça !

— Est-il mort sur le coup ?

— Bien sûr. Et l'objectif… on pouvait en ramasser des petits morceaux dans un rayon de cinquante mètres. Regardez. J'en remporte un éclat pour le montrer à Mr Humpelnicker.

Le long bar ce matin-là était à peu près désert. Il n'y avait à un bout que l'élégant inconnu, et à l'autre bout un gros homme appartenant à la police des touristes, qui fumait un cigare. L'Anglais, perdu dans la contemplation des multiples bouteilles, demeura un long moment sans apercevoir Wormold.

— Par exemple ! s'écria-t-il. Mr Wormold, si je ne me trompe ?

Wormold se demanda comment il connaissait son nom, car il avait oublié de lui donner sa carte commerciale.

— Dix-huit marques différentes de scotch, dit l'inconnu, y compris Black Label. Et je n'ai pas compté les bourbons. Quel merveilleux spectacle ! Merveilleux, répéta-t-il, en baissant respectueusement la voix. Avez-vous jamais vu autant de whiskies différents ?

— Eh oui ! figurez-vous. Je collectionne les bouteilles échantillons. J'en ai quatre-vingt-dix-neuf chez moi.

— Intéressant. Et qu'allez-vous prendre aujourd'hui ? Un Dimpled Haig ?

— Non, merci. Je viens de commander un daiquiri.

— Je ne peux pas supporter ces machins-là. Ils me donnent la diarrhée.

— Vous êtes-vous décidé pour un aspirateur ? demanda Wormold pour parler de quelque chose.

— Un aspirateur ?

— Le nettoyage par le vide. Les choses que je vends.

— Oh ! un aspirateur ! un aspirateur ! Ha ! ha ! Jetez donc ce truc et prenez un scotch.

— Je ne bois jamais de scotch avant le soir.

— Ah ! ces gens du Midi !

— Je ne vois pas le rapport.

— Ça vous appauvrit le sang. Le soleil, je veux dire. Vous êtes né à Nice, n'est-ce pas ?

— Comment le savez-vous ?

— Oh ! des petits potins qu'on ramasse à droite et à gauche. On cause avec Pierre et Paul. D'ailleurs, j'avais l'intention de vous demander un moment d'entretien.

— Eh bien, je suis là.

— Je préférerais un endroit plus discret. Ici, les gens entrent et sortent sans arrêt.

Aucune description n'aurait pu être plus fausse. Personne n'était même passé devant la porte ouverte au dur soleil vertical de la rue. Le policier du service des touristes s'était béatement endormi après avoir placé avec soin son cigare en équilibre sur un cendrier : il n'y avait à cette heure-là pas le moindre touriste à surveiller ou à protéger.

— S'il s'agit d'un aspirateur, dit Wormold, venez au magasin.

— J'aime mieux pas, réellement. Je ne veux pas qu'on me voie traîner devant votre maison. Un bar n'est pas un mauvais endroit après tout. On rencontre un compatriote par hasard, on trinque, quoi de plus naturel ?

— Je ne comprends pas.

— Vous savez comment ça se passe…

— Non.

— Enfin, est-ce que vous trouveriez cela naturel, vous ?

Wormold donna sa langue au chat. Il laissa quatre-vingts *cents* sur le comptoir et dit :

— Il faut que je rentre au magasin.

— Pourquoi ?

— Je n'aime pas laisser Lopez seul trop longtemps.

— Ah ! oui, Lopez. Il faudra que je vous parle de Lopez.

De nouveau, l'explication qui apparut à Wormold comme la plus plausible fut que l'inconnu était un inspecteur excentrique envoyé par le siège social. Mais il atteignit vraiment les limites de l'excentricité lorsqu'il ajouta à voix basse :

— Allez aux toilettes des messieurs. Je vous rejoins.

— Les toilettes ? Pour quoi faire ?

— Pour me montrer le chemin.

Dans un monde dément, il semble toujours plus simple d'obéir. Wormold précéda l'inconnu vers une porte de derrière, le long d'un court corridor, et lui montra les toilettes :

— C'est là.

— Après vous, mon vieux.

— Mais je n'ai pas besoin d'y aller.

— Ne faites pas d'histoires, dit l'inconnu.

Il posa la main sur l'épaule de Wormold et le poussa à l'intérieur. Il y avait deux lavabos, une chaise au dossier démoli, les cabinets et les urinoirs habituels.

— Posez-vous là, mon vieux, dit l'inconnu, je vais ouvrir le robinet.

Mais lorsque l'eau se mit à couler, il ne fit pas un geste pour se laver.

— Ça a l'air plus naturel, expliqua-t-il (« naturel » semblait être son épithète favorite), si quelqu'un entre sans s'annoncer. Et naturellement, ça brouille les micros.

— Les micros ?

— Oui, vous avez raison de vous étonner. Tout à fait raison. Il est plus que probable qu'il n'y a pas de micro dans un endroit comme celui-ci. Mais c'est un bon exercice, et c'est cela qui compte. Vous verrez par vous-même que ça sert toujours de s'être exercé. Une veine qu'ils n'aient ni tampons ni soupapes, à La Havane. On peut laisser l'eau couler, tranquillement.

— Voudriez-vous m'expliquer…

— On ne saurait prendre trop de précautions, même aux cabinets. En 1940, un de nos types, au Danemark, a vu de sa propre fenêtre la flotte allemande qui arrivait par le Kattegat. Naturellement, il a compris que les choses se déclenchaient. Il s'est mis à brûler ses papiers. Il a jeté les cendres dans la cuvette des cabinets et il a tiré le cordon. Le malheur, c'est qu'il y avait eu des gelées tardives. Les tuyaux étaient pris par la glace. Toutes les cendres sont remontées dans la baignoire à l'étage au-dessous. L'appartement était celui d'une vieille demoiselle : la « Baronin » je ne sais quoi, qui se préparait à prendre son bain. Très embêtant pour notre type.

— On dirait une histoire d'agent secret.

— C'était un agent secret, mon vieux, du moins, c'est comme ça qu'on les appelle dans les romans. C'est pour ça que je voulais vous parler de ce garçon : Lopez. Est-il sûr, ou faut-il le saquer ?

— Est-ce que vous appartenez à l'Intelligence Service ?

— Servez-vous de ce terme si vous voulez.

— Pourquoi mettrais-je Lopez à la porte ? Il est chez moi depuis dix ans.

— Nous pourrions vous trouver quelqu'un qui connaisse à fond les aspirateurs. Mais nous vous laisserons, naturellement, prendre cette décision.

— Mais je n'appartiens pas à votre service, moi !

— Nous verrons ça dans un moment, vieux. En tout cas, nous avons pris nos renseignements sur Lopez... il a l'air correct. Mais votre ami Hasselbacher. Avec lui, vous devriez y aller doucement.

— Comment connaissez-vous Hasselbacher ?

— Il y a deux ou trois jours que je suis ici à recueillir des bruits. On est obligé, en pareil cas.

— Quel cas ?

— Où Hasselbacher est-il né ?

— À Berlin, je crois.

— Sympathies : Est ou Ouest ?

— Nous ne parlons jamais politique.

— Non que cela fasse grande différence. Est ou Ouest, ils jouent le jeu allemand. Rappelez-vous le pacte de Ribbentrop. Nous ne nous laisserons plus rouler de cette manière.

— Hasselbacher ne fait pas de politique. C'est un vieux médecin qui habite ici depuis trente ans.

— Pourtant, vous auriez peine à croire... Mais je suis de votre avis, si vous cessiez de le fréquenter ce serait trop évident. Jouez-en prudemment, voilà tout. Il pourrait même être utile, si vous saviez vous en servir.

— Je n'ai aucune intention de m'en servir.

— Vous verrez que ce sera nécessaire pour votre mission.

— Je n'accepte aucune mission. Pourquoi m'avez-vous choisi ?

— Anglais patriote. Établi ici depuis des années. Membre respecté de l'Association des commerçants européens. Il nous faut notre agent à La Havane, n'est-ce pas ? Les sous-marins ont besoin de fuel. Les dictateurs se rapprochent les uns des autres. Les gros entraînent les petits.

— Les sous-marins atomiques n'ont pas besoin de fuel.

— Exact, mon vieux, absolument exact. Mais les guerres éclatent toujours avec un peu de retard. Il faut que les armes traditionnelles soient prêtes aussi. Et puis, il y a les informations économiques : sucre, café, tabac…

— Tout cela se trouve dans les annuaires du gouvernement.

— Nous n'avons aucune confiance en eux, mon cher. Et, bien entendu, les renseignements politiques. Avec vos aspirateurs, vous avez vos entrées partout.

— Est-ce que vous voudriez que j'analyse les poussières ?

— Vous prenez peut-être cela pour une plaisanterie, mais au moment de l'affaire Dreyfus, le témoignage le plus important pour le contre-espionnage français a été celui d'une femme de ménage qui vidait les corbeilles à papier à l'ambassade d'Allemagne.

— Je ne sais même pas votre nom.

— Hawthorne.

— Mais qui êtes-vous ?

— Eh bien, disons que j'organise le réseau des Caraïbes. Un moment. J'entends venir quelqu'un. Je vais me laver. Vous, entrez dans les cabinets. Il ne faut pas qu'on nous voie ensemble.

— On nous a vus ensemble !

— Rencontre fortuite. Compatriotes.

Il poussa Wormold dans les cabinets.

— Bon exercice pour vous, ajouta-t-il.

Puis le silence régna, rompu seulement par le bruit de l'eau qui coulait du robinet. Wormold s'assit. Il n'avait que cela à faire. Une fois assis, ses jambes se voyaient encore sous la porte. Un bec-de-cane fut abaissé. Des pieds traversèrent le sol de céramique et se dirigèrent vers l'urinoir. L'eau continuait de couler. Wormold était sous le coup d'un immense étonnement. Il se demandait pourquoi il n'avait pas endigué toute cette absurdité dès le début. Rien d'étonnant à ce que Mary l'eût quitté. Il se rappela une de leurs querelles. « Pourquoi ne fais-tu pas quelque chose ? Agis, d'une façon ou d'une autre, au lieu de rester planté là... » « Du moins, pensa-t-il, cette fois-ci je suis assis. » Mais, tout bien pesé, qu'aurait-il pu dire ? Il n'avait pas eu le loisir de glisser un seul mot. Les minutes passèrent. Quelles énormes vessies avaient ces Cubains et comme les mains de Hawthorne devaient être propres depuis tout ce temps ! L'eau s'arrêta de couler. Sans doute se séchait-il, mais Wormold se rappela qu'il n'y avait pas de serviette. Nouveau problème pour Hawthorne, mais il le résoudrait. Cela faisait partie de l'« exercice ». Enfin, les pieds repassèrent dans la direction opposée. La porte se referma.

— Puis-je sortir ? demanda Wormold.

C'était comme une capitulation. Désormais, il recevait des ordres.

Il entendit Hawthorne s'approcher sur la pointe des pieds.

— Laissez-moi quelques minutes pour partir, ma vieille branche. Savez-vous qui c'était ? Le policier. Il avait des soupçons.

— Il a pu reconnaître mes jambes sous la porte. Peut-être devrions-nous échanger nos pantalons ?

— Ça n'aurait pas l'air naturel, dit Hawthorne, mais je vois que vous commencez à saisir. Je laisse la clé de ma chambre dans la cuvette du lavabo. *Séville-Biltmore*, cinquième étage. Montez directement. Ce soir, dix heures. Choses à discuter. Argent, etc. Questions sordides. Ne vous arrêtez pas à la réception.

— N'avez-vous pas besoin de votre clé ?

— J'ai un passe. À tout à l'heure.

Wormold se leva juste à temps pour voir la porte se fermer derrière l'élégante silhouette et l'abominable argot. La clé était là, dans le lavabo. Chambre 510.

À neuf heures et demie, Wormold entra dans la chambre de Milly pour lui dire bonsoir. Quand la duègne était de service, le plus grand ordre y régnait : un cierge brûlait devant la statue de sainte Séraphina, le missel couleur de miel était près du lit, les vêtements avaient disparu comme s'ils n'avaient jamais existé, et un faible parfum d'eau de Cologne flottait dans l'air comme un encens.

— Il y a quelque chose qui te tracasse, dit Milly. Tu n'es plus inquiet au sujet du capitaine Segura, au moins ?

— Dis-moi, Milly, tu ne me montes jamais de bateaux ?

— Non, pourquoi ?

— Sauf toi, tout le monde a l'air de le faire.

— Maman te montait des bateaux ?

— Probablement. Au début.

— Et le docteur Hasselbacher ?

Il se rappela le Noir qui avançait lentement en boitant.

— Peut-être que ça lui arrive, répondit-il.

— Tu ne crois pas que c'est une marque d'affection ?

— Pas toujours. Je me souviens qu'à l'école…

Il se tut.

— De quoi te souviens-tu, papa ?

— Oh ! d'un tas de choses.

L'enfance contient le germe de toute méfiance. Parce que vous êtes la victime de jeux cruels, vous vous livrez ensuite à des jeux cruels. Vous effacez le souvenir de vos souffrances en faisant souffrir les autres. Mais, par hasard, sans qu'il y eût aucun mérite, Wormold n'avait jamais réagi de la sorte, peut-être par manque de caractère. On dit que l'école vous fait le caractère en arrondissant vos angles. Ses angles avaient été arrondis, certes, mais à son avis, l'opération, loin de lui « former » le caractère, avait plutôt abouti à le rendre informe, comme une des sculptures qui sont exposées au musée d'Art moderne.

— Es-tu heureuse, Milly ? demanda-t-il.

— Oh ! oui !

— À l'école aussi ?

— Oui. Pourquoi ?

— Personne ne te tire plus les cheveux ?

— Bien sûr que non.

— Et tu ne mets plus le feu à personne ?

— J'avais treize ans quand j'ai fait ça, dit-elle avec dédain. Pourquoi te tracasses-tu, papa ?

Elle était assise sur son lit, dans une chemise de nuit de nylon blanc. Il l'aimait tendrement quand la duègne était là, et plus tendrement encore quand la duègne était absente. Il ne pouvait pas perdre son temps à ne pas aimer. Il avait l'impression de faire avec sa fille un petit bout de chemin, au début d'un voyage qu'elle terminerait seule. Les années qui allaient les séparer se rapprochaient de l'un comme de l'autre, aussi vite qu'une gare, sur une ligne de chemin de fer, tout gain pour elle, toute perte pour lui. Cette heure nocturne était réelle, mais Hawthorne avec ses mystères et ses absurdités n'était pas réel ; pas plus que les cruautés des postes de police ou des gouvernements, ni les savants qui faisaient les essais de la nouvelle bombe H à l'île Christmas, ou Khrouchtchev qui écrivait des lettres : tout cela paraissait à Wormold moins réel que les vaines tortures pratiquées dans un dortoir d'école. Le petit garçon qu'il venait de se rappeler, armé d'une serviette de toilette mouillée… où donc était-il à présent ? Les êtres cruels viennent et passent comme les cités, les trônes, les puissances, laissant leurs ruines derrière eux. Ils sont sans permanence. Mais le clown qu'il avait vu au cirque avec Milly l'année précédente, ce clown, lui, était permanent, car son numéro ne changeait jamais. C'est ainsi

qu'il faut vivre : le clown n'était pas atteint par les éga-
rements des hommes publics ou les gigantesques
découvertes des grands.

Wormold se mit à faire des grimaces devant la glace.

— Qu'est-ce que tu fabriques, papa ?

— Je voulais me faire rire.

Milly pouffa.

— Moi qui te trouvais triste et sérieux !

— C'est pour ça que je voulais rire. Te rappelles-tu
le clown de l'année dernière, Milly ?

— Il ratait le dernier échelon d'une échelle et tombait
dans un baquet de lait de chaux.

— Il tombait dedans tous les soirs à dix heures. Nous
devrions tous être des clowns, Milly. N'apprends
jamais rien par expérience.

— La révérende mère dit…

— Ne l'écoute pas. Dieu n'apprend rien par expérience, n'est-ce pas ? Sinon comment pourrait-il espérer
encore quelque chose de l'homme ? Les savants qui
additionnent des chiffres et trouvent toujours la même
somme, ce sont ces gens-là qui causent les malheurs.
Pour découvrir la pesanteur, Newton s'est servi de son
expérience… et à partir de ce moment-là…

— Je croyais qu'il s'était servi d'une pomme…

— C'est la même chose. Ensuite, ce n'a été qu'une
question de temps pour que lord Rutherford imagine de
faire éclater l'atome. Lui aussi avait appris par expérience, de même que les gens de Hiroshima. Si seulement
nous étions nés clowns, rien de mal ne nous arriverait à
part quelques meurtrissures et un barbouillage au lait de
chaux. N'apprends rien par expérience, Milly. L'expérience détruit notre paix et notre vie.

— Qu'est-ce que tu fais en ce moment ?

— J'essaie de faire remuer mes oreilles. J'y arrivais
autrefois. Mais je ne retrouve pas le truc.

— Es-tu encore malheureux quand tu penses à
maman ?

— Quelquefois.

— Tu es toujours amoureux d'elle ?

— Peut-être. De temps en temps.

— Je suppose qu'elle était très belle quand elle était jeune.

— Elle n'est pas vieille maintenant. Trente-six ans.

— Ça n'est plus la jeunesse.

— Est-ce que tu te souviens d'elle ?

— Pas très bien. Elle était souvent partie, n'est-ce pas ?

— Très souvent.

— Naturellement, je prie pour elle.

— Que demandes-tu dans tes prières ? Qu'elle revienne ?

— Oh ! non, pas cela ! Nous nous passons parfaitement d'elle. Je demande qu'elle redevienne une bonne catholique.

— Je ne suis pas un bon catholique.

— Ça, c'est différent. Tu es invinciblement ignorant.

— Oui, tu as sans doute raison.

— Ce n'est pas une insulte, papa. Ce n'est que de la théologie. Tu seras sauvé comme tous les bons païens. Socrate, par exemple, et Cetewayo.

— Qui était Cetewayo ?

— Le roi des Zoulous.

— Et que demandes-tu encore quand tu pries ?

— Eh bien, naturellement, ces temps-ci, je me suis concentrée sur le cheval.

Il l'embrassa et lui souhaita bonne nuit.

— Où vas-tu ? demanda-t-elle.

— Je dois prendre certaines dispositions, au sujet du cheval justement.

— Je te donne bien du souci, dit-elle sans la moindre conviction.

Puis elle soupira d'aise et tira les couvertures jusqu'à son menton.

— C'est merveilleux, tu ne trouves pas, ajouta-t-elle, comme on obtient toujours ce qu'on demande dans ses prières.

Chapitre IV

1

À tous les coins de rue, il y avait des hommes qui lui criaient « Taxi » comme à un étranger, et le long du Paseo, à quelques mètres les uns des autres, les entremetteurs l'accostaient automatiquement, sans grand espoir. « À votre service, monsieur. — Je connais toutes les jolies filles. — Cherchez-vous une belle femme ? — Cartes postales ? — Un film porno ? » À l'arrivée de Wormold à La Havane, ces hommes étaient des enfants : ils gardaient sa voiture pour un petit sou, et bien qu'ils eussent vieilli en même temps que lui, ils ne s'étaient jamais habitués à lui. À leurs yeux, jamais il n'était devenu un résident, il restait un touriste permanent, qu'il fallait continuer à harceler, tant ils étaient certains qu'un jour ou l'autre, comme tout le monde, Wormold voudrait voir Superman exhiber ses talents au bordel *San Francisco*. Du moins, semblables au clown, avaient-ils le réconfort de n'avoir rien appris par expérience.

À l'angle de la rue Virdudes, le docteur Hasselbacher le héla de l'intérieur du *Wonder Bar*.

— Mr Wormold, où courez-vous si vite ?

— Un rendez-vous.

— On a toujours le temps de prendre un scotch.

À la façon dont il prononçait le mot « scotch », il était évident que le docteur Hasselbacher avait déjà trouvé le temps d'en prendre un certain nombre.

— Je suis en retard dès à présent.

— L'exactitude n'existe pas dans cette ville, Mr Wormold. Et j'ai un cadeau pour vous.

Wormold traversa le Paseo et entra dans le bar. Une pensée lui vint qui le fit sourire sans joie.

— Est-ce que vos sympathies vont vers l'Est ou l'Ouest, Hasselbacher ?

— L'Est ou l'Ouest de quoi ? Oh ! vous voulez dire... la peste soit des deux.

— Quel cadeau me destinez-vous ?

— J'ai demandé à un de mes malades de les rapporter de Miami, dit Hasselbacher.

Il sortit de sa poche deux bouteilles échantillons de whisky ; l'une était du Lord Calvert, l'autre de l'Old Taylor.

— Les avez-vous déjà ? demanda-t-il anxieusement.

— J'ai le Calvert, mais pas le Taylor. C'est très gentil, Hasselbacher, de vous être rappelé ma collection.

Il semblait toujours étrange à Wormold qu'il continuât à exister pour les autres lorsqu'il les avait quittés.

— Combien en avez-vous maintenant ?

— Cent avec le bourbon et l'irlandais. Soixante-seize scotch.

— Quand allez-vous les boire ?

— Peut-être quand j'en aurai deux cents !

— Savez-vous ce que j'en ferais si j'étais vous ? Je jouerais aux dames avec. Quand on prendrait un pion on le boirait.

— C'est une idée.

— Handicap naturel, dit Hasselbacher. Le plaisant de l'histoire c'est que le joueur le plus habile devrait boire davantage. Pensez à cette subtilité. Un autre scotch ?

— Je ne dis pas non.

— J'ai besoin de votre aide. J'ai été piqué par une guêpe ce matin.

— C'est vous qui êtes médecin, pas moi.

— Aucun rapport. Une heure après, en allant voir un malade, de l'autre côté de l'aéroport, j'ai écrasé un poulet.

— Je ne comprends toujours pas.

— Mr Wormold, Mr Wormold, vos pensées sont loin d'ici. Redescendez sur terre. Il faut que nous trouvions, immédiatement, un billet de loterie, avant le tirage. Vingt-sept, c'est une guêpe, trente-sept un poulet.

— Mais j'ai un rendez-vous.

— Les rendez-vous peuvent attendre. Videz votre verre. Nous allons au marché, à la recherche du billet.

Wormold le suivit jusqu'à sa voiture. Comme Milly, le docteur Hasselbacher avait la foi. Il vivait sous la loi des nombres, comme Milly obéissait aux saints.

Tout autour du marché étaient suspendus les numéros, en bleu et en rouge ; ceux qu'on appelait les vilains numéros gisaient sous les comptoirs ; on les gardait pour le menu fretin et les vendeurs des rues les liquidaient. C'étaient des numéros sans importance, ils ne contenaient aucun chiffre significatif, aucun nombre qui pût représenter une religieuse ou un chat, une guêpe ou un poulet.

— Regardez, signala Wormold, voici 27483.

— La guêpe sans le poulet ne sert à rien du tout, dit le docteur Hasselbacher.

Ils rangèrent la voiture et continuèrent à pied. Il n'y avait pas de proxénètes sur ce marché : la loterie est un commerce sérieux que n'ont pas corrompu les touristes. Une fois par semaine, les numéros sont distribués par un service du gouvernement, et chaque homme politique reçoit un nombre de billets correspondant à l'importance de son appui. Il paie un billet à l'État dix-huit dollars et le revend aux gros trafiquants pour vingt et un dollars. Même si sa part ne dépasse pas une vingtaine de billets, il peut compter sur un bénéfice de soixante dollars par semaine. Un beau numéro contenant des présages d'un caractère populaire peut être vendu par un marchand n'importe quel prix, jusqu'à trente dollars. Naturellement, le petit camelot du trottoir ne peut espérer de tels bénéfices. Muni exclusivement de vilains numéros qu'il a payés parfois vingt-trois dollars, il faut vraiment qu'il travaille pour gagner sa vie. Il divise un billet en cent parts à un quart de dollar chacune ; il parcourt les parcs d'automobiles jusqu'à ce qu'il trouve une voiture dont le numéro soit semblable à celui d'un de ses billets (aucun propriétaire de voiture ne résiste à ce genre de coïncidence) ; il cherche même ses numéros dans l'annuaire et il investit un *nickel* à un appel téléphonique : « *Señora*, j'ai à vendre un billet de loterie qui porte exactement votre numéro de téléphone. »

— Tenez, dit Wormold, voici un 37 avec un 72.

— Insuffisant, répliqua, péremptoire, le docteur Hasselbacher.

Le docteur Hasselbacher feuilletait les liasses de numéros qui n'étaient pas considérés comme assez beaux pour être exposés — on ne savait jamais pourquoi : la beauté n'est pas la beauté pour tous les hommes —, sans doute y a-t-il des gens pour qui une guêpe n'a aucun sens. Une sirène de police hurla dans la nuit et contourna le marché sur trois côtés, une voiture fila à grands cahots. Un homme était assis sur le bord du trottoir, un seul numéro plaqué sur sa chemise, comme un bagnard.

— Le Vautour rouge, dit-il.

— Qui est le Vautour rouge ?

— Le capitaine Segura, voyons, dit le docteur Hasselbacher. Quelle vie protégée vous menez !

— Pourquoi lui donne-t-on ce nom ?

— Il se spécialise dans la torture et la mutilation.

— La torture ?

— Il n'y a rien ici, dit le docteur. Nous ferions mieux d'essayer Obispo.

— Pourquoi ne pas attendre le matin ?

— Dernier jour avant le tirage. Dites-moi, n'auriez-vous pas du sang glacé dans les veines, Mr Wormold ? Quand le sort vous accorde un tuyau comme celui-ci, une guêpe et un poulet, il faut lui obéir sans tarder. Notre devoir est de mériter notre bonne fortune.

Ils remontèrent dans la voiture et prirent la route d'Obispo.

— Ce capitaine Segura... commença Wormold.

— Oui ?

— Rien.

Il était onze heures lorsqu'ils trouvèrent un billet de loterie qui correspondit aux exigences du docteur Hasselbacher, et comme la boutique où il était affiché était fermée jusqu'au matin, leur seule ressource fut d'aller boire encore un verre.

— Où avez-vous rendez-vous ?

— Au *Séville-Biltmore.*

— Tous ces endroits se valent, dit le docteur.

— Vous ne croyez pas que le *Wonder Bar...*

— Non, non. C'est bon de changer. Lorsqu'on est incapable de changer de bar, c'est signe de vieillesse.

Ils avancèrent à tâtons dans la pénombre du bar au *Séville-Biltmore.* Ils avaient vaguement conscience de la présence d'autres buveurs, assis et recroquevillés dans le silence et l'obscurité comme des parachutistes attendant sans joie le signal de sauter dans le vide. Seule l'intangible bonne humeur du docteur Hasselbacher refusait de se laisser abattre.

— Vous n'avez pas encore gagné, lui chuchota Wormold pour essayer de le calmer.

Mais ce simple murmure fit se tourner vers eux dans le noir plus d'un visage réprobateur.

— Ce soir, j'ai gagné, dit le docteur d'une voix haute et ferme. Demain, j'aurai peut-être perdu, mais rien ne saurait me priver de ma victoire de ce soir. Cent quarante mille dollars, Mr Wormold. Dommage que je sois trop vieux pour les femmes. J'aurais pu rendre une jolie madame très heureuse en lui donnant un collier de rubis. Et me voici dans l'embarras. Comment vais-je dépenser mon argent, Mr Wormold ? Doter un hôpital ?

— Excusez-moi, murmura une voix sortie de l'ombre, ce type a-t-il vraiment gagné cent quarante mille *bucks* ?

— Oui, monsieur, je les ai gagnés, dit le docteur Hasselbacher avec énergie, avant que Wormold eût pu répondre. Je les ai gagnés aussi certainement que vous existez, mon quasi invisible ami. Vous n'existeriez pas si je ne croyais pas que vous existez… ces dollars non plus. Je crois, donc vous êtes.

— Que voulez-vous dire… je n'existerais pas ?

— Vous n'existez que dans ma pensée, mon cher. Si je quittais cette pièce…

— Alors, faites la preuve de votre existence.

— Vous êtes cinglé.

— La preuve… qu'est-ce que ça veut dire ? Naturellement que j'existe. Je suis à la tête d'une affaire de ventes immobilières de tout premier ordre ; j'ai une femme et deux gosses à Miami. Je suis arrivé ici ce matin par Delta et je bois ce scotch, n'est-ce pas ?

À sa voix, on aurait cru qu'il était au bord des larmes.

— Pauvre garçon ! dit le docteur Hasselbacher, vous mériteriez un créateur doué d'une imagination plus riche que la mienne. Pourquoi n'ai-je rien pu faire de mieux pour vous que Miami et la vente d'immeubles ? Quelque chose de bien inventé ? Un nom qui reste dans la mémoire ?

— Qu'est-ce qu'il a qui ne va pas, mon nom ?

À l'un et l'autre bouts du bar, les parachutistes étaient crispés par la désapprobation. Il ne faut jamais s'énerver avant de sauter.

— Rien à quoi je ne pourrais remédier en y réfléchissant un peu.

— À Miami, n'importe qui vous parlera de Harry Morgan…

— J'aurais vraiment dû trouver mieux. Mais je vais vous dire comment je peux arranger cela, dit le docteur Hasselbacher. Je vais sortir du bar une minute et vous éliminer. Puis je rentrerai avec une version améliorée.

— Qu'entendez-vous par une version améliorée ?

— Tenez, si mon ami que voici, Mr Wormold, vous avait inventé, vous seriez un homme plus heureux. Il vous aurait donné une éducation universitaire, à Oxford, un nom comme Pennyfeather…

— Pennyfeather… qu'est-ce que ça veut dire ?… Vous avez bu.

— Oui, bien sûr, j'ai bu. L'alcool trouble l'imagination. C'est pourquoi je vous ai donné en pensée une personnalité aussi banale. Miami, agence immobilière, Delta. Pennyfeather serait venu d'Europe par KLM et boirait sa boisson nationale : un gin rose.

— Moi, je bois du scotch et ça me plaît.

— Vous croyez que vous buvez du scotch. Ou plutôt, soyons exact, j'ai imaginé que vous buviez du scotch. Mais nous allons changer tout cela, dit le docteur Hasselbacher d'un ton jovial, je vais aller dans l'entrée, un petit moment, et inventer des améliorations sensibles.

— Je ne veux pas servir à vos tours d'escamoteur, dit l'homme avec inquiétude.

Le docteur Hasselbacher vida son verre jusqu'à la dernière goutte, posa un dollar sur le bar et se leva avec une dignité mal assurée.

— Vous me remercierez un jour, dit-il. Qu'allons-nous choisir ? Fiez-vous à moi, et à Mr Wormold. Peintre, poète… ou préférez-vous une vie d'aventure, flibustier, agent secret ?…

Du seuil de la porte, il fit un salut à l'ombre agitée.

— Je m'excuse pour l'agence immobilière.

On entendit la voix qui essayait de se rassurer :

— Il est soûl ou piqué.

Mais les parachutistes ne répondirent pas.

— Bon, dit Wormold, maintenant je vous souhaite le bonsoir, Hasselbacher. Je suis en retard.

— Le moins que je puisse faire, Mr Wormold, c'est de vous accompagner et d'expliquer comment il s'est fait que je vous ai retenu. Je suis sûr qu'en apprenant ma bonne fortune votre ami comprendra.

— Ce n'est pas nécessaire. Ce n'est vraiment pas nécessaire, dit Wormold.

Il savait que Hawthorne en tirerait aussitôt des conclusions. Un Hawthorne raisonnable, si tant est qu'il existât, était déjà bien gênant, mais un Hawthorne soupçonneux… cette idée le fit battre en retraite mentalement.

Il se dirigea vers l'ascenseur, le docteur Hasselbacher sur ses talons. Aveugle à un signal rouge et à une pancarte : « Attention à la marche », le docteur trébucha.

— Oh ! mon Dieu, dit-il, ma cheville !

— Rentrez chez vous, Hasselbacher, dit Wormold avec l'énergie du désespoir.

Il bondit dans l'ascenseur mais, prenant son élan, le docteur y pénétra aussi.

— Il n'y a pas de douleur que l'argent ne puisse guérir. Il y avait bien longtemps que je n'avais passé une aussi bonne soirée.

— Sixième étage, dit Wormold. Je veux être seul, Hasselbacher.

— Pourquoi ? Excusez-moi. J'ai le hoquet.

— C'est un entretien privé.

— Une jolie femme, Mr Wormold ? Je vous passerai une partie de mes gains pour vous aider à faire des folies.

— Mais non, ce n'est pas une femme. Il s'agit d'affaires, voilà.

— Affaires privées ?

— Je vous l'ai dit.

— Que peut-il y avoir de si privé dans un aspirateur électrique, Mr Wormold ?

— Une nouvelle agence, dit Wormold.

Et le liftier annonça :

— Sixième étage.

Wormold avait pris une longueur d'avance et son cerveau était plus lucide que celui d'Hasselbacher. Les chambres se succédaient comme les cellules d'une prison le long d'un balcon rectangulaire ; au rez-de-chaussée, deux crânes chauves reflétaient la lumière vers le plafond tels des feux de circulation. Wormold courut en boitillant vers le coin de la galerie où se trouvait l'escalier et le docteur l'y suivit en boitillant, mais Wormold avait l'habitude de sa propre claudication.

— Mr Wormold ! criait le docteur Hasselbacher. Mr Wormold, je serais heureux d'investir cent mille de mes dollars…

Wormold arriva au bas de l'escalier au moment où le docteur mettait le pied sur la première marche. Le 510 était tout près. Il ouvrit la porte avec sa clé. Une lampe de chevet posée sur une table éclairait un petit salon vide. Il referma la porte très doucement. Le docteur Hasselbacher n'était pas encore parvenu au bas de l'étage. Prêtant l'oreille, Wormold l'entendit passer devant la porte et s'éloigner, clopinant, sautillant et hoquetant. « J'ai le sentiment d'être un espion, je me conduis comme un espion, c'est absurde. Que dirai-je à Hasselbacher demain matin ? »

La porte de la chambre à coucher était fermée. Il s'en approcha. Puis il s'arrêta. N'éveillons pas le chat qui dort. Si Hawthorne voulait le voir, qu'il vienne le trouver, sans un geste de sa part, mais la curiosité que Hawthorne lui inspirait le poussa à examiner la pièce avant de s'en éloigner.

Sur la table à écrire se trouvaient deux livres : deux exemplaires identiques des *Contes d'après Shakespeare*, de Lamb. Un bloc de papier sur lequel Hawthorne avait inscrit ce qui devait être des notes en vue de leur conversation : « 1. Salaire. 2. Frais. 3. Transmission. 4. Charles Lamb. 5. Encre. » Il se disposait à ouvrir le Lamb quand une voix dit :

— Haut les mains. *Arriba los manos.*

— *Las manos*, corrigea Wormold.

Il était soulagé de voir que c'était Hawthorne.

— Ah ! ce n'est que vous ! dit Hawthorne.

— Je suis un peu en retard. Excusez-moi. J'étais sorti avec Hasselbacher.

Hawthorne portait un pyjama de soie mauve avec un monogramme HRH brodé sur la poche. Cela lui donnait un air royal.

— Je me suis endormi, dit-il, et puis je vous ai entendu remuer.

On eût dit qu'il avait été surpris sans son argot ; il n'avait pas eu le temps de s'en revêtir, pas plus que de ses habits.

— Vous avez changé le Lamb de place, dit-il, d'un air accusateur, comme s'il était chargé de l'ordre dans une chapelle de l'Armée du Salut.

— Je vous demande pardon. Je regardais autour de moi.

— Peu importe. Cela montre que vous avez l'instinct qui convient.

— Vous paraissez aimer beaucoup ce livre.

— Un exemplaire vous est destiné.

— Mais je l'ai lu, dit Wormold, il y a des années, et je n'aime pas Lamb.

— Ce n'est pas pour que vous le lisiez. N'avez-vous jamais entendu parler de livres-codes ?

— Ma foi… non.

— Je vous montrerai dans un instant la façon de s'en servir. J'en garde un exemplaire. Tout ce que vous avez à faire pour communiquer avec moi est d'indiquer la page et la ligne où vous commencerez à employer le code. Naturellement, ce n'est pas aussi difficile à repérer qu'un chiffre mécanique, mais ça suffit pour les Hasselbacher.

— Je voudrais que vous vous ôtiez le docteur Hasselbacher de la tête.

— Quand nous aurons convenablement organisé votre bureau d'ici, avec une sécurité suffisante, un coffre-fort à combinaison, la radio, un personnel bien dressé, tout le bastringue, alors nous pourrons abandonner ce chiffre rudimentaire, cela va de soi. Mais sauf pour un expert en cryptographie, c'est bougrement difficile à déchiffrer, à moins de connaître le nom du livre et l'édition.

— Pourquoi avez-vous choisi Lamb ?

— C'est le seul livre que j'aie trouvé en double, à part *La Case de l'oncle Tom*. J'étais pressé, et il fallait que j'achète quelque chose à la librairie de Kingston avant de partir. Oh ! il y avait aussi un truc qui s'appelait : *La Lampe allumée : manuel de dévotion vespérale*, mais je me suis dit que ça se remarquerait, sur vos rayons de bibliothèque, si vous n'êtes pas pratiquant.

— Je ne le suis pas.

— Je vous ai aussi apporté de l'encre. Avez-vous une bouilloire électrique ?

— Oui. Pourquoi ?

— Pour ouvrir les enveloppes. Nous voulons que nos agents soient prêts à toute éventualité.

— À quoi sert l'encre ? J'ai chez moi toute l'encre qu'il me faut.

— De l'encre sympathique, naturellement, pour le cas où vous auriez quelque chose à envoyer par la poste ordinaire. Je suppose que votre fille possède des aiguilles à tricoter ?

— Non, elle ne tricote pas.

— Alors, il faudra en acheter une. En matière plastique de préférence. L'acier laisse quelquefois une trace.

— Une trace où ?

— Sur les enveloppes que vous ouvrez.

— Pourquoi diable aurais-je à ouvrir des enveloppes ?

— Il peut vous être nécessaire d'examiner le courrier du docteur Hasselbacher. Bien entendu, il faudra que vous trouviez un sous-agent au bureau de poste.

— Je refuse absolument...

— Ne faites pas de difficultés. J'attends de Londres des renseignements sur lui. Quand nous les aurons, nous prendrons une décision à propos de son courrier. Un conseil : si vous manquez d'encre, employez du caca d'oiseau. Est-ce que je vais trop vite ?

— Je ne vous ai même pas dit que j'acceptais…

— Londres est d'accord sur cent cinquante dollars par mois, plus cent cinquante d'indemnités pour frais professionnels qu'il faudra justifier, naturellement : paiement des sous-agents, etc. Au-dessus de cette somme, tout supplément fera l'objet d'une autorisation spéciale.

— Vous allez beaucoup trop vite.

— Exempt d'impôts sur le revenu, vous savez, dit Hawthorne en clignant de l'œil d'un air complice (le clin d'œil n'allait pas avec le monogramme royal).

— Il faut que vous me donniez le temps…

— Votre numéro de code est 59200 tiret 5, ajouta-t-il orgueilleusement. Bien entendu, c'est moi qui suis 59200. Vous classerez vos sous-agents 59200 tiret 5 tiret 1 et ainsi de suite. Vous saisissez ?

— Je ne vois absolument pas à quoi je peux vous être utile.

— Vous êtes anglais, non ? dit vivement Hawthorne.

— Naturellement.

— Et vous refusez de servir votre pays ?

— Je n'ai pas dit cela. Mais les aspirateurs me prennent beaucoup de temps.

— Ils vous donnent une excellente couverture, dit Hawthorne. C'est très bien calculé. Votre métier a l'air tout à fait naturel.

— Mais il est naturel !

— Maintenant, si vous le voulez bien, dit fermement Hawthorne, nous allons nous mettre à notre Lamb.

2

— Milly, dit Wormold, tu n'as pas mangé de flocons d'avoine.

— J'ai renoncé aux flocons d'avoine.

— Et tu n'as mis qu'un morceau de sucre dans ton café. Tu ne suis pas un régime, j'espère ?

— Non, papa.

— Tu ne fais pas pénitence ?

— Non.

— Tu auras une faim de loup au déjeuner.

— J'y ai déjà pensé. Je mangerai une énorme quantité de pommes de terre.

— Milly, que se passe-t-il ?

— Je veux faire des économies. Brusquement, au cours d'une insomnie, je me suis rendu compte que je te coûtais très cher. Comme si j'entendais une Voix. J'ai failli dire : « Qui êtes-vous ? » Mais j'ai eu peur que la Voix me réponde : « Je suis ton Seigneur et ton Dieu. » J'ai à peu près l'âge, tu sais.

— L'âge de quoi ?

— Des voix. Je suis plus vieille que sainte Thérèse quand elle est entrée au couvent.

— Milly, Milly, ne me dis pas que tu songerais…

— Oh ! non ! Je crois que le capitaine Segura a raison. Il dit que je n'ai pas l'étoffe d'une religieuse.

— Sais-tu comment les gens l'ont surnommé, ton capitaine Segura ?

— Oui. Le Vautour rouge. Il torture les prisonniers.

— Est-ce qu'il en convient ?

— Oh ! naturellement, avec moi, il se surveille, mais il a un étui à cigarettes en peau humaine. Il prétend que c'est du veau… comme si je n'avais jamais vu de reliures en veau !

— Il ne faut plus le fréquenter, Milly.

— Je vais le laisser tomber, peu à peu, mais pas avant d'avoir trouvé une écurie. Et ça me rappelle la Voix.

— Qu'a-t-elle dit, la Voix ?

— Elle a dit… mais au milieu de la nuit cela semblait beaucoup plus apocalyptique : « Tu as eu les yeux plus gros que le ventre, mon enfant. As-tu seulement pensé au Country Club ? »

— Pourquoi le Country Club ?

— C'est le seul endroit où je puisse vraiment monter à cheval et nous ne sommes pas membres du club. À quoi bon avoir un cheval qui reste à l'écurie ? Bien sûr, le capitaine Segura est membre, mais je sais que cela t'ennuierait que je dépende de lui. Alors, j'ai pensé que si je pouvais t'aider à réduire les dépenses du ménage par un peu de jeûne…

— À quoi bon…

— Alors, tu pourrais prendre une carte familiale. Fais-moi inscrire sous le nom de Séraphina. Ça fait tout de même plus sérieux que Milly.

Wormold eut le sentiment que tout ce qu'elle disait portait la marque du bon sens. C'était Hawthorne qui appartenait au monde cruel et inexplicable de l'enfance.

Intermède londonien

Dans le sous-sol du grand immeuble d'acier et de ciment, près de Maida Vale, une lumière passa du rouge au vert au-dessus d'une porte et Hawthorne entra. Il avait laissé son élégance dans les Caraïbes et portait un complet de flanelle grise qui avait connu des jours meilleurs. Dans son pays, nul besoin de sauver les apparences : il se confondait avec la grisaille de Londres en janvier.

Le chef était assis derrière un bureau sur lequel un énorme presse-papiers en marbre vert pressait une seule feuille de papier. Un verre de lait à demi bu, un flacon de pilules grises et un paquet de Kleenex étaient posés à côté du téléphone noir (l'appareil rouge servait pour le brouillage). Son veston noir, sa cravate noire et le monocle noir qui cachait son œil gauche lui donnaient l'aspect d'un entrepreneur des pompes funèbres, de même que la pièce en sous-sol faisait l'effet d'un caveau, d'un mausolée, d'une tombe.

— Vous vouliez me voir, monsieur ?

— Pour bavarder, Hawthorne, rien que pour bavarder. Quand êtes-vous rentré, Hawthorne ?

— Voilà une semaine, monsieur. Je retourne à la Jamaïque vendredi.

— Tout allait bien ?

72

— Je crois que nous avons les Caraïbes bien en main, monsieur, dit Hawthorne.

— La Martinique ?

— Aucune difficulté de ce côté-là. Vous vous rappelez qu'à Fort-de-France nous travaillons avec le Deuxième Bureau.

— Jusqu'à un certain point.

— Oh ! oui, bien entendu, jusqu'à un certain point. Haïti nous a donné plus de mal, mais mon agent n° 2 se révèle plein d'énergie. J'ai eu plus d'hésitation, au début, à l'endroit de mon agent n° 5.

— Tiret 5 ?

— Notre agent à La Havane, monsieur. Je n'avais guère le choix dans cette ville, et l'homme n'avait pas l'air très disposé à travailler au début. Un peu rétif.

— Ce type d'agent donne parfois les résultats les plus satisfaisants.

— Oui, monsieur. J'étais légèrement inquiet, en outre, à cause de ses contacts. (Il y a un Allemand du nom de Hasselbacher, mais nous n'avons encore rien trouvé dans son passé.) Toutefois, notre homme a l'air de marcher. Nous avons reçu une demande de frais supplémentaires au moment où je quittais Kingston.

— C'est toujours un bon signe.

— Oui, monsieur.

— Ça montre que l'imagination travaille.

— Exactement. Il voulait adhérer au Country Club. Le rendez-vous des millionnaires, vous savez. La meilleure source d'informations tant politiques qu'économiques. La cotisation est très élevée, à peu près dix fois plus qu'au *White*, mais j'ai donné l'autorisation.

— Vous avez bien fait. Comment sont ses rapports ?

— Eh bien, à dire vrai, nous n'en avons pas encore reçu, mais il lui faut naturellement quelque temps pour organiser ses contacts. Peut-être lui ai-je trop prêché l'importance de la sécurité.

— Jamais trop. Un conducteur en charge ne sert à rien si les plombs sautent.

— En fait, cet agent est assez avantageusement placé. Très bons contacts d'affaires, dont beaucoup parmi le personnel du gouvernement et les ministres les plus importants.

— Ah ! dit le chef.

Il ôta son monocle noir et se mit à le polir avec un morceau de Kleenex. L'œil qu'il découvrit était un œil de verre bleu et qui n'aurait trompé personne : il eût pu appartenir à une de ces poupées qui disent « maman ».

— De quelles affaires s'occupe-t-il ?

— Oh ! articles d'importation, vous savez. Des machines, et des appareils de tout genre.

— Il est toujours important pour votre propre carrière d'employer comme sous-agents des hommes occupant une bonne position sociale.

Les détails insignifiants qui, dans le dossier secret, traitaient du magasin de la rue Lamparilla ne parviendraient jamais, à moins de circonstances exceptionnelles, jusqu'à ce bureau en sous-sol.

— Comment n'est-il pas déjà membre du Country Club ?

— Eh bien, je crois qu'il a vécu un peu en ermite, ces dernières années. Des ennuis domestiques.

— Il ne court pas après les femmes, j'espère ?

— Oh ! rien de ce genre, monsieur ! Il a été abandonné par la sienne. Partie avec un Américain.

Attention qu'il ne soit pas antiaméricain. À La Havane, il ne convient pas d'avoir de ces préjugés. Il faut que nous travaillions avec eux… dans une certaine mesure, bien entendu…

— Non, il n'est pas du tout comme cela. Il est très équilibré, avec un parfait esprit de justice. Il a très bien pris son divorce et il a mis son enfant dans une école catholique, selon le désir de sa femme. On m'a dit qu'il envoie à cette dernière des télégrammes de vœux pour Noël. Je crois que ses rapports, lorsqu'il en viendra, nous apparaîtront cent pour cent dignes de confiance.

— Assez touchant, ce détail sur l'enfant, Hawthorne. Bon, mettez-le à l'essai pour que nous puissions juger de ses capacités. S'il est semblable au portrait que vous en faites, nous pourrions envisager la possibilité d'augmenter son personnel. La Havane pourrait devenir un endroit clé. Les communistes vont toujours là où il y a des troubles. Comment communique-t-il ?

— J'ai tout arrangé pour qu'il envoie ses rapports à Kingston par la valise hebdomadaire, en double expédition. Je garde une copie et j'envoie l'autre à Londres. Je lui ai donné le code dont nous nous servons pour les câbles. Il les fait passer par le consulat.

— Ils ne vont pas aimer cela, au consulat.

— Je leur ai dit que c'était un arrangement temporaire.

— Je serais favorable à la création d'un centre radio s'il se révèle être quelqu'un de très bien. Il pourrait prendre du personnel supplémentaire dans son affaire, j'imagine ?

— Oh ! oui, bien entendu. C'est-à-dire… comprenez bien, monsieur… son installation est des plus modestes. Les anciennes méthodes, voyez-vous. Vous savez comme ces marchands-aventuriers se débrouillent avec peu.

— Je connais ce type, Hawthorne. Un petit bureau de piètre apparence. Une demi-douzaine de sous-ordres dans une pièce faite pour en contenir deux. Des machines à calculer démodées. Une secrétaire qui travaille dans la firme depuis quarante ans.

Hawthorne put enfin se détendre. Le chef avait pris la chose en main. Même s'il lisait un jour le dossier secret, les mots n'y auraient pour lui aucun sens. La petite boutique d'aspirateurs à poussière avait été noyée sans espoir de salut dans le flot de l'imagination littéraire du chef. L'agent 59200 tiret 5 était en place.

— Cela fait partie de la personnalité de cet homme, expliqua à Hawthorne le chef comme si c'était lui, et non Hawthorne, qui eût poussé la porte d'entrée du magasin, rue Lamparilla. Un homme qui a toujours appris à épargner les *pennies* et à risquer les livres. Voilà pourquoi il n'est pas membre du Country Club… rien à voir avec le mariage brisé. Vous êtes un romantique, Hawthorne. Les femmes sont allées et venues dans sa vie ; je soupçonne qu'elles ont compté pour lui moins que son travail. Le secret, pour bien utiliser un agent, c'est de le comprendre. Notre correspondant à La Havane appartient, pourrions-nous dire, à l'époque de Kipling. « Frayer avec les rois… (voyons, quelle est la suite ?) … et garder sa vertu, les foules et le contact des hommes. » Je suis presque sûr que dans un coin de ce meuble-bureau taché d'encre sur lequel il écrit se cache un vieux cahier bon marché à couverture de moleskine noire, où il inscrivait autrefois ses comptes : trois douzaines de gommes, six boîtes de plumes d'acier…

— Je ne crois pas qu'il soit arriéré au point d'écrire avec des plumes d'acier, monsieur.

Le chef soupira et remit en place le monocle noir. L'œil candide regagnait sa cachette au moindre signe d'opposition.

— Les détails n'ont aucune importance, Hawthorne, dit le chef avec quelque irritation. Mais pour pouvoir le prendre en main utilement, il faudra que vous retrouviez ce cahier bon marché. Je parle par métaphore.

— Oui, monsieur.

— Cette idée suivant laquelle il s'est fait ermite parce que sa femme l'avait quitté, c'est une erreur d'appréciation, Hawthorne. Un homme comme celui-là réagit d'une façon absolument différente. Il n'étale pas son malheur, il n'ouvre pas son cœur à tout le monde. Si votre appréciation était correcte, pourquoi n'était-il pas membre du club avant la mort de sa femme ?

— Elle l'a quitté.

— Quitté ? En êtes-vous sûr ?

— Tout à fait sûr, monsieur.

— Ah ! elle n'a jamais trouvé ce cahier bon marché ! Trouvez-le, Hawthorne, et l'homme vous appartient pour la vie. De quoi parlions-nous ?

— Des dimensions de son bureau, monsieur. Il ne lui sera pas commode d'absorber un important surplus de personnel.

— Nous éliminerons graduellement les anciens employés. Donnez une retraite à cette vieille secrétaire…

— En réalité…

— Naturellement, ceci est pure conjecture, Hawthorne. Peut-être n'est-il pas, après tout, l'homme qu'il nous faut. Ils ont des qualités solides, ces vieux princes du commerce, mais il leur arrive d'être incapables de voir au-delà de leur comptoir, assez loin pour servir utilement des gens comme nous. Nous nous ferons une opinion d'après ses premiers rapports, mais il est toujours sage de poser des jalons. Allez trouver miss Jenkinson et demandez-lui si elle a en réserve quelqu'un qui parle espagnol.

Hawthorne s'éleva en ascenseur, du sous-sol au sommet de l'immeuble, étage par étage : le monde vu d'une fusée volante. L'Europe occidentale s'enfonça sous lui, le Proche-Orient, l'Amérique latine. Les meubles-classeurs se dressaient autour de miss Jenkinson comme les colonnes d'un temple autour de l'oracle qui prend de l'âge. Elle seule était connue sous son nom de famille. Pour quelque impénétrable raison de sécurité, tous les autres occupants de cet édifice ne possédaient qu'un prénom. Lorsque Hawthorne entra, elle dictait à une secrétaire :

— Mémo pour AO[1]. Angelica a été transférée à C 5 avec une augmentation de traitement de huit livres par semaine. Veillez s.v.p. à ce que cette décision prenne effet immédiatement. Pour aller au-devant de vos objections, je signalerai que le traitement actuel d'Angelica est approximativement celui d'une contrôleuse d'autobus.

---

1. *Accountant Officer* : Officier comptable. *(N.d.T.)*

« Qu'est-ce que c'est ? demanda miss Jenkinson sèchement. Que voulez-vous ?

— Le chef m'a dit de venir vous parler.

— Je n'ai personne en ce moment, répondit automatiquement miss Jenkinson.

— La Havane… petit poste, climat agréable.

— De quelle importance, l'état-major ?

— Pour le moment un seul homme.

— Je ne suis pas une agence matrimoniale.

— Un homme mûr avec une fille de seize ans.

— Il est marié ?

— On peut dire qu'il l'est, dit Hawthorne sans préciser.

— Est-il stable ?

— Stable ?

— Digne de confiance, honorable, émotionnellement de tout repos ?

— Oh ! oui, oui, vous pouvez être sûre de cela. C'est le type du négociant d'autrefois, dit Hawthorne, reprenant le portrait là où le chef l'avait laissé. Il a créé son affaire en partant de rien. Ne s'intéresse pas aux femmes. En somme, il a dépassé les préoccupations sexuelles.

— Personne ne dépasse jamais les préoccupations sexuelles, déclara miss Jenkinson. Je suis responsable des filles que j'envoie à l'étranger.

— Je croyais que vous n'aviez personne.

— À la rigueur, dit miss Jenkinson, étant donné les circonstances, je pourrais peut-être vous céder Béatrice.

— Béatrice, miss Jenkinson !

La voix était sortie de derrière les fichiers.

— J'ai dit Béatrice, Ethel, et je répète Béatrice.

— Mais, miss Jenkinson…

— Béatrice a grand besoin d'expérience pratique… il ne lui manque vraiment que cela. Le poste lui conviendra. Elle n'est pas trop jeune. Elle aime beaucoup les enfants.

— Ce poste, dit Hawthorne, exige qu'on parle espagnol. L'amour des enfants n'est pas essentiel.

— Béatrice est à moitié française. En fait, elle parle le français mieux que l'anglais.

— J'ai dit : espagnol.

— C'est presque la même chose. Ce sont deux langues latines.

— Je pourrais peut-être la voir, causer avec elle. Sa formation professionnelle est complète ?

— Elle n'ignore rien du chiffre et elle vient de faire un stage d'entraînement pour la microphotographie à Ashley Park. Elle n'est pas très bonne sténographe, mais sa dactylographie est excellente. Elle a de bonnes connaissances en électrodynamique.

— Qu'est-ce que c'est ?

— Je ne suis pas très sûre. Mais les boîtes à fusibles ne lui font pas peur.

— Elle doit s'y connaître en aspirateurs électriques, alors.

— Je vous propose une secrétaire, pas une aide domestique.

Un tiroir de classeur se ferma bruyamment.

— C'est à prendre ou à laisser, dit miss Jenkinson.

Hawthorne eut l'impression qu'elle se délectait à parler de Béatrice comme d'un objet.

— Elle est la seule que vous puissiez me proposer ?

— La seule.

De nouveau, le tiroir de classeur claqua.

— Ethel, dit miss Jenkinson, s'il vous est impossible de vous détendre les nerfs moins bruyamment, je vous renverrai à D 3.

Hawthorne repartit tout pensif. Il lui semblait que miss Jenkinson, avec une vélocité remarquable, venait de lui vendre une marchandise à la réalité de laquelle elle ne croyait pas elle-même ; un trésor caché, un coq qui était un chapon... ou plutôt une poule !

DEUXIÈME PARTIE

Chapitre premier

1

Wormold sortit du consulat, emportant un câblogramme dans la poche intérieure de son veston. On avait poussé l'enveloppe vers lui sans aménité, et lorsqu'il avait essayé de parler, on l'avait fait taire.

— Nous ne voulons rien savoir. C'est un arrangement provisoire. Plus tôt ce sera fini, mieux cela nous conviendra.

— Mr Hawthorne m'a dit…

— Nous ne connaissons personne de ce nom. Veuillez ne pas l'oublier. Personne, dans ce consulat, ne s'appelle Hawthorne. Bonjour.

Il rentra chez lui à pied : la cité s'étirait en longueur au bord de la haute mer ; les vagues de l'Atlantique venaient se briser sur l'Avenida de Maceo et couvraient d'embruns le pare-brise des voitures. Les colonnades roses, grises et jaunes de ce qui était jadis le quartier aristocratique étaient rongées comme des rochers érodés ; d'antiques armoiries, dont le dessin disparaissait sous la suie, dominaient l'entrée d'un hôtel sordide, et l'on avait peint au vernis, en couleurs criardes, les volets d'une boîte de nuit pour les protéger contre l'humidité et le sel marins. À l'ouest, les gratte-ciel d'acier de la ville neuve s'élevaient plus haut que des phares dans le ciel clair de février. C'était une ville à visiter, pas à habiter, mais c'était la ville où Wormold était tombé amoureux pour la première fois, et il y restait attaché par la fascination qu'exercent les lieux d'un sinistre. Le temps revêt de poésie les champs de bataille, et peut-être Milly était-elle comme la fleur qui s'épanouit sur un vieux rempart où maintes années auparavant un assaut fut repoussé avec de lourdes pertes. Dans la rue, il croisa des femmes dont le front était couvert de poudre grise comme si elles avaient surgi de dessous la terre au grand soleil. Wormold se rappela que c'était le mercredi des Cendres.

Bien que ce fût un congé scolaire, Milly n'était pas à la maison lorsqu'il y arriva. Peut-être était-elle encore à la messe ou montait-elle à cheval, au Country Club. Lopez faisait une démonstration avec le Turbo-Réac, devant la gouvernante d'un curé qui venait de refuser l'Atomic. Les pires craintes de Wormold au sujet de ce nouveau modèle s'étaient révélées bien fondées : il n'avait pas réussi à en vendre un seul. Il monta et ouvrit le télégramme qui était adressé à un certain service du consulat britannique ; les numéros qui le composaient avaient un vilain aspect, comme ceux des billets de loterie qui restaient invendus le jour du tirage. Il y avait 2674 suivi d'une ribambelle de nombres à cinq chiffres : 42811 79145 72312 59200 80947 62533 10605 et ainsi de suite. C'était le premier télégramme et il remarqua qu'il lui était adressé de Londres. Il n'était même pas sûr (la leçon qu'il avait prise lui paraissait si lointaine) de savoir le transcrire en clair, mais il reconnut un certain groupe 59200 dont l'air sec et menaçant lui fit le même effet que si Hawthorne, à ce moment même, montait l'escalier pour lui faire des reproches. Triste et sombre, il prit sur l'étagère les *Contes d'après Shakespeare* de Lamb. Le premier groupe de chiffres, se rappelait-il, indiquait la page, la ligne et le mot d'où partait le code. « Dyonisia, la méchante femme de Cléon, lut-il, trouva une mort appropriée à ses mérites. » Wormold se mit à déchiffrer à partir du mot « mérites ». À sa grande surprise, quelque chose prit forme. C'était un peu comme s'il avait hérité un perroquet inconnu qui se serait mis brusquement à parler. « N° 1 du 24 janvier. Suite 59200, début paragraphe A. »

Après avoir passé trois quarts d'heure à ajouter et à soustraire, il avait déchiffré tout le message, sauf le paragraphe final où quelque chose avait dû se détraquer, soit de son fait, de celui de 59200 ou peut-être de Charles Lamb. « Suite 59200 début paragraphe A. Près d'un mois depuis adhésion Country Club approuvée et pas je répète pas d'information concernant proposition sous-agents reçue stop, espérons n'avez pas je répète pas recruté sous-agents sans avoir pris renseignements indispensables stop, début paragraphe B rapport économique et politique sur articles questionnaire entre vos mains devrait être transmis immédiatement à 59200 stop, début paragraphe C maudit galon expédier Kingston primo tuberculeux terminé. »

Ce dernier paragraphe avait une allure d'incohérence hargneuse qui inquiétait Wormold. Pour la première fois, l'idée lui vint qu'à leur opinion — qui qu'*ils* fussent ! — il avait pris de l'argent sans rien donner en échange. Cela le troublait. Jusque-là, il avait l'impression de bénéficier d'une générosité excentrique qui avait permis à Milly de faire du cheval au Country Club, et à lui-même de faire venir d'Angleterre quelques livres qu'il convoitait. Le reste de l'argent était déposé à la banque : il s'imaginait à moitié qu'un jour il pourrait arriver à le rendre à Hawthorne.

« Il faut faire quelque chose, pensa-t-il, leur fournir des noms afin qu'ils prennent des renseignements, recruter un agent, pour leur faire plaisir. » Il se rappela Milly jouant à la marchande et lui donnant son argent de poche pour payer d'imaginaires emplettes. Il devait respecter les règles du jeu, mais tôt ou tard Milly exigeait toujours qu'il lui rende son argent.

Il se demandait comment l'on recrute un agent. Il n'arrivait pas à se rappeler exactement comment Hawthorne l'avait recruté, lui, sauf que toute l'histoire avait commencé dans les water-closets, mais cela ne devait pas être une condition essentielle. Il décida de commencer par un racolage relativement facile.

— Je désire vous parler, Lopez.

— *Sí, señor Vomell.*

— Vous travaillez chez moi depuis un grand nombre d'années. Nous avons confiance l'un en l'autre.

Lopez exprima la plénitude de sa confiance par un geste dirigé vers son cœur.

— Aimeriez-vous gagner un peu plus d'argent tous les mois ?

— Mais, naturellement... Je m'apprêtais à vous en parler moi-même, *señor Ommel...* J'attends un enfant. Peut-être vingt pesos ?

— Il ne s'agit pas du tout du magasin. Les affaires marchent trop mal, Lopez. Ce serait le salaire d'un travail confidentiel, me concernant personnellement, vous comprenez ?

— Ah ! oui, *señor.* Des services personnels, je comprends. Vous pouvez vous fier à moi. Je suis discret. Naturellement, je n'en dirai pas un mot à la *señorita.*

— Je crois que vous ne comprenez pas très bien.

— Quand un homme arrive à un certain âge, dit Lopez, il n'a plus le goût de se chercher une femme lui-même, il veut s'en épargner le souci. Il souhaite ordonner : ce soir, oui, demain soir, non. Dire ce qu'il lui faut à quelqu'un de confiance...

— Ce n'est pas cela, pas du tout. Ce que j'essayais de dire... euh... n'a pas le moindre rapport...

— Il ne faut pas être gêné pour en parler, *señor Vormole.* Il y a tant d'années que je travaille à côté de vous...

— Vous faites une erreur, dit Wormold, je n'avais aucune intention...

— Je comprends qu'un Anglais dans votre situation soit déplacé à un endroit comme le *San Francisco.* Même le *Mamba Club...*

Wormold savait que rien de ce qu'il pourrait dire n'endiguerait l'éloquence de son employé, maintenant qu'il était lancé sur le grand thème de La Havane où les rapports sexuels ne constituent pas seulement le commerce principal de la ville, mais toute la *raison d'être*[1] des hommes. Cela se vend ou s'achète, peu importe lequel des deux, mais cela ne se donne jamais gratuitement.

— Un jeune homme a besoin de variété, dit Lopez, mais un homme d'un certain âge aussi. Chez les jeunes, c'est la curiosité de l'ignorance ; chez les vieux, c'est l'appétit qui a besoin d'être réveillé. Personne ne peut vous aider mieux que moi, parce que je vous ai bien étudié, *señor Venell*. Vous n'êtes pas cubain. Pour vous, la forme des fesses d'une fille est moins importante qu'une certaine douceur dans les manières...

— Vous m'avez compris tout à fait de travers, dit Wormold.

— Ce soir, la *señorita* va au concert...

— Comment le savez-vous ?

Lopez fit celui qui n'entendait pas.

— Pendant qu'elle sera partie, je vous amènerai une jeune dame pour que vous l'examiniez. Si elle ne vous plaît pas, je vous en trouverai une autre.

— Vous ne ferez rien de semblable. Ce n'est pas ce genre de service dont j'ai besoin, Lopez. Je veux... eh bien, je veux que vous ouvriez les yeux et les oreilles et que vous me rendiez compte...

— Sur la *señorita* ?

— Grands dieux, non !

— Que je vous rende compte de quoi, *señor Vommold* ?

— Mais de choses comme... dit Wormold, qui n'avait aucune idée des sujets sur lesquels Lopez serait capable de fournir un rapport.

---

1. En français dans le texte. *(N.d.T.)*

Il ne se souvenait que de quelques articles du long questionnaire dont pas un seul ne semblait convenir : « Infiltration communiste possible dans les forces armées — Chiffres exacts de production café et tabac pour l'année écoulée. » Restait naturellement le contenu des corbeilles à papier dans les bureaux où Lopez assurait l'entretien des aspirateurs, mais même Hawthorne avait plaisanté en rappelant l'affaire Dreyfus — à supposer qu'un tel homme fût capable de plaisanter.

— Comme quoi, *señor* ?

— Je vous expliquerai cela plus tard, dit Wormold. Retournez au magasin.

2

C'était l'heure du daiquiri et dans le *Wonder Bar* le docteur Hasselbacher savourait béatement son deuxième scotch.

— Vous continuez à vous tourmenter, Mr Wormold, dit-il.

— Oui, je me tourmente.

— Toujours l'aspirateur… l'Atomic ?

— Non, pas l'aspirateur.

Il vida son daiquiri et en commanda un autre.

— Aujourd'hui, vous buvez très vite.

— Hasselbacher, vous n'avez jamais été en proie au besoin d'argent, vous ? Il est vrai que vous n'avez pas d'enfant.

— Dans peu de temps vous n'aurez pas d'enfant non plus.

— C'est probable.

Cette pensée lui procurait le même réconfort glacé que le daiquiri.

— Quand cette heure sonnera, Hasselbacher, je veux que nous soyons tous les deux loin d'ici. Je ne veux pas que Milly soit éveillée… par un capitaine Segura.

— Et là, je vous comprends.

— L'autre jour, on m'a offert de l'argent.

— Ah ! oui ?

— En échange de renseignements.

— Quel genre de renseignements ?

— Des renseignements secrets.

— Vous avez bien de la chance, Wormold, dit le docteur Hasselbacher en soupirant. Ces renseignements-là sont toujours faciles à fournir.

— Faciles ?

— S'ils sont assez secrets, vous êtes seul à les connaître. Tout ce qu'il vous faut, c'est un peu d'imagination, Mr Wormold.

— Ils veulent que je recrute des agents. Comment fait-on pour recruter un agent, Hasselbacher ?

— Vous pourriez les inventer aussi.

— Vous parlez comme si vous aviez l'expérience de ces choses.

— Ma seule expérience est la médecine, Mr Wormold. N'avez-vous jamais lu de publicité vantant les mérites secrets ? Une lotion capillaire dont la formule a été léguée en mourant par le chef d'une tribu de Peaux-Rouges. Pour un remède secret, nul besoin d'imprimer la formule. Et il y a quelque chose dans un secret qui incite le public à croire… peut-être un reste de magie. Avez-vous lu sir James Frazer ?

— Avez-vous entendu parler d'un chiffre à partir d'un livre ?

— Ne m'en dites pas trop, tout de même, Mr Wormold. Le secret n'est pas ma spécialité… je n'ai pas d'enfant. Je vous en prie, ne m'inventez pas comme sous-agent.

— Non, cela ne serait pas possible. Ces gens n'aiment pas notre amitié, Hasselbacher. Ils voudraient que je cesse de vous voir. Ils enquêtent à votre sujet. Comment pensez-vous qu'on puisse fouiller le passé d'un homme ?

— Je ne sais pas. Soyez prudent, Mr Wormold. Prenez leur argent, mais ne leur donnez rien en échange.

Vous êtes vulnérable aux Segura. Faites le mort et restez libre. Ils ne méritent pas la vérité.

— Qui voulez-vous désigner par « ils » ?

— Les royaumes, les républiques, les puissances.

Il vida son verre.

— Il faut que j'aille surveiller mes cultures, Mr Wormold.

— Est-ce qu'il commence à se produire quelque chose ?

— Dieu soit loué, non ! Tant que rien n'arrive, tout est possible, vous êtes d'accord ? C'est bien dommage que toute loterie finisse par être tirée. Je perds cent quarante mille dollars par semaine et je suis pauvre.

— Vous n'oublierez pas l'anniversaire de Milly ?

— Peut-être l'enquête se sera-t-elle révélée fâcheuse et n'aurez-vous plus envie de me voir. Mais rappelez-vous que tant que vous restez inactif vous ne faites pas de mal.

— Je prends leur argent.

— Ils ne possèdent d'autre argent que celui qu'ils prennent à des hommes comme vous et moi.

Il ouvrit d'une poussée la demi-porte et disparut. Le docteur Hasselbacher ne s'exprimait jamais en termes de morale : c'eût été étranger au domaine médical.

3

Wormold trouva une liste des membres du club dans la chambre de Milly. Il savait où il devait la chercher, entre le dernier volume de l'*Annuaire de l'amazone* et un roman intitulé *Jument blanche* par miss « Poney » Traggers. Il s'était fait inscrire au Country Club pour trouver des agents idoines, et voilà qu'il s'en présentait toute une série dont la double colonne couvrait au moins vingt pages. Son regard fut attiré par un nom anglo-saxon : Vincent C. Parkman (c'était peut-être le père de Earl). Wormold eut le sentiment que garder les Parkman dans la famille n'était que justice.

Lorsqu'il s'installa pour mettre en chiffre son message, il avait choisi deux autres noms : Cifuentes, ingénieur, et Luis Sanchez, professeur. Le professeur, quel qu'il puisse être, lui parut un candidat plausible en tant que source de renseignements d'ordre économique, l'ingénieur pourrait fournir des informations techniques et Mr Parkman politiques. Avec les *Contes d'après Shakespeare* ouverts devant lui (il avait choisi pour son chiffre le passage : « Puisse ce qui va suivre être heureux »), il se mit à codifier : « N° 1 de 25 janvier paragraphe A début j'ai recruté mon assistant et lui ai assigné le symbole 59200 tiret 5 tiret 1 stop, salaire proposé quinze pesos par mois stop, paragraphe B début prière s'informer sur... »

Toute cette mise en paragraphes semblait à Wormold une dépense ridicule de temps et d'argent, mais Hawthorne lui avait dit que cela faisait partie de son entraînement ; exactement comme Milly exigeait jadis que tous les objets achetés dans son magasin jusqu'à la moindre petite perle de verre fussent enveloppés dans du papier. « Paragraphe C début rapport économique suivra sous peu comme requis par dépêche. »

Il n'avait plus qu'à attendre les réponses et à préparer le rapport économique. Ce dernier l'inquiétait fort. Il avait envoyé Lopez acheter tous les journaux officiels qu'il pourrait trouver, sur les industries du sucre et du café. C'était la première mission de Lopez et chaque jour, depuis lors, il passait des heures à lire les publications locales afin de signaler tout passage qui pourrait, de façon plausible, être employé par le professeur ou l'ingénieur. Il était peu vraisemblable qu'à Kingston ou à Londres quelqu'un étudiât la presse quotidienne de La Havane. Wormold lui-même découvrait un monde nouveau dans ces pages mal imprimées : peut-être avait-il jusque-là trop compté sur le *New York Times* ou le *Herald Tribune* pour se composer une image de l'univers. Au coin de la rue, près du *Wonder Bar*, une fille avait été poignardée : martyre de l'amour. La Havane était pleine de martyrs de toute sorte — un homme perdait sa fortune en une nuit au *Tropicana*, grimpait sur la scène, embrassait une chanteuse noire, puis lançait sa voiture dans le port et se noyait. Un autre s'étranglait de façon compliquée à l'aide de ses bretelles. Il y avait aussi les miracles : une Vierge versait des larmes salées et un cierge allumé devant Notre-Dame de Guadalupe brûlait inexplicablement pendant une semaine d'un vendredi au vendredi suivant. De ce tableau de violence et de passion, seules les victimes du capitaine Segura étaient exclues, elles souffraient et mouraient sans le secours de la presse.

Le rapport économique fut une corvée fastidieuse, car Wormold n'avait jamais appris à taper avec plus de deux doigts, ou à se servir du tabulateur de sa machine à écrire. Il se trouva devant la nécessité de modifier les statistiques officielles de peur que quelqu'un au siège social ne songe à comparer les deux rapports, où Wormold oubliait parfois qu'il avait corrigé un chiffre. L'addition et la soustraction n'avaient jamais été ses points forts. Une virgule s'était déplacée et devait être pourchassée, du haut en bas d'une douzaine de colonnes. Il avait assez l'impression de conduire une voiture miniature dans un appareil à jetons.

Au bout d'une semaine, il commença à s'inquiéter de l'absence de réponse. Hawthorne se doutait-il de quelque chose ? Mais il fut provisoirement réconforté par une convocation au consulat où l'employé revêche lui tendit une enveloppe cachetée adressée, pour une raison qui lui demeura mystérieuse, à Mr Luke Penny. À l'intérieur de la première enveloppe, il en trouva une seconde libellée : « Henry Leadbetter, Services administratifs de recherches » ; une troisième enveloppe portait 59200-5 et contenait ses émoluments de trois mois, plus ses frais professionnels en billets de banque cubains. Wormold les emporta à la banque d'Obispo.

— Au compte de la compagnie, Mr Wormold ?

— Non. Personnel.

Mais tandis que l'employé comptait l'argent, Wormold se sentait coupable. Il lui semblait avoir détourné les fonds de la compagnie.

Chapitre II

1

Dix jours se passèrent et Wormold ne recevait toujours rien. Il ne pouvait même pas envoyer son rapport économique avant que l'agent imaginaire qui devait le fournir eût été approuvé après enquête. L'époque de sa visite annuelle aux détaillants installés en dehors de La Havane, à Matanzas, Cienfuegos, Santa Clara et Santiago était revenue. Il avait l'habitude de faire la tournée de ces villes par la route dans sa très vieille Hillman. Avant de partir, il expédia un câble à Hawthorne : « Sous prétexte visite succursales aspirateurs propose étudier possibilités recrutement port de Matanzas centre industriel Santa Clara base navale Cienfuegos et centre dissident Santiago calculez frais déplacement cinquante dollars par jour. » Il embrassa Milly, lui fit promettre qu'en son absence elle ne monterait pas dans l'auto du capitaine Segura et démarra à grand bruit pour aller boire le coup de l'étrier au *Wonder Bar*, en compagnie du docteur Hasselbacher.

Une fois l'an, profitant toujours de sa tournée, Wormold écrivait à sa sœur cadette qui habitait Northampton. (Peut-être le fait d'écrire à Mary apaisait-il momentanément la sensation de solitude qu'il ressentait loin de Milly.) Invariablement aussi, il joignait à sa lettre les plus récents timbres de Cuba pour son neveu. Celui-ci les collectionnait depuis l'âge de six ans et, dans la rapide galopade des années, le fait que son neveu avait largement dépassé dix-sept ans et avait sans doute renoncé à sa collection depuis pas mal de temps avait échappé à la mémoire de Wormold. En tout cas, ce neveu n'avait certainement plus l'âge de la lettre que Wormold pliait autour des timbres, et qui eût été exagérément juvénile même pour Milly, de plusieurs années la cadette de son cousin.

Cher Mark, écrivait Wormold, *voici quelques timbres pour ta collection. Ce doit être maintenant une collection considérable. J'ai peur qu'ils ne soient pas d'un grand intérêt. Je regrette qu'à Cuba les timbres ne représentent pas des oiseaux, des bêtes ou des papillons, comme les jolis timbres du Guatemala que tu m'as montrés. Ton oncle affectionné.*

P.-S. — *Je suis assis devant la mer et il fait très chaud.*

À sa sœur, il donnait plus de détails.

Je suis assis au bord de la baie de Cienfuegos, et la température approche de quarante degrés bien que le soleil soit couché depuis une heure. On donne un film avec Marilyn Monroe au cinéma et il y a dans le port un seul bateau qui s'appelle — c'est étrange ! — le Juan-Belmonte. *(Te rappelles-tu cet hiver à Madrid où nous sommes allés voir des courses de taureaux ?) Le mécanicien — je suppose que c'est le mécanicien — est assis à une table voisine et boit de l'eau-de-vie espagnole. Son unique occupation est d'aller au cinéma. Ce port doit être un des plus calmes du monde. On n'y voit que la rue rose et jaune, quelques* cantinas *et la grande cheminée d'une raffinerie de sucre ; et puis, au bout d'un sentier envahi par les mauvaises herbes, le* Juan-Belmonte. *Je rêve vaguement de partir sur ce bateau avec Milly, mais au fond je ne sais pas. Les aspirateurs se vendent mal, le courant électrique est trop incertain à cette époque agitée. Hier soir, à Matanzas, les lampes se sont éteintes trois fois — la première fois j'étais dans mon bain. Ce sont des nouvelles bien sottes à envoyer jusqu'à Northampton !*

Ne crois pas que je sois malheureux. L'endroit où nous vivons à de grands avantages. J'appréhende parfois de retrouver les magasins Boots, les Woolworth et les cafétérias et la sensation d'être devenu un étranger dans mon pays, maintenant, même au Cheval Blanc. *Ce mécanicien est avec une femme facile ; je suppose qu'il en a une autre à Matanzas ; il lui verse de l'alcool dans le gosier comme il ferait avaler une purge à son chat. Ici, la lumière est merveilleuse juste avant que le soleil disparaisse : c'est un long ruissellement d'or et les oiseaux de mer mettent des taches sombres sur les vagues, couleur d'étain brillant. La grosse statue blanche du Paseo, qui ressemble en plein jour à la reine Victoria, n'est plus qu'une masse d'ectoplasme. Les cireurs de chaussures ont tous rangé leurs boîtes sous les fauteuils de la colonnade rose : on s'assoit très haut au-dessus du trottoir, comme sur un escabeau de bibliothèque, et l'on pose les pieds sur le dos de deux petits hippocampes de bronze qui ont dû être apportés là par quelque Phénicien. Pourquoi suis-je si nostalgique ? Je suppose que c'est parce que j'ai mis de côté un peu d'argent et qu'il faudra bientôt me décider à partir d'ici pour toujours. Je me demande si Milly pourra s'adapter*

*à la vie dans une école de secrétariat, au fond d'une
rue grise du nord de Londres.*

*Comment va la tante Alice ? Et les célèbres boules
de cire qu'elle s'enfonce dans les oreilles ? Et comment
va l'oncle Edward ? À moins qu'il ne soit mort. J'arrive
à une époque de la vie où les membres de la famille
meurent sans qu'on en sache rien.*

Il paya sa note et demanda le nom du mécanicien.
L'idée lui était venue qu'il devrait en rentrant vérifier
quelques noms, afin de justifier ses dépenses.

3

À Santa Clara, sa vieille Hillman s'effondra sous lui
comme une mule épuisée de fatigue. Il y avait quelque
chose de sérieusement détraqué dans ses intérieurs ;
seule Milly aurait su ce que c'était. Le garagiste ayant
déclaré que les réparations prendraient plusieurs jours,
Wormold décida d'aller à Santiago par le car. Peut-être,
de toute façon, était-ce plus rapide et plus sûr, car dans
la province d'Oriente où les rebelles habituels tenaient
les montagnes, et les troupes gouvernementales les
routes et les villes, les barrages étaient fréquents et les
autobus subissaient souvent moins de retard que les voitures particulières.

Il arriva à Santiago dans la soirée, à l'heure vide et
dangereuse du couvre-feu non officiel. Sur la *plaza*,
toutes les boutiques adossées à la façade de la cathédrale étaient fermées. Un couple isolé traversait d'un
pas rapide devant l'hôtel : la nuit était chaude et moite,
et les lourds feuillages sombres pendaient sous la lueur
livide des reverbères en veilleuse. Dans le bureau de la
réception, Wormold fut accueilli avec méfiance : on
avait l'air de le prendre pour un espion quelconque.
Cela lui donnait le sentiment d'être un imposteur, car

c'était un hôtel fréquenté par de vrais espions, de vrais informateurs de la police et de vrais agents rebelles. Un ivrogne parlait sans arrêt, dans le bar sordide — comme s'il disait, empruntant le style de Gertrude Stein : « Cuba est Cuba est Cuba. »

On servit à Wormold pour son dîner une omelette sèche et plate, tachée et déchiquetée comme un vieux manuscrit, accompagnée de vin aigre. Tout en mangeant, il écrivit sur une carte postale illustrée quelques lignes au docteur Hasselbacher. Chaque fois qu'il quittait La Havane, il expédiait à Milly et au docteur Hasselbacher et parfois même à Lopez de mauvaises images de mauvais hôtels, en marquant d'une croix l'une des fenêtres, comme dans un roman policier la marque qui désigne l'endroit où le crime a été commis.

Voiture en panne. Tout est très paisible. Espère être de retour jeudi.

Une carte postale illustrée est le symbole de la solitude.

À neuf heures, Wormold partit à la recherche de son détaillant. Il avait oublié combien les rues de Santiago étaient vides après la tombée de la nuit. Les volets étaient mis, derrière les grilles de fer, et les maisons, ainsi que dans une ville occupée, tournaient le dos aux passants. Un cinéma répandait un peu de lumière, mais pas un client n'y entrait ; la loi exigeait que la salle restât ouverte, mais, sauf un soldat ou un policier, personne ne l'aurait fréquentée une fois la nuit tombée. Dans une rue transversale, Wormold vit passer une patrouille militaire.

Le détaillant le fit asseoir dans une petite pièce étouffante ; une porte s'ouvrait sur un patio, un palmier et un puits en fer forgé, mais l'air était aussi brûlant à l'extérieur qu'au-dedans. Ils étaient assis en face l'un de l'autre dans des fauteuils à bascule où ils se balançaient tous les deux pour faire de petits courants d'air.

Les affaires n'allaient pas — balin, balant —, personne n'achetait d'appareillage électrique à Santiago — balin, balant —, à quoi bon ? — balin, balant. Comme pour illustrer leurs propos, la lumière s'éteignit et ils continuèrent à se balancer dans le noir. Ayant perdu le rythme, leurs têtes se cognèrent légèrement.

— Excusez-moi.

— Ma faute.

Balin, balant, balin, balant…

Une chaise grinça dans le patio.

— Votre femme ? demanda Wormold.

— Non, personne. Nous sommes tout à fait seuls.

Wormold se balançait d'avant en arrière, d'arrière en avant, d'avant en arrière, tout en écoutant les mouvements furtifs dans le patio.

— Évidemment.

On était à Santiago. N'importe quelle maison pouvait contenir un fugitif. Mieux valait ne rien entendre ; ne rien voir était bien facile, même lorsque, à contrecœur, la lumière revint, minuscule lueur jaune sur le filament.

En rentrant à l'hôtel, Wormold fut arrêté par deux policiers qui désiraient savoir ce qu'il faisait si tard dans les rues.

— Il n'est que dix heures, répondit-il.

— Que faites-vous dans cette rue à dix heures ?

— Il n'y a pas de couvre-feu, que je sache.

Subitement, sans prévenir, l'un des agents de police le gifla. Il ressentit de l'indignation plutôt que de la colère. Il appartenait à une classe sociale respectueuse des lois, la police était sa protection naturelle. Il porta la main à sa joue.

— Que diable croyez-vous…

D'une bourrade dans le dos, l'autre policier l'envoya cogner contre le bord du trottoir et son chapeau tomba dans la fange du ruisseau.

— Rendez-moi mon chapeau ! cria-t-il.

Et il se sentit bousculer de nouveau.

Il se mit à parler du consul d'Angleterre ; alors, ils le lancèrent violemment de l'autre côté de la rue et, titubant, il atterrit dans l'entrée d'une maison où un homme assis devant un bureau dormait, la tête sur ses bras. Il s'éveilla et injuria Wormold en hurlant des épithètes dont la plus aimable était : « Cochon ! »

— Je suis sujet britannique, dit Wormold, mon nom est Wormold, mon adresse 37, Lamparilla, La Havane. Mon âge quarante-cinq ans, divorcé, et je désire téléphoner au consul.

L'homme qui l'avait traité de cochon et qui portait un insigne de sergent lui demanda de montrer son passeport.

— Je ne peux pas. Il est dans ma serviette à l'hôtel.

— Trouvé dans la rue sans papiers d'identité, dit l'un des policiers d'un air satisfait.

— Videz ses poches, ordonna le sergent.

Ils en sortirent son portefeuille, la carte illustrée adressée au docteur Hasselbacher qu'il avait oublié de mettre à la poste, et une bouteille échantillon de whisky Old Grand-dad qu'il avait achetée au bar de l'hôtel. Le sergent examina la bouteille et la carte postale.

— Pourquoi avez-vous cette bouteille sur vous ? Que contient-elle ?

— Qu'est-ce que vous croyez ?

— Les rebelles font des grenades avec des bouteilles.

— Sûrement pas avec d'aussi petites bouteilles.

Le sergent la déboucha, renifla le whisky et en versa quelques gouttes dans le creux de sa main.

— Ça a bien l'air d'être du whisky, dit-il.

Et il retourna la carte postale.

— Pourquoi avez-vous fait une croix sur cette image ? demanda-t-il.

— C'est la fenêtre de ma chambre.

— Pourquoi marquez-vous la fenêtre de votre chambre ?

— Pourquoi pas ? C'est simplement… eh bien, c'est une chose qu'on fait quand on voyage.

— Attendez-vous un visiteur qui entrerait par la fenêtre ?

— Bien sûr que non.

— Qui est le docteur Hasselbacher ?

— Vieil ami.

— Doit-il venir à Santiago ?

— Non.

— Alors pourquoi tenez-vous à ce qu'il sache où est votre chambre ?

Wormold commença à comprendre ce que connaissent si bien les criminels, l'impossibilité d'expliquer quoi que ce soit à tout homme qui détient un pouvoir.

— Le docteur Hasselbacher est une femme, dit-il en prenant un air polisson.

— Une femme médecin ! s'écria le sergent, désapprobateur.

— Docteur en philosophie. Une très belle femme, dit Wormold, décrivant de la main deux courbes dans l'air.

— Et elle va venir vous rejoindre à Santiago ?

— Non, non ! Mais vous savez comment sont les femmes, sergent. Elles aiment savoir où dort leur homme.

— Vous êtes son amant ?

L'atmosphère s'était améliorée.

— Cela n'explique toujours pas que vous vous promeniez la nuit dans les rues.

— Il n'y a pas de loi...

— Pas de loi, mais les gens prudents restent chez eux. Il n'y a que les malfaiteurs qui rôdent.

— Je ne pouvais pas dormir à force de penser à Emma.

— Qui est Emma ?

— Le docteur Hasselbacher.

— Il y a quelque chose de louche là-dedans, dit lentement le sergent. Je le sens. Vous ne me dites pas la vérité. Si vous êtes amoureux d'Emma, pourquoi êtes-vous à Santiago ?

— Son mari a des soupçons.

— Elle a un mari ? *No es muy agradable.* Êtes-vous catholique ?

— Non.

Le sergent ramassa la carte postale et l'étudia de nouveau.

— La croix à une fenêtre de chambre, ce n'est pas très joli non plus. Comment l'expliquera-t-elle à son mari ?

Wormold pensa très rapidement.

— Son mari est aveugle.

— Ah ! c'est encore plus vilain que tout, très, très mal !

— Je lui flanque encore un coup ? demanda un des agents.

— Ça ne presse pas. Il faut d'abord que je l'interroge. Depuis combien de temps connaissez-vous cette femme, Emma Hasselbacher ?

— Huit jours.

— Huit jours ! Tout ce que vous dites est très vilain. Vous êtes protestant et adultère. Comment avez-vous fait sa connaissance ?

— Je lui ai été présenté par le capitaine Segura.

Le sergent qui tenait la carte postale resta la main en l'air. Wormold entendit derrière lui un des policiers avaler sa salive. Pendant un long moment personne ne parla.

— Le capitaine Segura ?

— Oui.

— Vous connaissez le capitaine Segura ?

— C'est un ami de ma fille.

— Vous avez donc une fille. Vous êtes marié.

Il allait répéter : « Ce n'est pas... » quand un des policiers l'interrompit :

— Il connaît le capitaine Segura.

— Comment saurais-je si vous dites la vérité ?

— Vous pouvez lui téléphoner et le lui demander.

— Il faudrait plusieurs heures pour avoir La Havane au bout du fil.

— Je ne peux pas quitter Santiago la nuit. Je vous attendrai à l'hôtel.

— Ou dans une cellule au poste de police !

— Je ne crois pas que le capitaine Segura approuverait cela.

Le sergent réfléchit un bon moment à la question, tout en examinant le contenu du portefeuille. Puis il donna l'ordre à un des agents de reconduire Wormold à l'hôtel et d'examiner son passeport (le sergent pensait visiblement que, de cette façon, il sauvait la face). Ils partirent donc ensemble, gardant tous les deux un silence embarrassé, et ce ne fut qu'après s'être mis au lit que Wormold se rappela que la carte postale adressée à Hasselbacher était restée sur la table du sergent. Il lui sembla que son oubli était sans importance ; il pouvait toujours en envoyer une autre le lendemain matin. Comme il faut longtemps dans la vie pour reconstituer le tracé compliqué dont la moindre des choses — fût-ce une carte postale illustrée — peut former un détail, et pour sentir l'imprudence qu'il y a à rejeter quoi que ce soit comme négligeable. Trois jours plus tard, Wormold reprenait l'autobus pour Santa Clara. Sa Hillman était prête : la route de La Havane ne posa pour lui aucun problème.

Chapitre III

Un grand nombre de télégrammes l'attendaient lorsqu'il arriva à La Havane en fin d'après-midi. Il y avait aussi un petit billet de Milly :

Qu'est-ce que tu as fabriqué ? Tu sais qui (mais il ne le savait pas) *très pressant — sans mauvaise intention. Le docteur Hasselbacher veut te voir d'urgence. Bons baisers.*

P.-S. — *Suis au Country Club, à cheval. Un reporter a photographié Séraphina. Serait-ce la gloire ? En avant, messieurs !*

Le docteur Hasselbacher pouvait attendre. Deux des télégrammes portaient la mention « urgent ».

« N° 2 du 5 mars début paragraphe A, activités Hasselbacher équivoques stop, exercez extrême prudence dans contacts à limiter au minimum terminé. »

La candidature de Vincent C. Parkman était rejetée sans autre forme de procès. « Il ne faut même pas je répète pas entrer en rapport stop, probabilité déjà employé par Services américains. »

Le télégramme suivant, n° 1 du 4 mars, était péremptoire : « À l'avenir prié vous borner suivant instructions à une seule question par télégramme. »

Le n° 1 du 5 mars était plus encourageant : « Rien à signaler au sujet professeur Sanchez et ingénieur Cifuentes stop, pouvez les engager stop, hommes de leur standing n'exigeront probablement qu'indemnités frais. »

Le dernier télégramme, par contre, lui réservait une légère surprise : « Suite AO recrutement de 59200-5-1 — c'était Lopez — enregistré, mais prière noter salaire proposé inférieur échelle européenne reconnue stop, prière de porter à 25, je répète 25 pesos par mois, terminé. »

Lopez criait dans l'escalier.

— C'est le docteur Hasselbacher.

— Dites-lui que je suis occupé. Je le rappellerai plus tard.

— Il demande que vous veniez vite. Il paraît très agité.

Wormold descendit au téléphone. Avant d'avoir pu parler, il entendit une voix émue et vieille… L'idée ne lui était jamais venue que le docteur Hasselbacher fût vieux.

— S'il vous plaît, Mr Wormold…

— Oui. Qu'y a-t-il ?

— S'il vous plaît, venez me retrouver. Quelque chose vient de se produire.

— Où êtes-vous ?

— Dans mon appartement.

— Qu'est-ce qui ne va pas, Hasselbacher ?

— Je ne peux pas vous le dire au téléphone.

— Êtes-vous malade… blessé ?

— Si ce n'était que cela ! Je vous en prie, venez !

Depuis tant d'années qu'ils se connaissaient, Wormold n'avait jamais vu la maison de Hasselbacher. Ils se rencontraient au *Wonder Bar*, et, à chaque anniversaire de Milly, dans un restaurant ; une seule fois le docteur Hasselbacher lui avait fait une visite médicale rue Lamparilla parce qu'il avait une forte fièvre. Il y avait eu aussi ce jour où, assis sur un banc du Paseo, Wormold avait pleuré devant Hasselbacher en lui racontant que la mère de Milly venait de prendre l'avion du matin pour Miami, mais leur amitié s'appuyait solidement sur cet éloignement : ce sont toujours les amis les plus intimes que guette la rupture. Au téléphone, il dut demander à Hasselbacher comment trouver son appartement.

— Vous ne savez pas ! s'écria Hasselbacher, abasourdi.

— Non.

— Venez vite, je vous prie. Je ne peux plus me sentir seul.

Mais toute vitesse à cette heure nocturne était impossible. Obispo formait un bloc compact de circulation, et il fallut à Wormold une demi-heure pour atteindre le pâté de maisons banal (douze étages de pierre livide) qu'habitait Hasselbacher. Vingt ans auparavant, l'immeuble avait été moderne, mais la nouvelle architecture d'acier qui se développait vers l'ouest montait plus haut dans le ciel et l'éclipsait. Il datait de l'époque des sièges tubulaires et le premier objet que vit Wormold, lorsque le docteur Hasselbacher l'introduisit, fut une chaise tubulaire. Il vit aussi une vieille estampe polychrome représentant un château sur le Rhin.

En même temps que sa voix, le docteur avait subitement vieilli. Ce n'était pas une question de couleur : cette peau rubiconde et fripée ne pouvait pas plus changer que celle d'une tortue, et rien n'aurait pu rendre ses cheveux plus blancs que ne l'avaient déjà fait les années. C'était son expression qui était devenue différente. Toute l'ordonnance d'une vie venait d'être violentée : le docteur Hasselbacher avait cessé d'être optimiste.

— C'est gentil d'être venu, Mr Wormold, dit-il humblement.

Wormold se rappela le jour où le vieil homme l'avait arraché au Paseo en parlant tout le temps, et l'avait soûlé au *Wonder Bar*, cautérisant sa douleur à force d'alcool, de rire et d'irrésistible espérance.

— Que s'est-il passé, Hasselbacher ? demanda-t-il.

— Entrez.

La pièce était sens dessus dessous. On eût dit qu'un enfant pervers s'était déchaîné parmi les chaises tubulaires, ouvrant ceci, renversant cela, brisant ou épargnant, en obéissance à quelque impulsion absurde et impérieuse. La photographie d'un groupe de jeunes gens, des chopes de bière à la main, avait été enlevée de son cadre et déchiquetée ; une reproduction du *Cavalier joyeux* était restée accrochée au mur au-dessus du divan où un coussin sur trois avait été éventré. Le contenu d'un placard — vieilles lettres et factures — avait été éparpillé sur le plancher et, semblable à un poisson rejeté par la mer, une mèche de cheveux très blonds attachés par un ruban noir gisait au milieu des épaves.

— Pourquoi ? demanda Wormold.

— Ceci n'a pas grande importance, dit Hasselbacher, mais venez par ici.

Une petite pièce qui avait été convertie en laboratoire était retournée au chaos. Un brûleur à gaz flambait encore près des objets brisés. Le docteur Hasselbacher tourna le robinet pour l'éteindre. Il ramassa une éprouvette : ce qu'elle avait contenu souillait l'évier.

— Vous ne pouvez pas comprendre. J'essayais de faire une culture à partir de... peu importe. Je savais qu'il n'en sortirait rien. Ce n'était qu'un rêve.

Il s'assit lourdement sur un grand fauteuil tubulaire, à hauteur réglable, qui s'affaissa subitement sous son poids et le déposa sur le plancher. Il y a toujours quelqu'un qui laisse traîner une peau de banane sur la scène d'une tragédie. Hasselbacher se releva et épousseta son pantalon.

— Quand est-ce arrivé ?

— Quelqu'un m'a téléphoné... une visite à un malade. J'ai senti que c'était louche, mais je ne pouvais pas refuser. Impossible de courir ce risque. Quand je suis revenu, j'ai trouvé cela.

— Qui l'a fait ?

— Je ne sais pas. Il y a huit jours, j'ai reçu une visite. Un inconnu. Il venait me demander mon concours. Il ne s'agissait pas d'un travail médical. J'ai dit non. Il m'a demandé si mes sympathies allaient vers l'Ouest ou l'Est. J'ai essayé de plaisanter avec lui. J'ai répondu qu'elles restaient au milieu. Il y a quelques semaines, vous m'aviez posé la même question, ajouta-t-il d'un air accusateur.

— Je plaisantais, Hasselbacher.

— Je sais. Pardonnez-moi. Ce qu'ils font de pire, c'est de créer toute cette méfiance.

Il regardait l'évier fixement.

— Un rêve puéril. Naturellement, je ne l'ignore pas. Fleming a découvert la pénicilline par un de ces hasards qui favorisent les yeux inspirés. Encore faut-il que les yeux soient inspirés. Un vieux médecin de second ordre ne rencontre jamais un tel hasard, mais qu'est-ce que cela pouvait leur faire, après tout, que j'aie envie de rêver !

— Je ne comprends pas. Qu'y a-t-il derrière ? Une histoire politique ? De quelle nationalité était cet homme ?

— Il parlait anglais comme moi, avec un accent. De nos jours, le monde est plein de gens qui parlent avec un accent.

— Avez-vous téléphoné à la police ?

— Autant que je sache, dit le docteur, c'est la police elle-même qui m'a rendu visite.

— Ont-ils emporté quelque chose ?

— Oui. Des papiers.

— Importants ?

— Je n'aurais jamais dû les garder. Ils dataient de plus de trente ans. Quand on est jeune, on se compromet. Personne n'a une vie parfaitement nette, Mr Wormold. Mais je croyais que le passé était le passé. J'étais trop optimiste. Vous et moi, nous ne sommes pas semblables aux gens d'ici, nous n'avons pas de confessionnal où nous puissions enterrer le vilain passé.

— Vous devez avoir quelque idée... Que vont-ils faire à présent ?

— Établir une fiche à mon nom. Il faut qu'ils se donnent de l'importance. Peut-être y serai-je promu au rang de savant atomiste.

— Ne pouvez-vous recommencer votre expérience ?

— Oh ! si. Oui, sans doute le puis-je. Mais voyez-vous, je n'y ai jamais cru et... la voilà vidée.

Il fit couler l'eau pour nettoyer la pierre d'évier.

— Cela me rappellerait toujours ces impuretés, poursuivit-il, ces saletés. C'était un rêve et ceci est la réalité.

Quelque chose qui ressemblait à un morceau de champignon resta coincé dans l'orifice d'évacuation. Le docteur le fit descendre en le poussant du doigt.

— Merci d'être venu, Mr Wormold. Vous êtes un ami véritable.

— Je ne vous sers pas à grand-chose.

— Vous me laissez parler. Je me sens déjà mieux. Seulement, j'ai cette crainte au sujet des papiers. Peut-être d'ailleurs ont-ils disparu accidentellement. Peut-être m'ont-ils échappé dans ce bouleversement.

— Laissez-moi vous aider à chercher.

— Non, Mr Wormold. Je ne voudrais pas que vous aperceviez quoi que ce soit dont j'aurais honte.

Ils burent ensemble parmi les ruines du petit salon, puis Wormold partit. Le docteur Hasselbacher, à genoux sous le *Cavalier joyeux*, balayait le parquet entre les pieds du divan. Enfermé dans sa voiture, Wormold eut la sensation que sa culpabilité trottait en grignotant autour de lui, comme une souris dans le cachot d'une prison. Peut-être parviendraient-ils bientôt à s'accoutumer l'un à l'autre et sa culpabilité viendrait-elle manger dans sa main. Des gens semblables à lui avaient agi de la même manière — des hommes qui se laissaient enrégimenter —, assis sur la cuvette des cabinets, qui ouvraient des portes d'hôtel en se servant de la clé d'autres hommes, recevaient des instructions écrites à l'encre sympathique et faisaient un usage imprévu des *Contes d'après Shakespeare* de Lamb. Toute plaisanterie a son envers, le côté de la victime.

Les cloches sonnaient à Santo Christo, et les colombes s'envolant du toit dans le soir doré s'en allèrent tourner au-dessus de la rue O'Reilly où se tenaient les marchands de billets de loterie et autour des banques d'Obispo ; des petits garçons et des petites filles, dont l'uniforme noir et blanc rendait le sexe presque aussi indiscernable que celui des oiseaux, se déversaient de l'école des Saints-Innocents, leur petit cartable noir à la main. Leur âge les séparait du monde adulte de 59200, et leur crédulité était d'une autre essence. Wormold pensa avec tendresse : « Milly va bientôt rentrer. » Il était heureux qu'elle acceptât encore les contes de fées : la Vierge qui enfante, les images qui pleurent ou prononcent des mots d'amour dans l'obscurité. Hawthorne et ses pareils étaient également crédules, mais ce qu'ils gobaient étaient des visions de cauchemar, des histoires grotesques tirées de la science-fiction.

Lorsqu'on joue, à quoi bon barguigner ? Il allait du moins leur donner de quoi s'amuser pour leur argent, quelque chose de mieux qu'un rapport économique à noter sur leurs fiches. Il rédigea un rapide brouillon. « N° 1 de 8 février début paragraphe A, durant mon récent voyage Santiago entendu par diverses sources allusions à vastes installations militaires en voie de construction dans montagnes province Oriente stop, constructions trop importantes pour viser petites bandes rebelles qui tiennent encore stop, rumeurs éclaircies considérables effectuées sous prétexte incendies forêts stop, début paragraphe B rencontré bar hôtel Santiago pilote espagnol compagnie aérienne Cubana état ébriété avancé mentionné avoir repéré au cours trajet La Havane-Santiago grande plate-forme ciment trop étendue pour simple construction stop, paragraphe C — 59200-5-3 qui m'accompagnait Santiago entreprit dangereuse mission près QG Bayamo et dessiné machines étranges transportées forêt stop, dessins suivront par sac poste paragraphe D réclame autorisation lui payer prime en raison des risques graves de sa mission et suspendre quelque temps travail rapport économique vu caractère troublant et vital ces rapports Oriente paragraphe E avez-vous renseignements Raoul Dominguez pilote Cubana que propose engager sous rubrique 59200-5-4. »

Joyeusement, Wormold codifia son message. Il pensait : « Je n'aurais jamais cru que j'en étais capable. » Il se disait avec orgueil : « 59200-5 connaît son métier. » Sa bonne humeur s'étendait jusqu'à Charles Lamb. Il choisit comme passage chiffre la page 217, ligne 12 : « Mais je vais tirer le rideau et vous montrer la peinture. N'est-elle pas bien faite ? »

Wormold fit monter Lopez qui était dans le magasin et lui tendit vingt-cinq pesos.

— Voici votre premier mois payé d'avance, lui dit-il.

Il connaissait trop bien Lopez pour s'attendre à un mot de gratitude à la vue des cinq pesos de supplément, mais il fut tout de même un peu décontenancé de l'entendre dire :

— Trente pesos serait le minimum vital.

— Que voulez-vous dire par minimum vital ? L'agence vous paie déjà très convenablement.

— Ceci représente beaucoup de travail, dit Lopez.

— Ah ! oui, vraiment ? Quel travail ?

— Services personnels.

— Quels services personnels ?

— Ça doit demander évidemment beaucoup de travail, sans ça vous ne me donneriez pas vingt-cinq pesos.

Jamais Wormold n'avait pu avoir le dernier mot lorsqu'il discutait avec Lopez d'une question financière.

— Montez-moi un Atomic du magasin, dit Wormold.

— Nous n'en avons qu'un en réserve.

— Je veux l'avoir ici.

— Est-ce un service personnel ? demanda Lopez avec un soupir.

— Oui.

Une fois seul, Wormold dévissa les diverses pièces composant l'aspirateur. Puis il s'assit devant son bureau et commença à en faire des croquis minutieux. Adossé à sa chaise, il prit un léger recul pour contempler son dessin du vaporisateur détaché du manche de tuyau flexible du nettoyeur — le gicleur en aiguille, le suceur, et le tube coulissant. Il se demanda : « Est-ce que je ne vais pas trop loin ? » Il s'aperçut qu'il avait oublié d'indiquer l'échelle. Il tira une ligne à la règle et la divisa : un pouce égalant trois pieds. Puis, pour faire bonne mesure, il dessina à côté du suceur un petit bonhomme de deux pouces de haut. Il l'habilla proprement d'un complet sombre et le dota d'un chapeau melon et d'un parapluie.

Quand Milly rentra à la maison ce soir-là, il travaillait encore ; il rédigeait son premier rapport, une grande carte de Cuba étalée sur son bureau.

— Qu'est-ce que tu fais, papa ?

— Mes premiers pas dans une nouvelle carrière.

Elle regarda par-dessus son épaule.

— Vas-tu devenir écrivain ?

— Oui. Écrivain d'imagination.

— Est-ce que cela te rapportera beaucoup d'argent ?

— Un honnête revenu, Milly, à condition que je m'y mette et que j'écrive régulièrement. Mon projet est de composer un essai semblable à celui-ci tous les dimanches soir.

— Seras-tu célèbre ?

— J'en doute. Au contraire de la plupart des écrivains, je laisserai toute la gloire à mes nègres.

— Des nègres ?

— C'est ainsi qu'on appelle ceux qui font le vrai travail pendant que l'auteur ramasse l'argent. Dans mon cas, je ferai le vrai travail et ce seront les nègres qui récolteront la gloire.

— Mais tu auras l'argent ?

— Oh ! oui.

— Alors, est-ce que je peux m'acheter des éperons ?

— Naturellement.

— Est-ce que tu te sens tout à fait bien, papa ?

— Je ne me suis jamais senti mieux. Quel sentiment de libération tu as dû éprouver en mettant le feu à Thomas Earl Parkman Junior !

— Pourquoi me rappelles-tu toujours cette histoire, papa ? Ça s'est passé voilà des années.

— Parce que je t'admire de l'avoir fait. Pourrais-tu recommencer ?

— Bien sûr que non. Je suis trop vieille. D'ailleurs, il n'y a pas de garçons dans les grandes classes. Autre chose, papa. Puis-je acheter une gourde de chasseur ?

— Tout ce que tu voudras. Oh ! un moment… que vas-tu mettre dans ta gourde ?

— De la limonade.

— Sois gentille et va me chercher une autre feuille de papier. L'ingénieur Cifuentes est un homme prolixe.

Intermède londonien

— Vous avez fait bon voyage ? demanda le chef.

— Quelques cahots au-dessus des Açores, répondit Hawthorne.

Cette fois, il ne s'était pas changé, et il portait encore ses vêtements tropicaux gris pâle, car l'urgente convocation reçue à Kingston ne lui en avait pas laissé le temps, et une voiture l'attendait à Londres sur le terrain d'aviation. Il s'était assis le plus près possible du radiateur, mais par moments ne pouvait s'empêcher de grelotter.

— Qu'est-ce que c'est que cette fleur étrange à votre boutonnière ?

Hawthorne l'avait totalement oubliée. Il porta la main à son revers.

— Elle semble avoir été jadis une orchidée, dit le chef, d'un ton réprobateur.

— Pan America nous l'a offerte hier soir avec notre dîner, expliqua Hawthorne.

Il ôta de son veston la loque mauve et fanée qu'il posa dans le cendrier.

— Avec votre dîner ? Quelle étrange idée, dit le chef. Cela ne pouvait guère améliorer le menu. Personnellement, je déteste les orchidées. Fleurs décadentes. Il y avait, si je ne me trompe, quelqu'un qui en portait des vertes.

— Je ne l'ai mise à ma boutonnière que pour débarrasser le plateau. Il était tellement encombré par les galettes chaudes, et le champagne, la salade sucrée, la soupe à la tomate, le poulet Maryland et la crème glacée…

— Quel horrible mélange ! Vous devriez voyager par BOAC.

— Vous ne m'avez pas laissé le temps de louer une place, monsieur.

— Eh ! c'est que l'affaire est assez pressante. Vous savez que notre agent de La Havane vient de dépister des choses assez troublantes.

— C'est quelqu'un de bien.

— Je ne le nie pas. Je voudrais que nous en ayons beaucoup comme lui. Ce que je ne peux pas comprendre, c'est comment cela a pu échapper aux Américains.

— Leur avez-vous posé la question ?

— Bien sûr que non. Je me méfie de leur discrétion.

— Peut-être se méfient-ils de la nôtre.

— Ces dessins, dit le chef, les avez-vous examinés ?

— Je n'y connais pas grand-chose, monsieur. Je les ai fait suivre directement.

— Eh bien, regardez-les attentivement, à présent.

Le chef étala les dessins sur son bureau. À regret, Hawthorne s'éloigna du radiateur et fut immédiatement secoué par un frisson.

— Vous êtes souffrant ?

— Il y avait quarante degrés hier à Kingston.

— Votre sang s'appauvrit. Un peu de froid vous fera le plus grand bien. Que pensez-vous des croquis ?

Hawthorne les regarda fixement. Ils lui rappelaient… quoi donc ? Il fut effleuré, sans savoir pourquoi, par une étrange inquiétude.

— Vous vous rappelez le rapport qui les accompagnait ? dit le chef. Il émane de tiret 3. Qui est-ce ?

— Je pense que ce doit être l'ingénieur Cifuentes, monsieur.

— Eh bien, même lui est intrigué. Malgré toutes ses connaissances techniques. Ces machines sont transportées par camion depuis le quartier général de l'armée à Bayamo jusqu'à la lisière de la forêt. Puis chargées sur des mulets. Direction générale : ces plates-formes de béton inexpliquées.

— Qu'en dit le ministère de l'Air, monsieur ?

— Ils sont inquiets, très inquiets. En même temps, la chose les intéresse, cela va de soi.

— Et les gens de la recherche nucléaire ?

— Nous ne leur avons pas encore montré les dessins. Vous savez comme ils sont. Ils se mettront à critiquer des points de détail, ils diront que tout cela est douteux, que tel tube est hors de proportion, ou tourné dans le mauvais sens. On ne peut pas s'attendre à ce qu'un agent, travaillant de mémoire, reproduise tous les détails avec exactitude. Il me faut des photographies, Hawthorne.

— C'est beaucoup demander, monsieur.

— Il nous les faut absolument. Quel que soit le risque. Savez-vous ce que m'a dit Savage ? Je vous avoue que ça m'a donné quelques cauchemars très désagréables. Il trouve qu'un des dessins lui fait penser à un gigantesque aspirateur à poussière.

— Un aspirateur !

Hawthorne se pencha et examina de près les dessins. De nouveau, il se sentit glacé.

— Ça vous donne le frisson, hein !

— Mais c'est impossible, monsieur, dit-il, avec le sentiment qu'il plaidait la cause de sa propre carrière. Cela ne peut pas être un aspirateur, monsieur, sûrement pas un aspirateur.

— Diabolique, n'est-ce pas ? dit le chef. La simplicité, l'ingéniosité, l'imagination infernales qu'on sent par-derrière.

Il enleva son monocle noir et la lumière se reflétant sur son œil bleu de bébé vint danser sur le mur au-dessus du radiateur.

— Regardez celui-ci, six fois la hauteur d'un homme. Comme un gigantesque vaporisateur. Et ceci… à quoi ceci vous fait-il penser ?

— À un suceur à double action, répondit Hawthorne d'un air malheureux.

— Qu'est-ce que c'est ?

— On en trouve quelquefois dans les aspirateurs électriques.

— Encore les aspirateurs. Hawthorne, je crois que nous sommes sur la piste de quelque chose de si énorme que la bombe H deviendra une arme conventionnelle.

— Est-ce souhaitable, monsieur ?

— Mais, naturellement, c'est souhaitable. Personne ne se préoccupe des armes conventionnelles.

— Qu'aviez-vous en tête, monsieur ?

— Je ne suis pas un homme de science, dit le chef, mais regardez cette grande cuve. Elle doit être presque aussi haute que les arbres de la forêt. Une énorme embouchure béante au sommet et ce pipeline (à peine indiqué dans le dessin). Pour ce que nous en savons, il se prolonge peut-être sur des kilomètres, sans doute des montagnes à la mer. Vous savez que les Russes — le bruit en a couru — sont en train d'étudier une certaine idée, basée sur la chaleur solaire, l'évaporation marine, je ne sais pas au juste, mais je sais que c'est une chose formidable. Dites à notre agent qu'il nous faut des photographies.

— Je ne vois pas très bien comment il peut s'approcher suffisamment…

— Qu'il frète un avion et qu'il s'égare au-dessus de cette zone. Pas lui personnellement, bien entendu, mais tiret 3 ou tiret 2. Qui est tiret 2 ?

— Le professeur Sanchez, monsieur. Mais il serait abattu. Ils ont des appareils militaires qui patrouillent dans tout ce secteur.

— Ah ! oui ? Tiens, tiens.

— Pour repérer les rebelles.

— C'est ce qu'ils disent. Savez-vous ce que je soup-çonne, Hawthorne ?

— Non, monsieur.

— C'est que les rebelles n'existent pas. Ils sont de pure invention. Ils fournissent au gouvernement les excuses dont il a besoin pour établir un contrôle dans toute la région.

— J'espère que vous avez raison, monsieur.

— Il vaudrait mieux pour tout le monde, dit le chef tout émoustillé, que je me trompe. J'ai peur de ces choses, Hawthorne, elles me font peur.

Il remit son monocle et la petite tache de lumière quitta le mur.

— Hawthorne, la dernière fois que vous étiez ici, avez-vous parlé à miss Jenkinson d'une secrétaire pour 59200 tiret 5 ?

— Oui, monsieur. Elle n'avait pas de candidate par-ticulièrement indiquée, mais elle a pensé qu'une jeune femme du nom de Béatrice pourrait convenir.

— Béatrice ? Comme je déteste tous ces prénoms. Entraînement complet ?

— Oui.

— Le temps est venu de fournir une aide à notre homme de La Havane. Ceci est en train de prendre trop d'ampleur pour un agent sans expérience s'il n'est pas secondé. Qu'elle prenne un opérateur de radio.

— Est-ce que ce ne serait pas une bonne chose si j'allais le voir d'abord ? Je pourrais jeter un coup d'œil sur ses découvertes et en discuter avec lui.

— Mauvais pour la sécurité, Hawthorne. Il ne faut pas risquer de l'exposer. Maintenant, il pourra commu-niquer directement avec Londres par radio. Je n'aime pas cet assujettissement au consulat, les gens du consu-lat non plus.

— Et pour ses rapports, monsieur ?

— Il faudra qu'il organise une espèce de service de courriers avec Kingston. Par un de ses représentants de commerce. Envoyez-lui des instructions par la secrétaire. L'avez-vous vue ?

— Non, monsieur.

— Voyez-la immédiatement. Assurez-vous qu'elle appartient à la bonne catégorie. Capable d'assumer la charge des détails techniques. Il faudra que vous la mettiez *au fait*[1] de ses arrangements domestiques. Il faudra congédier sa vieille secrétaire. Entendez-vous avec l'AO au sujet d'une indemnité raisonnable jusqu'à la date normale de sa retraite.

— Oui, monsieur, dit Hawthorne. Puis-je jeter encore un coup d'œil sur ces dessins ?

— Celui-là semble vous intéresser. Qu'en pensez-vous ?

— On dirait un assemblage automatique, dit Hawthorne d'une voix lamentable.

Il allait franchir la porte quand le chef se remit à parler.

— Vous savez, Hawthorne, tout ceci, nous vous le devons en grande partie. On m'a dit un jour que vous étiez incapable de juger les hommes, mais j'ai misé sur mon impression personnelle. Bravo, Hawthorne.

— Merci, monsieur.

Il avait la main posée sur le bouton de la porte.

— Hawthorne.

— Oui, monsieur.

— Avez-vous trouvé ce vieux cahier bon marché ?

— Non, monsieur.

— Peut-être Béatrice va-t-elle le trouver.

---

1. En français dans le texte. *(N.d.T.)*

TROISIÈME PARTIE

Chapitre premier

Ce fut une nuit que Wormold ne courait pas le risque d'oublier. Il avait décidé d'emmener Milly au *Tropicana* le soir de son dix-septième anniversaire. L'établissement était plus convenable que le *Nacional*, en dépit des tables de roulette entre lesquelles les soupeurs devaient passer avant d'arriver au cabaret. La scène de théâtre et la piste de danse étaient à ciel ouvert. Les girls défilaient à six ou sept mètres de hauteur au milieu des palmiers, pendant que des projecteurs roses et mauves balayaient la piste. Un homme en tenue de soirée d'un bleu cru chantait en anglo-américain une chanson où il s'agissait de « Pariiis ». Ensuite, le piano disparut dans le fourré sur des roulettes et les danseuses descendirent des hautes branches comme des oiseaux maladroits.

— On dirait la forêt d'Ardennes, dit Milly, extasiée.

La duègne était absente : elle s'était éclipsée après la première coupe de champagne.

— Je ne crois pas qu'il y avait des palmiers dans la forêt d'Ardennes. Ni de danseuses de cabaret.

— Comme tu prends les choses au pied de la lettre, papa !

— Vous aimez Shakespeare ? demanda le docteur Hasselbacher.

— Oh ! non, pas Shakespeare. Il y a trop de poésie. Vous savez, ce genre de truc : « Entre un messager. » « Milord le duc s'approche par la droite. » « Ainsi d'un cœur joyeux marchons-nous au combat. »

— Est-ce dans Shakespeare ?

— Ça y ressemble.

— Tu dis des bêtises, Milly !

— Mais la forêt d'Ardennes est dans Shakespeare aussi, je pense, dit le docteur Hasselbacher.

— Oui, mais je ne le lis que dans les *Contes* de Lamb parce qu'il supprime tous les messagers et les ducs et la poésie.

— On vous le fait étudier en classe ?

— Oh ! non, j'en ai trouvé un exemplaire dans la chambre de papa.

— Vous lisez Shakespeare sous cette forme, Mr Wormold ? demanda le docteur Hasselbacher, légèrement surpris.

— Oh ! non, non, bien sûr que non. En fait, je l'avais acheté pour Milly.

— Alors pourquoi étais-tu si en colère l'autre jour quand je l'ai emprunté ?

— Je n'étais pas en colère. Mais tu sais que je n'aime pas te voir fouiller… au milieu de choses où tu n'as rien à voir.

— Tu me parles comme si je t'avais espionné.

— Ma petite Milly, pas de querelles le jour de ton anniversaire. Et tu oublies tes devoirs envers le docteur.

— Pourquoi êtes-vous aussi silencieux, docteur Hasselbacher ? demanda Milly en se versant un second verre de champagne.

— Un de ces jours, Milly, il faudra me prêter les *Contes* de Lamb. Moi aussi, je trouve Shakespeare difficile.

Un très petit homme, portant un uniforme très étroit, agita la main vers la table.

— Vous n'êtes pas soucieux, dites-moi, docteur Hasselbacher ?

— Comment serais-je soucieux, ma chère Milly, le jour de votre anniversaire ? Si ce n'est à cause des années qui s'écoulent… bien sûr.

— Dix-sept ans, est-ce si vieux ?

— Ils ont passé trop vite pour moi !

L'homme à l'uniforme étroit se tenait à côté de leur table et s'inclinait. Son visage était grêlé, érodé comme les colonnes de l'Esplanade. Il transportait un fauteuil presque aussi volumineux que lui.

— Je te présente le capitaine Segura, papa.

— Puis-je m'asseoir ?

Il s'insinua entre Milly et le docteur Hasselbacher sans attendre la réponse de Wormold.

— Je suis enchanté de faire la connaissance du père de Milly, dit-il.

Son insolence rapide et désinvolte ne vous laissait même pas le temps de lui en vouloir, avant de vous fournir de nouvelles causes d'irritation.

— Présentez-moi votre ami, Milly.

— Le docteur Hasselbacher.

Le capitaine Segura fit comme si le docteur n'existait pas et emplit le verre de Milly. Puis il appela le garçon :

— Apportez une autre bouteille.

— Nous allions partir, capitaine Segura, dit Wormold.

— Pensez-vous ! Vous êtes mon invité. Il est à peine plus de minuit.

La manche de Wormold accrocha un verre qui tomba et se brisa en miettes, comme le souper d'anniversaire de Milly.

— Garçon, un autre verre.

Penché vers Milly et tournant le dos au docteur Hasselbacher, Segura se mit à chanter à mi-voix : « La rose que j'ai cueillie dans le jardin… »

— Vous vous conduisez très mal, dit Milly.

— Très mal ? Envers vous ?

— Envers nous tous. Ceci est ma soirée d'anniversaire. J'ai dix-sept ans. Et c'est mon père qui invite. Pas vous.

— Dix-sept ans ? Alors, il faut absolument que vous soyez mes invités. Je vais faire venir quelques danseuses à notre table.

— Nous ne voulons pas de danseuses, dit Milly.

— Je suis en disgrâce ?

— Oui.

— Ah ! dit-il d'un air rayonnant, c'est parce que aujourd'hui je n'étais pas devant l'école pour vous ramener en voiture. Mais, Milly, il faut parfois que je mette au premier plan les affaires de la police. Garçon, dites à l'orchestre de jouer *Happy Birthday.*

— Jamais de la vie ! cria Milly. Comment pouvez-vous être aussi… aussi vulgaire ?

— Moi ? Vulgaire ?

Le capitaine Segura se mit à rire de bon cœur.

— Comme cette petite fille aime la plaisanterie dit-il à Wormold. Moi aussi, j'aime blaguer. C'est pour ça que nous nous entendons aussi bien.

— Elle m'a raconté que vous possédiez un étui à cigarettes recouvert de peau humaine.

— Oui, elle me taquine sans cesse à ce sujet. Je lui dis que sa propre peau ferait un adorable…

Le docteur Hasselbacher se leva brusquement.

— Je vais regarder les gens jouer à la roulette, dit-il.

— Il ne m'aime pas ? dit le capitaine Segura. C'est sans doute un de vos vieux admirateurs, Milly. Un très vieil admirateur, ha ! ha ! ha !…

— C'est un vieil ami, dit Wormold.

— Mais nous savons, vous et moi, Mr Wormold, qu'il n'y a pas d'amitié possible entre un homme et une femme.

— Milly n'est pas encore une femme.

— Vous parlez en père, Mr Wormold. Un père ne connaît jamais sa fille.

Wormold contempla la bouteille de champagne, puis la tête du capitaine Segura. Il éprouvait une grande tentation de les faire se rencontrer violemment. Assise à une table derrière le capitaine, une jeune femme que

Wormold n'avait jamais vue lui fit de la tête, grave-
ment, un signe d'encouragement. Il posa les doigts sur
la bouteille et la jeune femme hocha de nouveau la tête.
Elle devait être, pensa-t-il, aussi intelligente qu'elle
était jolie pour avoir lu dans sa pensée avec autant
d'exactitude. Il envia ses compagnons, deux pilotes de
la KLM et une hôtesse de l'air.

— Venez danser, Milly, dit le capitaine Segura, pour
me montrer que je suis pardonné.

— Je n'ai pas envie de danser.

— Je jure que demain j'attendrai devant la grille du
couvent.

Wormold fit un petit geste qui voulait dire : « Je n'ai
pas assez de cran. Aidez-moi. »

La jeune femme le regarda attentivement, avec
sérieux, Wormold eut la sensation qu'elle étudiait
l'ensemble de la situation, mais que la décision qu'elle
allait prendre serait sans appel et exigerait une action
immédiate. Elle prit le siphon et ajouta un peu d'eau
gazeuse à son whisky.

— Allons, Milly. Ne gâtez pas ma soirée.

— Ce n'est pas votre soirée, c'est celle de mon père.

— Vous boudez trop longtemps. Il faut que vous
tâchiez de comprendre que je dois parfois faire passer
mon travail avant ma chère petite Milly.

Derrière le capitaine Segura, la jeune femme modifia
l'inclinaison du siphon.

— Non, dit instinctivement Wormold, non.

Le bec du siphon était relevé et pointé sur le cou du
capitaine Segura. Le doigt de l'inconnue était prêt à
appuyer. Wormold fut blessé qu'une aussi jolie femme
le regardât de cet air méprisant.

— Oui. S'il vous plaît. Oui, fit-il.

Elle pressa le ressort. Le jet brutal frappa la nuque
du capitaine et l'eau ruissela à l'intérieur de son col. On
entendit la voix du docteur Hasselbacher crier :
« Bravo », à quelques tables de distance.

— ¡ Cono ! s'écria le capitaine Segura.

— Excusez-moi, dit la jeune femme, j'avais visé mon whisky.

— Votre whisky !

— Dimpled Haig, dit-elle.

Milly pouffa. Le capitaine Segura s'inclina avec raideur. On ne pouvait juger à sa taille combien il était dangereux, pas plus qu'on ne le peut pour une boisson forte.

— Vous avez vidé votre siphon, madame, dit le docteur Hasselbacher, permettez-moi de vous en faire apporter un autre.

Les Hollandais, à sa table, parlaient entre eux à mi-voix, d'un air gêné.

— Je doute qu'on accepte de m'en confier un autre, dit la jeune femme.

Le capitaine Segura se tordit la bouche pour parvenir à faire un sourire qui sortit au mauvais endroit comme la pâte dentifrice quand le tube est crevé.

— Pour la première fois, dit-il, j'ai été frappé dans le dos. Je suis content que ce soit par une femme.

Il avait fait un admirable rétablissement ; l'eau tombait encore goutte à goutte de ses cheveux et son col en était détrempé.

— À tout autre moment, dit-il, je vous aurais demandé de m'accorder ma revanche, mais je devrais déjà être à la caserne. J'espère que je vous reverrai.

— Je suis installée ici, dit-elle.

— Vacances ?

— Non, travail.

— Si vous avez la moindre difficulté pour votre permis de séjour, dit-il d'un air ambigu, venez me trouver. Bonsoir, Milly. Bonsoir, Mr Wormold. Je vais dire au maître d'hôtel que vous êtes mes invités : commandez tout ce qu'il vous plaira.

— Il a fait une sortie qui mérite des compliments, dit la jeune femme.

— C'est le coup de siphon qui mérite des compliments.

— Il eût été un peu exagéré de l'assommer avec une bouteille de champagne. Qui est-ce ?

— Beaucoup de gens l'appellent le Vautour rouge.

— Il torture les prisonniers, dit Milly.

— J'ai l'impression que j'en ai fait un ami.

— N'en soyez pas trop sûre, dit le docteur Hasselbacher.

Ils réunirent leurs tables. Les deux pilotes s'inclinèrent en donnant des noms imprononçables. Le docteur Hasselbacher dit avec horreur à l'un des Hollandais :

— Vous buvez du Coca-Cola !

— C'est le règlement. Nous décollons à trois heures trente pour Montréal.

— Si c'est le capitaine Segura qui paie, dit Wormold, commandons encore du champagne. Et du Coca-Cola.

— Je ne crois pas que je pourrai boire un Coca-Cola de plus, et vous Hans ?

— Je prendrais volontiers un Bols, dit le plus jeune des deux pilotes.

— Vous ne pouvez pas boire de Bols, déclara l'hôtesse d'un ton ferme, avant Amsterdam.

Le jeune pilote chuchota à l'oreille de Wormold :

— Je voudrais l'épouser.

— Qui ?

— Miss Pfunk… (ou quelque chose comme cela).

— Elle ne veut pas ?

— Non.

— J'ai, dit l'aîné des Hollandais, une femme et trois enfants.

Il déboutonna sa poche de poitrine.

— Voici leur photographie, annonça-t-il.

Il tendit à Wormold une photo en couleurs montrant une jeune fille en chandail jaune collant et caleçon de bain, qui ajustait ses patins. On lisait *Mamba Club* sur le chandail et sous l'image : « Nous vous garantissons beaucoup d'amusement. Cinquante belles filles. Vous ne serez pas seul. »

— Je crois que vous vous êtes trompé de photographie, dit Wormold.

La jeune femme, qui avait des cheveux châtains et, dans la mesure où il pouvait en juger dans l'éclairage trompeur du *Tropicana*, des yeux couleur noisette, lui dit :

— Dansons.

— Je ne danse pas très bien.

— Ça ne fait rien, voyons.

Il la fit glisser de côté et d'autre.

— Je vois ce que vous voulez dire. Nous sommes supposés danser une rumba. Cette petite est votre fille ?

— Oui.

— Elle est très jolie.

— Venez-vous d'arriver ?

— Oui. L'équipage a décidé de faire la nouba : je me suis jointe à eux. Je ne connais personne dans cette ville.

Sa tête arrivait à la hauteur du menton de Wormold et il pouvait respirer l'odeur de ses cheveux qui lui frôlaient la bouche à chaque mouvement. Il fut vaguement déçu de voir qu'elle portait une alliance.

— Je m'appelle Severn, dit-elle, Béatrice Severn.

— Et moi, Wormold.

— Alors, je suis votre secrétaire.

— Que voulez-vous dire ? Je n'ai pas de secrétaire.

— Oh ! mais si ! Est-ce qu'ils ne vous ont pas prévenu de mon arrivée ?

— Non.

Il n'avait pas besoin de demander qui « ils » étaient.

— Mais j'ai envoyé le télégramme moi-même.

— J'en ai reçu un la semaine dernière, mais il n'avait ni queue ni tête.

— Quelle est votre édition des *Contes* de Lamb ?

— Everyman.

— Flûte. On m'a donné le mauvais exemplaire. Ça ne m'étonne pas que le télégramme ait été un vrai gâchis. En tout cas, je suis contente de vous avoir trouvé.

— Moi aussi, je suis content. Un peu abasourdi naturellement. Où êtes-vous descendue ?

— À l'*Inglaterra* pour ce soir. Ensuite, je m'installerai.

— Où ?

— Dans votre bureau, bien entendu. L'endroit où je dors m'est indifférent. Je me ferai un lit de fortune dans un des cagibis de vos employés.

— Il n'y en a pas. C'est un très petit bureau.

— Bon. En tout cas, il y a la pièce où vous mettez votre secrétaire.

— Mais je n'ai jamais eu de secrétaire, Mrs Severn.

— Appelez-moi Béatrice. Il paraît que c'est mieux pour la sécurité.

— La sécurité ?

— Évidemment, s'il n'y a même pas un coin pour la secrétaire, ça pose un problème. Asseyons-nous.

Un homme, qui au milieu de la jungle portait un smoking noir de cérémonie comme le ferait l'administrateur local d'une colonie anglaise, chantait :

Vieux amis de la famille,
Des gens fort sensés vous entourent,
Ils disent que la Terre est ronde,
Et ma folie les scandalise.
La pomme a, dit-on, une écorce,
L'orange est pleine de pépins.
Je dis que le jour est la nuit
Et que tout ça me laisse froid.

Ah ! mais, surtout n'allez pas croire...

Ils s'étaient assis à une table restée inoccupée au fond de la salle de jeu. Ils pouvaient entendre le crépitement des petites boules de la roulette. La jeune femme avait repris son air grave, un peu raide, celui d'une adolescente dans sa première robe longue.

— Si j'avais su, dit-elle, que j'étais votre secrétaire, je n'aurais jamais aspergé ce policier sans un ordre de vous.

— Ne vous faites pas de souci.

— On m'a envoyée ici pour vous faciliter les choses, pas pour vous les compliquer.

— Le capitaine Segura n'a aucune importance.

— Vous savez, j'ai vraiment les connaissances nécessaires. J'ai passé tous les examens concernant le chiffre et la microphotographie. Je peux assurer à votre place le contact avec vos agents.

— Oh !

— Vous réussissez si bien qu'ils ne veulent pas vous voir courir le risque d'être grillé. Moi, si je suis grillée, c'est beaucoup moins grave.

— J'aurais horreur de vous voir grillée. Bien à point, voilà ce qu'il faut…

— Je ne comprends pas.

— Je regardais le hâle de vos joues…

— Naturellement après ce télégramme mutilé, vous ne savez pas non plus que vous avez un opérateur de radio ?

— C'est vrai, je l'ignorais.

— Il est installé comme moi à l'*Inglaterra*. Il a le mal de l'air. Il faudra que nous le logions, lui aussi.

— Puisqu'il a le mal de l'air, peut-être que…

— Vous pouvez en faire votre aide-comptable. C'est son métier.

— Mais je n'en ai pas besoin. Je n'ai même pas de chef comptable !

— Ne vous inquiétez pas. Demain matin, j'arrangerai tout. D'ailleurs, je suis ici pour cela.

— Il y a en vous quelque chose, dit Wormold, qui me fait penser à ma fille. Faites-vous parfois des neuvaines ?

— Qu'est-ce que c'est ?

— Vous ne savez pas ? Dieu soit loué !

L'homme en smoking achevait sa chanson :

Je dis que juin est en hiver
Et que je n'y suis pour rien.

Les lumières bleues passèrent au rose et les danseuses retournèrent se percher dans les palmiers. Les dés s'entrechoquaient sur les tables ; Milly et le docteur Hasselbacher se dirigèrent, d'un air heureux, vers la piste de danse. On eût dit que, de ses fragments épars, sa fête d'anniversaire brisée venait de renaître.

Chapitre II

1

Le lendemain matin, Wormold se leva de bonne heure. Le champagne lui avait laissé une légère gueule de bois, et l'irréalité de la nuit du *Tropicana* se prolongea jusqu'aux heures de bureau. Béatrice lui avait dit qu'il réussissait bien. Elle était le porte-parole de Hawthorne et d'« eux ». Il ressentit une légère déception à la pensée que Béatrice, au même titre que Hawthorne, appartenait au monde imaginaire de ses agents. Ses agents…

Il s'assit devant son casier de fiches. Il fallait donner à ces fiches, avant l'arrivée de la jeune femme, un air aussi plausible que possible. Certains de ses agents lui apparaissaient maintenant aux limites extrêmes du probable. Le professeur Sanchez et l'ingénieur Cifuentes étaient déjà trop profondément engagés, et Wormold ne pouvait s'en débarrasser : ils avaient touché près de deux cents pesos de frais. Lopez aussi était inamovible. Le pilote ivrogne de la ligne aérienne Cubana avait reçu une généreuse gratification de cinq cents pesos pour l'histoire des constructions sur la montagne, mais peut-être pourrait-il être sacrifié en lest pour raison d'insécurité. Il y avait le mécanicien du *Juan-Belmonte* que Wormold avait vu au bar de Cienfuegos ; celui-là semblait être un personnage assez vraisemblable et ne coûtait que soixante-quinze pesos par mois. Mais il craignait fort que certains autres résistent mal à un examen minutieux : Rodriguez, par exemple, décrit sur sa fiche comme un gros bonnet des boîtes de nuit, et Térésa, danseuse au *Théâtre Shanghai*, qui figurait au titre de maîtresse, simultanée, du ministre de la Défense et du directeur des Postes et Télégraphes. Rien d'étonnant à ce que Londres n'eût découvert aucun renseignement sur Rodriguez ou Térésa. Wormold était prêt à supprimer Rodriguez, car il suffisait de connaître assez bien La Havane pour concevoir des doutes sur son existence. Mais il ne pouvait se résoudre à répudier Térésa. C'était sa seule espionne, sa Mata Hari. Il était peu probable que sa nouvelle secrétaire fréquentât le *Shanghai* où, chaque soir, on passait trois films pornographiques, entre des exhibitions de danseuses nues.

Milly vint s'asseoir à côté de lui.

— Qu'est-ce que c'est que toutes ces cartes ?

— Des clients.

— Qui était cette jeune femme, hier soir ?

— Elle va être ma secrétaire.

— Ouh ! Tu prends de l'importance !

— Est-ce qu'elle te plaît ?

— Je ne sais pas. Tu ne m'as pas laissé l'occasion de bavarder avec elle. Vous avez passé votre temps à danser et à flirter.

— Je ne flirtais pas.

— Est-ce qu'elle veut t'épouser ?

— Grands dieux, non !

— Est-ce que tu as envie de l'épouser ?

— Milly, ne dis pas de bêtises. Je l'ai vue hier soir pour la première fois.

— Une Française, au couvent, qui s'appelle Marie, dit que le seul vrai amour vous vient en *coup de foudre*[1].

---

1. En français dans le texte. *(N.d.T.)*

— Est-ce le genre de conversation que vous avez, au couvent ?

— Bien entendu. C'est l'avenir, n'est-ce pas ? Nous ne pouvons pas parler du passé que nous n'avons pas, nous ne sommes pas comme sœur Agnès.

— Qui est sœur Agnès ?

— Je t'en ai déjà parlé. Elle est triste et belle. Marie dit qu'elle a eu un coup de foudre tragique dans sa jeunesse.

— Est-ce qu'elle l'a raconté à Marie ?

— Oh ! non, mais Marie le sait. Elle-même a eu deux coups de foudre infortunés. Ils lui sont tombés dessus comme ça, sans qu'elle s'y attende.

— Je suis assez vieux pour me sentir en sécurité.

— N'en crois rien. Il y a un vieux monsieur, de près de cinquante ans, qui a eu un coup de foudre pour la mère de Marie. Il était marié… comme toi !

— Eh bien, ma secrétaire est mariée, elle aussi, donc tout est en règle.

— Est-elle vraiment mariée ou est-ce une de ces ravissantes veuves ?

— Je ne sais pas. Je ne lui ai pas demandé. Tu la trouves ravissante ?

— Assez ravissante. D'une certaine manière.

Lopez cria dans l'escalier :

— Il y a une dame qui dit que vous l'attendez.

— Dites-lui de monter.

— Je vais rester, l'avertit Milly.

— Béatrice, je vous présente Milly.

Il remarqua que ses yeux étaient de la même couleur que le soir précédent, ses cheveux aussi… après tout, le champagne et les palmiers n'y étaient pour rien. « Elle paraît réelle », pensa-t-il.

— Bonjour. J'espère que vous avez passé une bonne nuit, dit Milly, empruntant la voix de la duègne.

— J'ai fait des rêves effrayants.

Elle regarda Wormold, les fiches sur la table, puis Milly.

— J'avais passé une très bonne soirée, ajouta-t-elle.

— Vous avez été épatante avec le siphon, dit Milly, magnanime, miss…

— Mrs Severn. Mais, je vous en prie, appelez-moi Béatrice.

— Oh ! vous êtes mariée ! s'écria Milly sur un ton de curiosité feinte.

— J'ai été mariée.

— Est-il mort ?

— Pas que je sache. Il s'est éclipsé, évaporé.

— Oh !

— Cela arrive à ce type d'homme.

— Quel type d'homme ?

— Milly, il est temps de partir. Tu n'as pas de questions à poser à Mrs Severn… à Béatrice.

— À mon âge, répondit Milly, il faut qu'on profite de l'expérience des autres.

— Vous avez tout à fait raison. Je suppose que vous qualifieriez ce type d'homme d'intellectuel et supersensible. Je le trouvais très beau… il avait un visage qui ressemblait à celui des jeunes oiseaux qu'on voit dans les films de nature et qui tendent le cou hors du nid, avec du duvet autour de la pomme d'Adam : une pomme d'Adam un peu trop grosse. L'ennui, c'est qu'à quarante ans il avait encore cette tête d'oiseau au sortir de l'œuf. Les jeunes filles l'adoraient. Il assistait à toutes les conférences de l'Unesco à Venise, à Vienne, et autres endroits de ce genre. Avez-vous un coffre-fort, Mr Wormold ?

— Non.

— Qu'est-ce qui est arrivé ? demanda Milly.

— Oh ! j'ai fini par voir à travers lui. Je veux dire littéralement et sans méchanceté. Il était très maigre, avec une poitrine concave et il était devenu comme transparent. En le regardant, je voyais tous les délégués assis entre ses côtes, et l'orateur vedette qui se levait et déclarait : « La liberté est essentielle à la création littéraire. » C'était tout à fait sinistre, au petit déjeuner.

— Et savez-vous s'il est encore vivant ?

— Il était encore vivant l'année dernière. Je le sais parce que j'ai vu dans les journaux qu'il avait fait un exposé sur « les intellectuels et la bombe à hydrogène » à Taormina. Vous devriez avoir un coffre-fort, Mr Wormold.

— Pourquoi ?

— Il ne faut pas laisser traîner vos papiers comme cela. En plus, on s'attend à en voir un chez un « prince du commerce » à l'ancienne mode comme vous.

— Qui me traite de prince du commerce à l'ancienne mode ?

— C'est une impression qu'ils ont à Londres. Je vais vous chercher un coffre-fort sans tarder.

— Je m'en vais, annonça Milly. Sois bien sage, n'est-ce pas, papa ? Tu sais ce que je veux dire.

2

Ce fut, somme toute, une journée épuisante. D'abord, Béatrice sortit et acheta un grand coffre à combinaison dont le transport nécessita six hommes et un camion. En le montant au premier étage, les porteurs défoncèrent la rampe d'escalier et cassèrent la vitre d'un tableau. Une foule s'amassa, à laquelle se mêlèrent quelques gosses qui faisaient l'école buissonnière, deux belles femmes noires et un agent de police. Quand Wormold se plaignit de ce que cette installation attirait l'attention sur lui, Béatrice rétorqua qu'on ne se faisait jamais mieux remarquer qu'en essayant d'échapper à l'attention publique.

— Par exemple, ce siphon, dit-elle. Les gens se souviendront de moi comme de la femme qui a arrosé le policier. Personne ne posera plus de questions pour savoir qui je suis. Tout le monde connaît la réponse.

Pendant qu'ils se débattaient encore avec le coffre, un taxi s'arrêta devant la maison et un jeune homme, porteur de la plus grosse valise que Wormold eût jamais vue, en descendit.

— C'est Rudy, dit Béatrice.

— Qui est Rudy ?

— Votre aide-comptable. Je vous en ai parlé hier soir.

— Dieu soit loué, dit Wormold, j'ai donc oublié une partie des choses qui se sont passées hier soir.

— Entrez, entrez, Rudy, et détendez-vous.

— C'est tout à fait inutile de l'inviter à entrer, dit Wormold. Entrer où ? Il n'y a pas de place pour lui.

— Il peut dormir dans le bureau, dit Béatrice.

— Il est impossible d'y faire tenir un lit, ce coffre-fort et ma table à écrire.

— Je vous trouverai une table plus petite. Comment va l'estomac, Rudy ? Voici Mr Wormold, le patron.

Rudy était très jeune et très pâle, et ses doigts étaient jaunis par la nicotine ou les acides.

— J'ai vomi deux fois dans la nuit, Béatrice. Il y a un tube de Röntgen qui est cassé.

— Aucune importance pour le moment. Nous allons simplement prendre quelques décisions préliminaires. Filez vous acheter un lit de camp.

— Entendu, répondit Rudy qui s'éclipsa.

Une des Noires se faufila jusqu'à Béatrice.

— J'suis anglaise, lui dit-elle.

— Moi aussi, dit Béatrice. Enchantée de faire votre connaissance.

— C'est vous la fille qu'a lancé d'l'eau su'l cap'taine Segu'a ?

— Oui et non. Ça a giclé, en fait.

La Noire se retourna et donna en espagnol des explications à la foule. Plusieurs personnes applaudirent. L'agent de police s'éloigna d'un air gêné.

— V's êt' bien jolie fille, miss, dit la Noire.

— Vous êtes très belle vous-même, répondit Béatrice. Voulez-vous m'aider à soulever cette valise ?

Elles réussirent, à force de tirer et de pousser, à déplacer la valise de Rudy.

— Excusez-moi, dit un homme en jouant des coudes pour traverser la foule. Laissez-moi passer, s'il vous plaît.

— Qu'est-ce que vous voulez ? demanda Béatrice. Vous ne voyez donc pas que nous sommes occupés ? Prenez rendez-vous.

— Je veux acheter un aspirateur, c'est tout.

— Oh ! un aspirateur ! Bon, alors, dans ce cas, il faut entrer. Pouvez-vous enjamber la valise ?

Wormold appela Lopez.

— Occupez-vous de lui. Pour l'amour du Ciel, essayez de lui faire prendre un Atomic. Nous n'en avons pas encore vendu un seul.

— Vous allez habiter ici ? demanda la Noire.

— Je vais travailler ici. Merci de m'avoir aidée.

— Nous aut' Anglais faut qu'on s'épaule !

Les porteurs qui avaient mis le coffre-fort en place descendirent l'escalier en crachant dans leurs mains et en les frottant ensuite sur leurs pantalons de coutil, pour montrer qu'ils avaient eu du mal. Wormold leur donna un pourboire. Puis il monta et examina son bureau d'un air sombre. L'ennui, c'est qu'il y avait juste assez de place pour y mettre un lit de camp, ce qui le privait de tout prétexte.

— Il n'y a pas un seul endroit où Rudy pourrait ranger ses affaires, dit-il.

— Rudy a l'habitude de vivre à la dure. D'ailleurs, il y a votre bureau. Vous allez vider les tiroirs, enfermer dans le coffre tout ce qu'ils contiennent, et Rudy pourra y ranger son linge.

— Je ne me suis jamais servi d'une serrure à secret.

— C'est parfaitement simple. Vous choisissez trois séries de chiffres dont vous pouvez vous souvenir facilement. À quel numéro de la rue sommes-nous ?

— Je ne sais pas.

— Bon. Votre numéro de téléphone. Non, ce n'est pas sûr. C'est le genre de combinaison qu'un voleur pourrait essayer. Quelle est votre date de naissance ?

— 1914.

— Quel jour ?

— 6 décembre.

— Alors, disons 19-6-14.

— Jamais je ne m'en souviendrai.

— Oh ! Vous ne pouvez pas oublier votre propre date de naissance. Maintenant, regardez-moi. Vous tournez le bouton en sens inverse des aiguilles d'une montre quatre fois, puis vous allez jusqu'à 19, dans le sens des aiguilles trois fois, puis jusqu'à 6, dans le sens contraire deux fois, puis jusqu'à 14. Faites-le tourner à fond et c'est fermé. Pour l'ouvrir, même procédé : 19-6-14, et hop, il s'ouvre.

Dans le coffre gisait une souris morte.

— Article défraîchi, j'aurais pu obtenir une réduction.

Elle se mit à déballer la valise de Rudy d'où elle sortit un poste de radio en pièces détachées, des batteries, un appareil de cinéma avec ses accessoires, et de mystérieux tubes enveloppés dans les chaussettes de Rudy.

— Comment diable avez-vous passé tout cela à la douane ? demanda Wormold.

— Nous n'avons rien passé. C'est 59200 tiret 4 tiret 5 qui nous a tout envoyé de Kingston.

— Qui est-ce ?

— Un contrebandier créole. Il fait passer de la cocaïne, de l'opium et de la marijuana. Naturellement, il a tous les douaniers dans sa manche. Ils ont cru que c'était sa cargaison habituelle.

— Il en faudrait de la drogue pour emplir cette valise !

— Oui. Nous avons dû le payer très cher.

Elle rangea tout prestement et avec méthode, après avoir vidé les tiroirs dans le coffre.

— Les chemises de Rudy seront un peu chiffonnées, mais ne nous en faisons pas pour ça, dit-elle.

— Je ne m'en fais pas, dit Wormold.

— Qui est-ce ? demanda Béatrice en ramassant les fiches qu'il venait d'étudier.

— Mes agents.

— Dois-je comprendre que vous les laissez traîner sur votre bureau ?

— Oh ! je les enferme la nuit.

— Vous avez une notion très vague de ce qu'est la sécurité, vous ne trouvez pas ? Qui est Térésa ? demanda-t-elle en regardant une des fiches.

— Une danseuse nue.

— Tout à fait nue ?

— Oui.

— Comme c'est intéressant pour vous ! Londres désire que j'entre en contact avec vos agents. Voulez-vous me présenter à Térésa, un jour où elle sera habillée ?

— Je ne crois pas qu'elle travaillerait pour une femme. Vous savez comment sont ces filles.

— Non, je ne sais pas. C'est vous qui le savez. Ah ! l'ingénieur Cifuentes. Londres le tient en grande estime… Ne me dites pas qu'il refusera de travailler pour une femme.

— Il ne parle pas anglais.

— Peut-être pourrait-il m'apprendre l'espagnol. Ça ne serait pas une mauvaise couverture, des leçons d'espagnol. Est-ce qu'il est aussi bien de sa personne que Térésa ?

— Sa femme est très jalouse.

— Oh ! je crois que je pourrais en venir à bout.

— Ce qui, d'ailleurs, est absurde étant donné son âge.

— Quel âge a-t-il ?

— Soixante-cinq ans. En outre, aucune autre femme que la sienne ne consentirait à le regarder, à cause de sa bedaine. Je lui parlerai de vos leçons d'espagnol si vous voulez.

— Rien ne presse. Laissons cela pour le moment. Je pourrais commencer par cet autre, le professeur Sanchez. J'ai l'habitude des intellectuels, grâce à mon mari.

— Il ne sait pas l'anglais non plus.

— Il doit sûrement parler français. Ma mère était française. Je suis bilingue.

— Je ne sais pas. Je m'informerai.

— Vous savez que vous ne devriez pas écrire tous ces noms en clair sur les fiches. Supposez que le capitaine Segura s'avise d'enquêter sur vous. C'est affreux de penser que la bedaine de l'ingénieur Cifuentes pourrait être écorchée pour faire un porte-cigarettes. Vous n'avez qu'à noter quelques détails à côté de leur symbole pour vous les rappeler : 59200 tiret 5 tiret 3, femme jalouse et bedaine. Je vais vous les établir et brûler les vieilles. Zut. Où sont passées ces feuilles de celluloïd ?

— Des feuilles de celluloïd ?

— Pour brûler des papiers en cas d'urgence. Oh ! je suppose que Rudy les a cachées dans ses chemises.

— Quelles masses de bibelots vous transportez avec vous !

— Maintenant, il faut que nous installions la chambre noire.

— Je n'ai pas de chambre noire.

— Personne n'en a de nos jours. J'ai prévu le coup. Rideaux de défense passive et globe rouge. Et, bien entendu, un microscope.

— À quoi peut nous servir un microscope ?

— Microphotographie. S'il y a quelque chose de très pressé qu'on ne puisse pas mettre dans un télégramme, Londres veut que nous l'envoyions directement, pour économiser tout le temps que ça prend *via* Kingston. On peut envoyer un microfilm dans une lettre ordinaire. Vous le collez sur un point final et, là-bas, ils font tremper la lettre dans l'eau jusqu'à ce que le point se détache. Je suppose que vous écrivez à Londres de temps en temps ? des lettres d'affaires…

— Je les envoie à New York.

— Amis, famille ?

— J'ai perdu le contact depuis plusieurs années. Sauf avec ma sœur. Naturellement, j'envoie des cartes à Noël.

— Nous ne pourrons peut-être pas attendre jusqu'à Noël.

— Quelquefois, j'envoie des timbres-poste à mon jeune neveu.

— Parfait ! On n'a qu'à mettre un microfilm au dos d'un des timbres.

Rudy montait lourdement l'escalier, transportant son lit de camp, massacrant un peu plus au passage le cadre du tableau. Béatrice et Wormold passèrent dans la pièce voisine pour lui laisser la place et s'assirent sur le lit de Wormold. Ils entendirent toute une série de chocs et de bruits métalliques ; quelque chose se cassa.

— Rudy n'est pas très adroit de ses mains, dit Béatrice dont le regard errait. Pas une seule photo, ajouta-t-elle. N'avez-vous pas de vie privée ?

— Je crois que je n'en ai guère. Milly mise à part. Et le docteur Hasselbacher.

— Londres n'aime pas le docteur Hasselbacher.

— Je me fous de ce que pense Londres, dit Wormold.

Il eut brusquement envie de lui décrire le pillage de l'appartement du docteur et l'anéantissement de ses futiles expériences.

— Ce sont des gens comme vos types de Londres… je vous demande pardon. Vous en faites partie.

— Vous aussi.

— Oui, naturellement. Moi aussi.

De l'autre pièce, Rudy appelait :

— J'ai tout mis en place.

— Je regrette que vous en fassiez partie, dit Wormold.

— C'est un gagne-pain, dit-elle.

— Ce n'est pas un vrai gagne-pain. Tout cet espionnage. Nous espionnons quoi ? Des agents secrets qui découvrent ce que tout le monde sait déjà !…

— Ou qui l'inventent… dit-elle.

Il eut le souffle coupé, tandis qu'elle continuait sans la moindre altération dans la voix :

— Il y a des tas d'autres métiers qui ne sont pas réels. Dessiner une nouvelle boîte à savon en plastique, décorer une salle de bistrot de blagues pyrogravées, écrire des slogans de publicité, siéger au Parlement, parler aux conférences de l'Unesco. Mais l'argent est réel. Ce qui arrive en dehors des heures de travail est réel. Je veux dire que votre fille existe et que l'anniversaire de ses dix-sept ans est réel.

— Que faites-vous en dehors des heures de travail ?

— Pas grand-chose maintenant, mais quand j'étais amoureuse… nous allions au cinéma, nous buvions du café dans les bars Espresso, et les soirs d'été nous restions assis dans le parc.

— Et que s'est-il passé ?

— Il faut être deux pour que les choses demeurent réelles. Lui jouait la comédie sans arrêt. Il se prenait pour un grand amoureux. Il m'arrivait de souhaiter qu'il soit frappé d'impuissance pendant quelque temps, rien que pour lui enlever un peu de sa superbe. On ne peut pas aimer et garder une telle confiance en soi. Si l'on aime, on a peur de perdre cette confiance, n'est-ce pas ?… Oh ! Flûte ! après tout, pourquoi est-ce que je vous raconte ça ? Allons faire de la microphotographie et mettre les câbles en code.

Elle regarda par l'entrebâillement de la porte.

— Rudy est allongé sur son lit. Je suppose qu'il a encore mal au cœur. Peut-on avoir le mal de l'air si longtemps que ça ? Est-ce que vous n'auriez pas une pièce où il n'y ait pas de lit ? Les lits rendent bavard.

Elle ouvrit une autre porte.

— La table est mise pour le déjeuner. Viande froide et salade. Deux couverts. Qui a préparé cela ? Une petite fée ?

— Une femme qui vient travailler deux heures tous les matins.

— Et la pièce de l'autre côté ?

— La chambre de Milly. Il y a un lit là aussi.

Chapitre III

1

De quelque côté qu'il l'envisageât, la situation était difficile. Wormold avait pris l'habitude de toucher des faux frais pour l'ingénieur Cifuentes et le professeur, et des émoluments mensuels pour lui-même, l'ingénieur-chef du *Juan-Belmonte*, et Térésa, la danseuse nue. Le pilote d'aviation ivrogne recevait généralement son salaire en whisky. L'argent que Wormold accumulait, il le déposait sur son compte en banque, ce serait une dot pour Milly, un jour. Naturellement, il lui fallait, pour justifier ces paiements, fournir une série régulière de rapports. À l'aide d'une grande carte, du *Time* hebdomadaire qui consacrait un généreux espace à Cuba dans sa rubrique sur l'hémisphère occidental, de diverses publications diffusées par le gouvernement, et surtout en se servant de son imagination, il était arrivé à rédiger au moins un rapport par semaine, et jusqu'à l'arrivée de Béatrice, il avait gardé libres ses soirées du samedi pour son travail personnel. Le professeur était le spécialiste des questions économiques, et l'ingénieur Cifuentes s'occupait des mystérieuses constructions dans les montagnes d'Oriente (ses rapports étaient parfois confirmés, parfois contredits par le pilote cubain — contradiction qui ajoutait une saveur d'authenticité). L'ingénieur-chef fournissait des renseignements sur les conditions de travail à Santiago, Matanzas et Cienfuegos, et signalait une agitation croissante dans la marine. Quant à la danseuse nue, elle était une mine de détails croustillants sur la vie privée et les bizarreries sexuelles du ministre de la Défense et du directeur des Postes et Télégraphes. Ses rapports ressemblaient étrangement à certains articles du magazine *Confidencial*, au sujet des stars de cinéma, car l'imagination de Wormold en ce domaine n'était pas très fertile.

Mais depuis l'arrivée de Béatrice, Wormold avait, outre ses exercices du samedi soir, bien des causes d'inquiétude. Il y avait non seulement l'enseignement de base que Béatrice insistait pour lui donner en microphotographie, il y avait aussi tous les câbles qu'il fallait qu'il invente pour maintenir Rudy dans la joie, et plus Wormold expédiait de câbles, plus il en recevait. Toutes les semaines, Béatrice manifestait plus vivement son impatience de le remplacer dans ses rapports avec ses agents. C'était contre toutes les règles, disait-elle, qu'un chef de réseau rencontre en personne ses propres sources de renseignements. Un soir, il l'emmena dîner au Country Club, et la malchance voulut que l'ingénieur Cifuentes fût appelé au téléphone. Un homme grand, très maigre, et qui louchait, se leva d'une table proche de la leur.

— Est-ce Cifuentes ? demanda Béatrice sèchement.

— Oui.

— Mais vous m'avez dit qu'il avait soixante-cinq ans.

— Il fait plus jeune que son âge.

— Vous m'avez dit qu'il avait une bedaine.

— Je n'ai pas dit bedaine, mais *badane*. C'est un mot du dialecte local qui signifie strabisme.

Il l'avait échappé belle.

Après cela, elle se mit à s'intéresser à un personnage plus romantique né de l'imagination de Wormold, le pilote de la Cubana. Elle travaillait avec enthousiasme à compléter l'établissement de sa fiche et exigeait pour le faire les détails les plus personnels. Raoul Dominguez avait, certes, une histoire touchante. Il avait perdu sa femme dans un massacre pendant la guerre civile espagnole et il avait été déçu par les deux partis et surtout par ses amis communistes. Plus Béatrice demandait à Wormold de détails sur lui, plus son personnage se développait, et plus elle était désireuse de faire sa connaissance. Parfois Wormold ressentait une pointe de jalousie à l'endroit de Raoul et il essaya de noircir le portrait qu'il faisait de lui.

— Il lui faut sa bouteille de whisky par jour.

— C'est un moyen d'évasion pour lutter contre la solitude et les souvenirs, rétorqua Béatrice. N'éprouvez-vous jamais le désir de vous évader ?

— Je suppose que cela nous arrive à tous, un jour ou l'autre.

— Je connais cette sorte de solitude, dit-elle avec sympathie. Est-ce qu'il boit toute la journée ?

— Non. Le pire se passe vers deux heures du matin. Quand il s'éveille, ses pensées l'empêchent de se rendormir, alors il boit.

Wormold était surpris de la rapidité avec laquelle il répondait à n'importe quelle question concernant ses créations : celles-ci semblaient vivre au seuil même du conscient, il n'avait qu'à allumer une certaine lumière pour les voir distinctement, figées dans une attitude conforme à leur personnage. Un anniversaire de la naissance de Raoul tomba peu de temps après l'arrivée de Béatrice : elle suggéra de lui envoyer en cadeau une caisse de champagne.

— Il n'y touchera pas, dit Wormold, sans savoir pourquoi. Il souffre d'aigreurs d'estomac. Chaque fois qu'il boit du champagne, il est couvert de boutons. Tandis que le professeur, lui, ne boit pas autre chose.

— C'est un goût coûteux.

— Un goût dépravé, corrigea Wormold sans réfléchir. Il préfère le champagne espagnol.

Il était parfois un peu épouvanté de la façon dont ces gens grandissaient dans le noir à son insu. Que faisait

Térésa, au fond de sa cachette ? Il préférait n'y pas songer. Le cynisme avec lequel elle décrivait sa vie auprès de ses deux amants le choquait souvent. Mais le problème immédiat était Raoul. Il y avait des moments où Wormold pensait que sa vie aurait été plus facile s'il avait choisi de vrais agents.

Le moment où il pouvait le mieux réfléchir était en prenant son bain. Un matin qu'il concentrait énergiquement sa pensée, il perçut une explosion de protestations indignées, un poing martela la porte plusieurs fois, quelqu'un dévala l'escalier à grand bruit, mais il avait atteint un moment créateur et ne pouvait se soucier de rien au monde qui fût extérieur à la vapeur montant de sa baignoire. Raoul venait d'être congédié par la compagnie aérienne Cubana pour ivrognerie. Il était désespéré, sans travail, il avait eu une entrevue très désagréable avec le capitaine Segura, qui avait menacé…

— Êtes-vous malade ? criait Béatrice du dehors. Êtes-vous mourant ? Dois-je enfoncer la porte ?

Il s'entoura le milieu du corps d'une serviette et fit irruption dans sa chambre qui était devenue son bureau.

— Milly est partie furieuse, dit Béatrice, elle n'a pas pu prendre son bain.

— Je vis une de ces heures qui peuvent changer le cours de l'histoire, dit Wormold. Où est Rudy ?

— Vous savez bien que vous lui avez donné congé pour le week-end.

— Ça ne fait rien. Nous ferons passer le câble par le consulat. Sortez le chiffre.

— Il est dans le coffre. Quelle est la combinaison ? Votre date de naissance… c'est ça, n'est-ce pas ? 6 décembre 1914 ?

— Je l'ai changée.

— Votre date de naissance ?

— Non, la combinaison, bien sûr. Moins de gens connaîtront cette combinaison, ajouta-t-il d'un air sentencieux, mieux cela vaudra pour nous tous. Rudy et moi, cela suffit. C'est un bon entraînement, voyez-vous, un bon entraînement.

Il entra dans la chambre de Rudy et se mit à tourner le bouton, quatre fois à gauche, trois fois... pensivement, à droite. Sa serviette de toilette glissait tout le temps.

— En plus, n'importe qui peut lire ma date de naissance sur ma carte d'identité. Très dangereux. C'est le genre de numéro qu'on essaierait en premier.

— Continuez, dit Béatrice. Un tour de plus.

— Celui-ci, personne ne pourrait le trouver ; absolument sûr.

— Qu'attendez-vous ?

— J'ai dû me tromper. Il faut que je recommence.

— Évidemment, votre combinaison paraît sûre !

— Je vous en prie, ne me regardez pas. Vous me troublez.

Béatrice alla se tenir près du mur en tournant le dos.

— Avertissez quand je pourrai regarder, demanda-t-elle.

— C'est très bizarre. Ce sacré machin doit être déglingué. Appelez Rudy au téléphone.

— Je ne peux pas. J'ignore où il est descendu. Il est parti pour Varadero Beach.

— Flûte !

— Vous pourriez peut-être me dire comment vous vous êtes rappelé ce nombre, si l'on peut dire que vous vous l'êtes rappelé...

— C'était le numéro de téléphone de ma grand-tante.

— Où habite-t-elle ?

— 95, Woodstock Road, Oxford.

— Pourquoi votre grand-tante ?

— Pourquoi pas ma grand-tante ?

— Peut-être pourrions-nous appeler Oxford et leur demander de rechercher le numéro de l'abonnée.

— Je ne crois pas qu'ils puissent nous aider.

— Comment s'appelle-t-elle ?

— Je ne m'en souviens plus non plus.

— Alors, vraiment, la combinaison était on ne peut plus secrète !

— Nous l'appelions toujours tante Cathy. D'ailleurs voilà quinze ans qu'elle est morte et son numéro a peut-être changé.

— Je ne comprends pas pourquoi vous avez choisi ce numéro.

— N'avez-vous pas quelques nombres qui vous restent vissés dans la tête toute votre vie sans aucune raison ?

— Celui-là ne me paraît pas avoir été très solidement vissé.

— Je vais me le rappeler dans une minute : C'est quelque chose comme 7, 7, 5, 3, 9.

— Oh ! mon Dieu ! Ils ont naturellement besoin de cinq chiffres, à Oxford !...

— Nous pourrions essayer toutes les combinaisons de 77539.

— Savez-vous combien il y en a ? Dans les six cents, je crois. J'espère que votre câble n'est pas urgent.

— Je suis certain de tous les chiffres sauf du 7.

— Parfait. Quel 7 ? Nous aurons sans doute alors à considérer environ six mille arrangements : je n'y connais rien en mathématiques.

— Rudy a dû l'écrire quelque part.

— Probablement sur une feuille de papier imperméable qu'il puisse garder sur lui lorsqu'il se baigne. Nous sommes des collaborateurs consciencieux.

— Peut-être, dit Wormold, ferions-nous mieux d'employer le vieux code.

— Il n'est pas très sûr. Enfin...

Ils retrouvèrent Charles Lamb près du lit de Milly : une page cornée montrait qu'elle était au milieu des *Deux Gentilshommes de Vérone*.

— Prenez ce câble, dit Wormold. Le... points de suspension, mars... points de suspension.

— Est-ce que vous ne savez même pas la date ?

— Suite 59200 tiret 5 : Début paragraphe A 59200 tiret 5 tiret 4, congédié pour ivrognerie pendant service, stop. Crainte déportation Espagne où sa vie est en danger. Stop.

— Pauvre vieux Raoul !

— Début paragraphe B. 59200 tiret 5 tiret 4…

— Est-ce que je peux mettre seulement : il ?

— Soit. Il. Il serait peut-être prêt vu circonstances et moyennant gratification raisonnable avec asile assuré Jamaïque à piloter avion privé au-dessus constructions secrètes pour prendre photographies stop, début paragraphe C il pourrait partir de Santiago et atterrir Kingston si 59200 peut prendre dispositions pour le recevoir stop.

— Enfin, nous voilà en train de faire de la vraie besogne, dit Béatrice.

— Début paragraphe D stop, autorisez-vous cinq cents dollars location appareil pour 59200 tiret 5 tiret 4 stop, supplément deux cents dollars pour soudoyer personnel aérodrome La Havane stop, début paragraphe E bonus 59200 tiret 5 tiret 4 nécessairement généreux à cause risque considérable interception par avion en patrouille sur montagnes Oriente. Stop. Je suggère mille dollars. Stop.

— Quelle bonne petite pile de galette ! dit Béatrice.

— Terminé. Allez-y. Qu'attendez-vous ?

— Je cherchais seulement une phrase qui puisse convenir. Je n'aime pas beaucoup les *Contes* de Lamb. Et vous ?

— Dix-sept cents dollars, dit Wormold rêveusement.

— Vous auriez dû aller jusqu'à deux mille. L'AO aime les chiffres ronds.

— Je ne veux pas paraître trop dépensier.

Dix-sept cents dollars suffiraient sûrement à payer une année de scolarité dans un établissement d'éducation pour jeunes filles, en Suisse.

146

— Vous avez l'air content de vous, dit Béatrice. L'idée ne vous effleure pas que vous envoyez peut-être un homme à la mort ?

Wormold pensa : « C'est exactement ce que je me propose de faire. »

— Avertissez le consulat, dit-il, que ce câble doit passer en top-priorité.

— C'est un long câble, dit Béatrice. Croyez-vous que cette phrase fera l'affaire : « Il présenta Polydore et Cadwal au roi, en prétendant qu'ils étaient Guiderius et Arvigarus, ses deux fils disparus. » Il y a des moments où Shakespeare est un peu ennuyeux, vous ne trouvez pas ?

2

Une semaine plus tard, il emmena Béatrice souper près du port dans un restaurant dont la spécialité était les plats de poisson. L'autorisation était arrivée, diminuée de deux cents dollars, de sorte que l'AO avait eu son chiffre rond, après tout. Wormold pensait à Raoul roulant vers l'aérodrome pour entreprendre son dangereux vol. L'histoire n'était pas encore achevée. Comme dans la vie réelle, des accidents peuvent se produire : un personnage peut s'émanciper. Peut-être Raoul serait-il arrêté avant de décoller, peut-être une voiture de police lui barrerait-elle la route de l'aérodrome. Il pouvait disparaître dans les chambres de torture du capitaine Segura. Il n'en serait pas fait mention dans la presse. Wormold avertirait Londres qu'il cessait d'émettre ses messages pour le cas où Raoul aurait été contraint à parler. Le poste de radio serait mis en pièces et caché après l'envoi de la dernière dépêche, les feuilles de celluloïd seraient prêtes pour une incinération finale… Ou peut-être Raoul s'envolerait-il sain et sauf, mais personne ne saurait jamais exactement ce qui lui serait arrivé au-dessus des montagnes d'Oriente. Une seule chose dans toute cette histoire était exacte : il n'arriverait pas à la Jamaïque et il n'y aurait pas de photographies.

— À quoi pensez-vous ? demanda Béatrice.

Il n'avait pas touché à sa langouste farcie.

— Je pensais à Raoul.

Le vent soufflait de l'Atlantique. Moro Castle gisait de l'autre côté du port comme un grand paquebot immobilisé par la tempête.

— Inquiet ?

— Bien sûr, je suis inquiet.

Si Raoul avait décollé à minuit, il referait son plein d'essence juste avant l'aurore à Santiago, où le personnel au sol était accueillant, car tous les habitants de la province de l'Oriente appartenaient, ouvertement ou non, à la rébellion. Puis lorsqu'il y aurait juste assez de lumière pour photographier, mais trop tôt pour que les avions patrouilleurs eussent pris l'air, il partirait en reconnaissance au-dessus des montagnes et de la forêt.

— Il n'a pas bu ?

— Il m'a promis de ne pas boire. Mais sait-on jamais.

— Pauvre Raoul.

— Pauvre Raoul.

— Il ne s'est jamais beaucoup amusé dans la vie. Vous auriez dû le présenter à Térésa.

Wormold regarda vivement Béatrice, mais elle semblait uniquement occupée par sa langouste.

— Ç'aurait été contraire à la sécurité, non ?

— Oh ! flûte pour la sécurité ! dit-elle.

Après le souper, ils rentrèrent à pied le long de l'Avenida de Maceo, côté terre. Il y avait peu de promeneurs dans le vent et la pluie nocturnes, et peu de voitures. Les lames de houle montaient de l'Atlantique et se brisaient sur la digue de la promenade. L'embrun volait par-dessus la route, franchissant les lignes jaunes de circulation et venait battre en averse sous la colonnade grêlée où Wormold et Béatrice s'abritaient en marchant. Les nuages accouraient de l'est, et Wormold avait le sentiment d'être inclus dans la lente érosion de La Havane. C'est long, quinze ans !

— Une de ces lumières là-haut, dit-il, pourrait être lui. Il doit se sentir bien seul.

— Vous parlez comme un romancier, dit-elle.

Il s'arrêta sous une arcade et la regarda avec inquiétude et méfiance.

— Que voulez-vous dire ?

— Oh ! rien de particulier. Il me semble parfois que vous traitez vos agents comme des fantoches, des personnages de roman. C'est un homme réel qui est là-haut, n'est-ce pas ?

— Ce n'est pas très gentil, ce que vous venez de dire à mon sujet.

— Oh ! oubliez-le. Parlez-moi de quelqu'un à qui vous soyez vraiment attaché, votre femme. Parlez-moi d'elle.

— Elle était jolie.

— Est-ce qu'elle vous manque ?

— Naturellement. Quand je pense à elle.

— Moi, Pierre ne me manque pas.

— Pierre ?

— Mon mari. L'homme de l'Unesco.

— Vous avez de la chance. Vous êtes libre.

Il regarda sa montre, puis le ciel.

— Il devrait être au-dessus de Matanzas maintenant. À moins qu'il n'ait été retardé.

— L'avez-vous envoyé de ce côté-là ?

— Oh ! c'est lui, naturellement, qui choisit son propre itinéraire.

— Et sa propre fin ?

Quelque chose dans sa voix — une sorte d'antagonisme — le fit de nouveau sursauter. Était-il possible qu'elle eût déjà commencé à le soupçonner ? Il pressa le pas. Ils passèrent devant le *Carmen Bar* et le *Cha-Cha-Cha Club* dont les enseignes voyantes étaient peintes sur les vieux contrevents de façades du XVIIIe siècle.

Des salles intérieures obscures, de ravissants visages, yeux marron, cheveux noirs, teint espagnol ou jaune foncé, guettaient les passants ; de belles croupes appuyées contre les bars attendaient tout ce qui pouvait passer de vivant dans la rue arrosée d'eau de mer. Vivre à La Havane est vivre dans une usine où la beauté humaine serait fabriquée à la chaîne. Wormold n'avait que faire de beauté. Il s'arrêta sous une lumière et plongea son regard dans les yeux au regard droit. Il avait besoin d'honnêteté.

— Où allons-nous ?

— Vous ne savez pas ? Ce n'est donc pas arrangé d'avance comme le vol de Raoul ?

— Je me promenais, c'est tout.

— N'avez-vous pas envie de vous asseoir à côté de la radio ? Rudy est de garde.

— Nous n'aurons pas de nouvelles avant le petit jour.

— Vous n'avez donc pas convenu d'un message en dernière heure : la chute à Santiago ?

Il avait les lèvres desséchées par le sel et l'appréhension. Il lui sembla qu'elle avait tout deviné. Allait-elle faire sur lui un rapport à Hawthorne ? Quelle serait « leur » prochaine décision ? Ils ne disposaient pas de moyens d'action légaux, mais Wormold supposait qu'ils pouvaient lui interdire à jamais le retour en Angleterre. « Elle va partir par le prochain avion, pensa-t-il, la vie redeviendra ce qu'elle était avant, et bien entendu, cela vaut mieux. » Sa vie appartenait à Milly.

— Je ne comprends pas ce que vous voulez dire, répliqua-t-il.

Une grande lame venait de se briser contre le mur de soutènement de l'Avenida et montait vers le ciel comme un arbre de Noël couvert de givrage en clinquant. Puis elle disparut et un autre arbre s'éleva un peu plus loin, dans la direction du *Nacional*.

— Vous avez été étrange toute la soirée, ajouta-t-il.

À quoi bon tergiverser : si tout était perdu, il valait mieux en terminer immédiatement.

— Que vouliez-vous suggérer ? lui demanda-t-il.

— Vous êtes sûr que l'avion ne va pas s'écraser à l'atterrissage… ou en route ?

— Comment voulez-vous que je le sache ?

— À vous écouter toute la soirée, on aurait dit que vous le saviez. Vous n'avez pas parlé de lui comme d'un être vivant. Vous avez écrit son élégie en mauvais romancier qui prépare un effet.

Le vent les plaqua l'un contre l'autre.

— N'êtes-vous pas las de voir les autres courir des risques ? Et pourquoi ? Pour un jeu du *Boy's Own Paper*.

— Vous jouez à ce jeu.

— Je n'y crois pas comme Hawthorne y croit. J'aime mieux être un escroc, ajouta-t-elle avec violence, qu'une niaise ou une gamine. Est-ce que vous ne gagnez pas assez d'argent avec vos aspirateurs pour rester en dehors de tout cela ?

— Non. Il y a Milly.

— Et si Hawthorne ne vous avait pas découvert par hasard ?

Il plaisanta, lamentablement :

— Sans doute me serais-je remarié pour de l'argent.

— Vous remarierez-vous un jour ?

Elle paraissait résolue à parler sérieusement.

— Mon Dieu, dit-il, je ne crois vraiment pas. Milly ne considérerait pas cela comme un mariage et l'on ne doit pas scandaliser sa propre fille. Voulez-vous que nous rentrions pour écouter la radio ?

— Mais vous n'attendez pas de message, voyons. Vous l'avez dit.

— Pas avant trois heures, dit-il, évasivement. Mais je pense qu'il avertira par radio avant d'atterrir.

Le plus bizarre, c'est qu'il commençait à se sentir angoissé. C'est tout juste s'il n'espérait pas qu'un message parti du ciel balayé par le vent allait lui parvenir.

— Voulez-vous m'assurer que vous n'avez rien arrangé d'avance… rien ?

Il évita de répondre et fit volte-face pour se diriger vers le palais du président, dont les fenêtres étaient noires, car le président n'y avait jamais dormi depuis le dernier attentat contre sa vie. Là, suivant le trottoir, tête penchée pour éviter les rafales d'embrun, il vit le docteur Hasselbacher. Il sortait probablement du *Wonder Bar* et regagnait son logis.

— Docteur Hasselbacher ! appela Wormold.

Le vieil homme releva la tête. Pendant quelques secondes, Wormold crut qu'il allait lui tourner le dos sans lui parler.

— Que se passe-t-il, Hasselbacher ?

— Oh ! c'est vous, Mr Wormold. Justement, je pensais à vous. Quand on parle du diable... ajouta-t-il en essayant de plaisanter.

Mais Wormold aurait pu jurer que le docteur, s'il avait vu surgir le diable, n'aurait pas eu l'air plus épouvanté.

— Vous vous rappelez Mrs Severn, ma secrétaire ?

— La soirée d'anniversaire, oui... et le siphon. Que faites-vous si tard dans les rues, Mr Wormold ?

— Nous venons de souper... petite promenade... et vous ?

— La même chose.

Du vaste ciel tourmenté descendait par saccades le bruit d'un moteur qui grossissait, diminuait, et finissait par se perdre dans le tumulte du vent et de la mer.

— L'avion de Santiago, dit le docteur Hasselbacher, mais avec un fort retard. Il doit faire très mauvais temps en Oriente.

— Attendiez-vous une arrivée ?

— Non, non, pas une arrivée. Puis-je vous proposer, ainsi qu'à Mrs Severn, de venir boire quelque chose dans mon appartement ?

Les traces du passage de la violence avaient été effacées. Les tableaux étaient revenus à leur place, les fauteuils tubulaires se dressaient bien en rang, comme des invités à l'air emprunté. On avait reconstitué l'appartement comme on fait la toilette d'un mort avant l'inhumation. Le docteur Hasselbacher versa le whisky.

— C'est bien agréable pour Mr Wormold, dit-il, d'avoir une secrétaire. Il y a très peu de temps, vous vous faisiez du souci, je me rappelle. Les affaires n'étaient pas brillantes. Ce nouvel aspirateur...

— Les choses changent sans raison.

Wormold remarqua pour la première fois la photographie d'un jeune docteur Hasselbacher dans l'uniforme désuet d'un officier de la guerre de 14 — peut-être était-ce un des tableaux que les visiteurs indésirables avaient détachés du mur.

— Je ne savais pas que vous aviez été dans l'armée, docteur Hasselbacher.

— Je n'avais pas terminé mes études de médecine, Mr Wormold, quand le conflit a éclaté. Ma profession m'est apparue comme très absurde : guérir des hommes afin de les faire tuer plus vite. Je désirais les guérir afin qu'ils puissent vivre plus longtemps.

— Quand avez-vous quitté l'Allemagne, docteur Hasselbacher ? demanda Béatrice.

— En 1934. Aussi puis-je plaider non coupable de ce que vous êtes en train d'imaginer, ma jeune dame.

— Ce n'était pas ce que je voulais dire.

— Alors, pardonnez-moi. Demandez à Mr Wormold. Il fut un temps où je n'étais pas l'objet d'autant de suspicion. Voulez-vous entendre un peu de musique ?

Il mit un disque de *Tristan*. Wormold pensait à sa femme : elle était moins réelle que Raoul. Elle n'avait rien à voir avec l'amour et la mort, elle ne s'intéressait qu'au *Woman's Home Journal*, au diamant d'une bague de fiançailles, à l'accouchement sans douleur. Il regarda Béatrice Severn, assise à l'autre bout de la pièce, et elle lui sembla appartenir au même monde que le philtre fatal, le retour d'Irlande sans espoir, la renonciation dans la forêt. Subitement, le docteur Hasselbacher se leva et débrancha le gramophone.

— Excusez-moi, dit-il. J'attends un appel téléphonique. Cette musique est trop bruyante.

— Un malade ?

— Pas exactement.

Il leur versa du whisky.

— Avez-vous repris vos expériences, Hasselbacher ?

— Non.

Il regarda autour de lui d'un air navré.

— Je suis désolé. Il ne reste plus d'eau gazeuse.

— Je le préfère sec, dit Béatrice.

Elle alla jusqu'à la bibliothèque.

— Ne lisez-vous que des livres de médecine, docteur ?

— Presque. Sauf Heine, Goethe. Des Allemands uniquement. Lisez-vous l'allemand, Mrs Severn ?

— Non. Mais vous avez quelques ouvrages anglais.

— Ils m'ont été donnés par un malade en guise d'honoraires. J'ai bien peur de ne les avoir jamais lus. Voici votre whisky, Mrs Severn.

Elle abandonna les livres et prit le whisky.

— Est-ce votre ville natale, docteur Hasselbacher ?

Elle regardait une lithographie en couleurs de l'époque victorienne qui pendait à côté de la photo du jeune capitaine Hasselbacher.

— Je suis né là, oui. C'est une petite ville, de vieilles murailles, un château en ruine...

— J'y suis allée, dit Béatrice, avant la guerre. Mon père nous y a emmenés. C'est près de Leipzig, n'est-ce pas ?

— Oui, Mrs Severn, dit le docteur en la regardant avec un pâle sourire, c'est près de Leipzig.

— J'espère que les Russes n'y ont pas touché.

Le téléphone placé dans le vestibule se mit à sonner. Le docteur eut une courte hésitation.

— Excusez-moi, Mrs Severn, dit-il.

En sortant, il ferma la porte derrière lui.

— Est ou Ouest, dit Béatrice, vive mon clocher !

— Je suppose que vous allez signaler cela à Londres dans votre rapport. Mais moi, je le connais depuis quinze ans ; il y en a plus de vingt qu'il habite cette ville. C'est un brave vieux, le meilleur des amis...

La porte s'ouvrit et le docteur Hasselbacher rentra.

— Pardonnez-moi, je ne me sens pas très bien. Peut-être accepterez-vous de venir écouter de la musique quelque autre soir ?

Il se laissa tomber lourdement sur une chaise, saisit son verre de whisky, le reposa. Il avait le front couvert de sueur, mais après tout la nuit était moite.

— Mauvaise nouvelle ? demanda Wormold.

— Oui.

— Puis-je vous être utile ?

— Vous ! s'écria le docteur. Non, certainement pas vous... ni Mrs Severn.

— Un patient ?

Le docteur Hasselbacher secoua la tête. Il sortit son mouchoir et s'épongea le front.

— Qui n'est pas un patient ? dit-il.

— Il vaut mieux que nous partions.

— Oui, partez. C'est ce que je vous disais tout à l'heure. On devrait pouvoir guérir les gens afin qu'ils vivent plus longtemps.

— Je ne comprends pas.

— La paix a-t-elle jamais régné ? demanda le docteur. Je vous fais mes excuses. On attend d'un médecin qu'il s'habitue à la mort, mais je ne suis pas un bon médecin.

— Qui est mort ?

— Un accident s'est produit, dit le docteur Hasselbacher. Une voiture s'est écrasée sur la route, elle allait au terrain d'aviation. Un jeune homme...

Le docteur s'emporta brusquement :

— Il arrive toujours des accidents, n'est-ce pas, partout. Et dans ce cas, il s'agit sûrement d'un accident. Il aimait trop la bouteille.

— S'appelait-il par hasard Raoul ? demanda Béatrice.

— Oui, répondit le docteur Hasselbacher, c'était son nom.

QUATRIÈME PARTIE

Chapitre premier

1

Wormold tourna la clé dans la serrure. Le réverbère qui se dressait sur le trottoir d'en face éclairait vaguement les aspirateurs électriques alignés comme des tombeaux dans la vitrine. Il se dirigea vers l'escalier.

— Arrêtez, arrêtez, chuchota Béatrice. Il me semble que j'entends…

C'étaient les premières paroles que l'un ou l'autre eût prononcées depuis qu'ils avaient refermé la porte du docteur Hasselbacher.

— Qu'y a-t-il ?

Elle avait étendu le bras et ramassé sur le comptoir un accessoire de métal qu'elle tenait comme une matraque.

— J'ai peur, dit-elle.

« Pas tant que moi », pensa-t-il. Les gens sur qui nous écrivons peuvent-ils prendre vie ? Et quelle sorte de vie ? Shakespeare avait-il appris la nouvelle de la mort de Duncan dans une taverne, et entendait-il frapper à la porte de sa propre chambre lorsqu'il eut fini d'écrire *Macbeth* ? Debout dans le magasin, Wormold fredonna un air pour se donner du courage.

Ils disent que la Terre est ronde
Ma folie les scandalise…

— Taisez-vous, dit Béatrice. J'entends bouger en haut.

Wormold croyait n'avoir peur que des produits de sa propre imagination, et non d'un être vivant qui fait craquer un plancher. Il monta en courant et fut brusquement arrêté par une ombre : il fut tenté de battre le rappel de tous ses personnages fictifs et de les supprimer en bloc : Térésa, le mécanicien, le professeur, l'ingénieur.

— Comme tu rentres tard, dit la voix de Milly.

Ce n'était que Milly, debout dans le couloir entre sa chambre et les cabinets.

— Nous avons fait une promenade.

— Tu l'as ramenée, dit Milly. Pourquoi ?

Béatrice montait l'escalier prudemment, tenant son arme improvisée toute prête.

— Rudy est-il éveillé ?

— Je ne crois pas.

— S'il avait reçu un message, dit Béatrice, il serait debout à vous attendre.

Si nos personnages sont assez vivants pour mourir, certes, ils doivent être assez réels pour envoyer des messages. Il ouvrit la porte du bureau. Rudy bougea.

— Pas de message, Rudy ?

— Non.

— Vous avez raté tout ce qui s'est passé, dit Milly.

— Que s'est-il passé ?

— La police courait de tous les côtés. Si vous aviez entendu les sirènes ! J'ai cru que c'était la révolution. Alors j'ai téléphoné au capitaine Segura.

— Et alors ?

— Quelqu'un a essayé d'assassiner quelqu'un qui sortait du ministère de l'Intérieur. Il a dû le prendre pour le ministre, mais ce n'était pas lui. Il a tiré par la vitre d'une auto et a pris la fuite.

— Qui était-ce ?

— On ne l'a pas encore rattrapé.

— Je veux dire… la victime.

— Personne d'important. Mais il ressemblait au ministre. Où avez-vous soupé ?

— Au *Victoria*.

— Avez-vous mangé de la langouste farcie ?

— Oui.

— Je suis bien contente que tu ne ressembles pas au président. Le capitaine Segura m'a dit que le pauvre docteur Cifuentes a eu tellement peur qu'il en a mouillé son pantalon, et qu'après il est allé se soûler au Country Club.

— Le docteur Cifuentes ?

— Oui, tu sais… l'ingénieur.

— On a tiré sur lui ?

— Je t'ai dit que c'était par erreur.

— Asseyons-nous, dit Béatrice.

Elle parlait pour lui autant que pour elle.

— La salle à manger… proposa Wormold.

— Oh ! non, pas de chaises dures. J'ai besoin d'un siège moelleux. Je vais peut-être avoir envie de pleurer.

— Eh bien, si cela ne vous ennuie pas, la chambre, dit-il, en hésitant, les yeux fixés sur sa fille.

— Est-ce que vous connaissez le docteur Cifuentes ? demanda Milly à Béatrice d'un air compatissant.

— Non. Je sais seulement qu'il a une *badane*.

— Qu'est-ce que c'est que ça ?

— C'est la façon locale de dire qu'il louche, m'a expliqué votre père.

— Il vous a dit ça ! Pauvre papa. Je ne croyais pas que tu en étais là !

— Écoute, Milly, je te prie d'aller te coucher. Béatrice et moi, nous avons à travailler.

— À travailler ?

— Oui, exactement.

— C'est rudement tard pour travailler.

— Il me paie les heures supplémentaires, dit Béatrice.

— Apprenez-vous tous les détails sur les aspirateurs ? Cet objet que vous tenez en main, c'est un vaporisateur.

— Vraiment ? Je l'ai ramassé au hasard pour le cas où j'aurais à cogner sur quelqu'un.

— Ça ne conviendrait pas, dit Milly. Il y a un tube coulissant.

— Et qu'est-ce que ça fait ?

— Le télescope pourrait se déclencher au mauvais moment.

— Milly, s'il te plaît… dit Wormold. Il est près de deux heures.

— Ne crains rien. Je m'en vais. Et je vais prier pour le docteur Cifuentes. Ce n'est pas drôle de servir de cible. La balle a traversé de part en part un mur en brique. Songe à ce que ça aurait pu faire au docteur Cifuentes.

— Dites aussi une prière pour quelqu'un qui s'appelle Raoul, dit Béatrice. Lui, ils ne l'ont pas raté.

Allongé à plat sur le lit, Wormold ferma les yeux.

— Je n'y comprends rien, dit-il. Absolument rien. C'est une coïncidence. Cela ne peut qu'en être une.

— Qui que soient ces gens, la guerre est déclarée.

— Mais pourquoi ?

— L'espionnage est une activité dangereuse.

— Mais Cifuentes n'avait jamais… je veux dire, il n'était pas important.

— Ces constructions d'Oriente sont importantes. Vos agents m'ont l'air de se faire griller en série. Je me demande où est la fuite. Je crois que vous devriez avertir le professeur Sanchez et la jeune femme.

— La jeune femme ?

— La danseuse nue.

— Mais comment faire ?

Il ne pouvait pas lui expliquer qu'il n'avait pas d'agents, qu'il n'avait jamais rencontré Cifuentes ou le professeur Sanchez, que ni Térésa ni Raoul n'avaient jamais existé : Raoul ne s'était mis à vivre que pour se faire tuer.

— Comment Milly a-t-elle appelé cet instrument ?

— Un vaporisateur.

— J'ai déjà vu quelque chose du même genre.

— Très probablement. La plupart des aspirateurs en ont un.

Il le lui reprit. Il n'arrivait pas à se rappeler s'il en avait introduit un parmi les dessins qu'il avait envoyés à Hawthorne.

— Que vais-je faire à présent, Béatrice ?

— Je crois que vos agents devraient se planquer pendant quelque temps. Pas ici, bien sûr… Il n'y a pas de place et d'ailleurs ils n'y seraient pas en sécurité. Votre chef mécanicien, tenez, il pourrait peut-être les prendre à son bord, en contrebande ?

— Il est en pleine mer, sur la route de Cienfuegos.

— Et il y a beaucoup de chances pour qu'il soit grillé, lui aussi, dit-elle pensivement. Je me demande pourquoi ils nous ont laissés rentrer ici, vous et moi.

— Que voulez-vous dire ?

— Ils auraient pu facilement nous tirer dessus sous les galeries de l'esplanade. Ou peut-être se servent-ils de nous comme d'un appât. Il est entendu qu'on se débarrasse de l'appât s'il ne sert à rien.

— Comme vous êtes macabre !

— Oh ! non. Nous sommes revenus dans l'univers du *Boy's Own Paper*, voilà tout. Vous pouvez considérer que vous avez de la chance.

— Pourquoi ?

— Parce que ç'aurait pu être le *Sunday Mirror* illustré. De nos jours, le monde se modèle sur les publications populaires. Mon mari sortait de la revue *Encounter*. La question qu'il nous faut examiner est celle du magazine auquel « ils » appartiennent.

— Ils ?

— Admettons qu'ils appartiennent eux aussi au *Boy's Own Paper*. Sont-ils des agents de la Russie, de l'Allemagne, américains ou quoi ? Des Cubains, vraisemblablement. Ces plates-formes en béton doivent être officielles, n'est-ce pas ? Pauvre Raoul. J'espère qu'il est mort sur le coup.

Il avait envie de tout lui dire, mais ce « tout », qu'était-ce exactement ? Il ne le savait plus. Raoul avait été tué. Hasselbacher l'avait dit.

— Avant tout, au *Théâtre Shanghai*, dit-elle. Sera-t-il ouvert ?

— La seconde représentation ne sera pas terminée.

— À moins que la police ne soit arrivée avant nous. Naturellement, contre Cifuentes, ils ne se sont pas servis de la police. Il était sans doute trop important. Quand on assassine un homme, il faut éviter le scandale.

— Je n'y avais jamais pensé sous ce jour.

Béatrice éteignit la lampe de chevet et alla regarder par la fenêtre.

— Avez-vous une sortie par-derrière ?

— Non.

— Nous allons être forcés de changer tout cela, dit-elle d'un ton léger, comme si elle avait été architecte par surcroît. Connaissez-vous un Noir qui boite ?

— Ce doit être Joe.

— Il passe très lentement.

— C'est un marchand de cartes postales obscènes. Il rentre chez lui, rien de plus.

— Ils ne l'ont sûrement pas chargé de vous prendre en filature, avec cette claudication. Il les renseigne peut-être par signaux. Quoi qu'il en soit, il faut nous risquer. Il est évident que ce soir ils font une rafle. Les femmes et les enfants d'abord. Le professeur peut attendre.

— Mais je n'ai jamais vu Térésa au théâtre. Elle y porte probablement un nom différent.

— Vous pourrez la retrouver, je pense, même sans ses vêtements ? Quoique j'imagine que lorsque nous sommes nues, nous nous ressemblons toutes, comme les Japonais.

— Je pense que vous ne devriez pas venir.

— Il le faut. Si l'un de nous deux est arrêté, l'autre pourra essayer de filer.

— Je voulais dire : au *Shanghai*. Cela ne sort pas précisément du *Boy's Own Paper*.

— Le mariage non plus, dit-elle, même à l'Unesco.

2

Le *Shanghai* se trouvait dans une étroite ruelle latérale donnant dans le Zanja et entourée de bars enfoncés dans les maisons. Un panneau publicitaire annonçait : *Posiciones*, et pour une raison mystérieuse les billets d'entrée étaient vendus sur le trottoir extérieur. Peut-être parce qu'il n'y avait pas de place pour un guichet dans le vestibule, occupé par une échoppe d'ouvrages pornographiques destinés aux spectateurs qui voulaient se distraire pendant l'entracte. Dans la rue, les proxénètes de couleur regardèrent Béatrice et Wormold avec curiosité. Ils n'étaient pas habitués à voir des femmes européennes à cet endroit.

— On se sent loin de son pays, dit Béatrice.

Les places coûtaient toutes un peso vingt-cinq et il en restait très peu de vides dans la vaste salle. L'homme qui les conduisit à leurs fauteuils offrit à Wormold un paquet de cartes postales obscènes pour un peso. Quand Wormold les refusa, il en tira un deuxième choix de sa poche.

— Achetez-les si vous en avez envie, dit Béatrice. Si ça vous gêne, je garderai les yeux fixés sur le spectacle.

— Il n'y a guère de différence, dit Wormold, entre le spectacle et les cartes postales.

L'employé demanda si la dame désirait une cigarette de marijuana.

— *Nein, danke*, répondit Béatrice, pataugeant dans ses langues étrangères.

De côté et d'autre de la scène, des affiches donnaient l'adresse de clubs situés dans le voisinage où les filles, y lisait-on, étaient belles. Un avis en espagnol et en mauvais anglais interdisait au public de molester les danseuses.

— Laquelle est Térésa ? demanda Béatrice.

— Je crois que ça doit être la grosse qui porte un masque, répondit Wormold au hasard.

Elle venait de quitter la scène en balançant ses grosses fesses nues, et le public applaudissait et sifflait. Puis les lumières baissèrent et l'on descendit un écran. Un film commença, d'abord très innocent. On y voyait une cycliste, un paysage de forêt, une crevaison, une rencontre fortuite, un monsieur qui saluait de son chapeau de paille : l'image était tremblotante et brumeuse.

Béatrice gardait le silence. Il régnait entre eux une étrange intimité tandis qu'ils regardaient ensemble ce squelette de l'amour en négatif. Ces mêmes mouvements du corps avaient jadis représenté, pour eux, plus que tout ce que le monde peut offrir d'autre. Le geste de luxure est semblable au geste d'amour : on ne peut le fausser comme on déguise un sentiment.

Les lumières se rallumèrent. Ils gardèrent le silence.

— J'ai les lèvres sèches, dit Wormold.

— Je n'ai plus une goutte de salive. Pourrions-nous aller tout de suite dans les coulisses voir Térésa ?

— Il y a encore un film après ça, et puis les danseuses reviennent.

— Je ne me sens pas assez coriace pour regarder un second film, dit Béatrice.

— Ils ne nous laisseront pas entrer dans les coulisses avant la fin du spectacle.

— Alors, attendons dans la rue, voulez-vous ? Nous saurons du moins si nous avons été suivis.

Ils sortirent au moment où le second film commençait. Ils furent les seuls à se lever, donc, si quelqu'un les avait pris en filature, ce quelqu'un devait les attendre dans la rue ; mais il n'y avait personne qu'on pût soupçonner à première vue, parmi les chauffeurs de taxi et les entremetteurs. Un homme s'était endormi adossé au réverbère, un numéro de loterie suspendu de guingois à son cou. Wormold se rappela la nuit passée avec le docteur Hasselbacher. C'était ce soir-là qu'il avait appris l'emploi imprévu des *Contes d'après Shakespeare* de Lamb. Le pauvre docteur Hasselbacher était vraiment très ivre. Wormold se souvint qu'en descendant de la chambre de Hawthorne, il l'avait retrouvé effondré dans un fauteuil du hall de l'hôtel.

— Est-ce difficile de trouver le secret d'un code, une fois qu'on s'est procuré le livre qu'il faut ?

— Pas pour un expert, dit-elle. Ce n'est qu'une question de patience.

Elle traversa la rue jusqu'au marchand de billets de loterie et redressa le numéro. L'homme ne s'éveilla pas.

— C'était difficile de le lire en biais, dit Béatrice.

Portait-il les *Contes* de Lamb sous son bras, dans sa poche, ou dans sa serviette ? Avait-il posé le livre pour aider le docteur Hasselbacher à se relever ? Il ne se rappelait rien et de tels soupçons manquaient de générosité.

— Je pense à une coïncidence bizarre, dit Béatrice. Le docteur Hasselbacher lit les *Contes* de Lamb dans la bonne édition.

On aurait pu croire que la télépathie avait fait partie de sa formation professionnelle.

— Vous avez vu le livre chez lui ?

— Oui.

— Mais il l'aurait caché, protesta Wormold, si cela signifiait quelque chose.

— À moins qu'il n'ait voulu vous avertir. Rappelez-vous que c'est lui qui nous a ramenés dans son appartement. C'est lui qui nous a appris la mort de Raoul.

— Il ne pouvait pas prévoir qu'il nous rencontrerait.

— Qu'en savez-vous ?

Il aurait voulu lui expliquer que rien de tout cela ne tenait debout, que Raoul n'existait pas, que Térésa n'existait pas, mais il pensa qu'elle ferait ses valises et s'en irait, et que ce ne serait qu'une histoire pour rien.

— Les gens commencent à sortir, dit Béatrice.

Ils trouvèrent une porte de côté qui menait à l'unique grande loge. Le couloir était éclairé par une ampoule nue qui avait brûlé pendant trop de jours et trop de nuits. Le couloir était presque entièrement bloqué par les poubelles et un Noir balayait des morceaux d'ouate souillés de poudre de riz, de rouge à lèvres et d'autres matières plus équivoques. Une odeur de bonbons acidulés flottait. Peut-être, après tout, n'y aurait-il personne du nom de Térésa, mais Wormold regrettait d'avoir choisi une sainte aussi populaire. Il poussa une porte qui s'ouvrit sur un enfer médiéval plein de fumée et de femmes nues.

— Vous ne croyez pas que vous feriez mieux de rentrer à la maison ? dit-il à Béatrice.

— C'est vous qui avez besoin de protection, ici.

Personne ne parut remarquer leur présence. Le masque de la grosse femme lui pendait à une oreille et elle buvait un verre de vin, une jambe allongée sur une chaise. Une fille très maigre, dont les côtes ressemblaient à des touches de piano, mettait ses bas en tirant dessus. Des seins ballottaient, des fesses s'affaissaient, des cigarettes à demi fumées se consumaient dans des soucoupes, l'air était alourdi par l'odeur du papier brûlé. Debout sur une échelle, un homme arrangeait quelque chose avec un tournevis.

— Où est-elle ? demanda Béatrice.

— Je ne crois pas qu'elle soit ici. Elle est peut-être malade... ou avec son amant.

L'air chaud s'agita autour d'eux tandis qu'une femme enfilait sa robe. De petits grains de poudre retombèrent comme des cendres.

— Essayez d'appeler son nom.

À contrecœur, il cria :

— Térésa !

Personne ne prit garde à son appel. Il fit une nouvelle tentative et l'homme au tournevis abaissa les yeux vers lui.

— *¿ Pasa algo ?* demanda-t-il.

Wormold lui expliqua en espagnol qu'il cherchait une fille du nom de Térésa. L'homme suggéra que Maria pourrait faire aussi bien l'affaire. Il montra de son tournevis la femme obèse.

— Que dit-il ?

— Il n'a pas l'air de connaître Térésa.

L'homme au tournevis s'assit au sommet de l'échelle et se mit à faire un discours dans lequel il expliquait que Maria était la plus belle femme qu'on pût trouver à La Havane. Elle pesait cent kilos toute nue.

— Visiblement, Térésa n'est pas là, expliqua Wormold, soulagé.

— Térésa, Térésa, qu'est-ce que vous lui voulez, à Térésa ?

— Oui, qu'est-ce que vous me voulez ? demanda la fille maigre, en s'approchant, un bas à la main.

Ses petits seins étaient en forme de poires.

— Qui êtes-vous ?

— *Soy Teresa.*

— Est-ce vraiment Térésa ? dit Béatrice. Vous avez dit qu'elle était grasse… comme la femme au masque.

— Non, non, dit Wormold. Ce n'est pas Térésa. C'est sa sœur. *Soy* veut dire sœur. Je vais la charger d'un message.

Il prit le bras de la fille maigre et l'attira un peu à l'écart. Il essaya de lui expliquer en espagnol qu'il fallait qu'elle soit sur ses gardes.

— Qui êtes-vous ? Je ne comprends pas.

— Il y a eu une erreur. C'est une trop longue histoire. Certaines gens vont peut-être essayer de vous faire du mal. Il faut absolument rester chez vous quelques jours. Ne venez pas au théâtre.

— Je ne peux pas. C'est ici que je rencontre mes clients.

Wormold sortit une grosse liasse de billets.

— Avez-vous de la famille ?

— J'ai ma mère.

— Partez chez elle.

— Mais elle est à Cienfuegos.

— Il y a là assez d'argent pour le voyage.

À ce moment-là, tout le monde les écoutait. Ils étaient entourés d'un groupe compact. L'homme au tournevis était descendu de son échelle. Wormold aperçut Béatrice restée en dehors du cercle et qui jouait des coudes pour s'approcher et essayer de comprendre ce qu'il disait.

— Cette fille appartient à Pedro, déclara l'homme au tournevis. Vous ne pouvez pas l'emmener comme ça. Il faut d'abord en parler à Pedro.

— Je ne veux pas aller à Cienfuegos, dit la fille.

— Vous y serez en sécurité.

Elle en appela à l'homme.

— Il me fait peur. Je ne comprends pas ce qu'il veut.

Elle exhiba les pesos.

— C'est trop d'argent.

Elle fit appel à la foule :

— Je suis une fille honnête.

— Abondance de blé ne fait pas mauvaise année, dit solennellement la grosse femme.

— Où est-il ton Pedro ? demanda l'homme.

— Il est malade. Pourquoi est-ce que ce type me donne tout cet argent ? Je suis une fille honnête. Vous savez que mon prix est quinze pesos. Je ne la fais pas à l'esbroufe.

— Un chien maigre est plein de puces, dit la grosse femme.

Elle semblait avoir un proverbe pour chaque occasion.

— Qu'arrive-t-il ? dit Béatrice.

Une voix siffla :

— Psst… psst !

C'était le Noir qui balayait le couloir.

— ¡ *Policia* ! dit-il.

— Nom de Dieu, dit Wormold. C'est le bouquet. Il faut que je vous fasse sortir d'ici.

Personne ne semblait particulièrement troublé. La grosse femme vida son verre de vin et mit sa culotte, la fille qu'on appelait Térésa enfila son second bas.

— Moi, ça n'a pas d'importance, dit Béatrice. C'est elle qu'il faut faire disparaître.

— Qu'est-ce que la police vient chercher ? demanda Wormold à l'homme sur l'échelle.

— Une fille, répondit l'autre d'un air cynique.

— Je veux faire échapper celle-ci, dit Wormold. Y a-t-il un moyen de sortir d'ici ?

— Avec la police, il y a toujours un moyen de s'en sortir !

— Comment ?

— Avez-vous cinquante pesos de trop ?

— Oui.

— Donnez-les-lui. Hé ! Miguel, cria-t-il au Noir, dis-leur de roupiller pendant trois minutes. Alors, qui est-ce qui veut qu'on lui fasse cadeau de la liberté ?

— Je préfère le poste de police, dit la grosse fille. Mais il faut être habillée convenablement.

Elle ajusta son soutien-gorge.

— Venez avec moi, dit Wormold à Térésa.

— Mais pourquoi ?

— Vous ne vous rendez pas compte... ils vont vous prendre...

— Ça m'étonnerait, dit l'homme au tournevis. Elle est trop maigre. Dépêchez-vous. Cinquante pesos ne durent pas éternellement.

— Tenez, mettez mon manteau, dit Béatrice.

Elle en entoura les épaules de la fille qui avait alors ses deux bas, mais rien d'autre.

— Mais je veux rester ici, répéta-t-elle.

L'homme lui donna une claque sur le derrière et la poussa.

— Tu as son argent, dit-il. Va avec lui.

Il les fit passer par des petites toilettes répugnantes, puis par une fenêtre. Ils se retrouvèrent dans la rue. Un agent de police, en faction devant le théâtre, regarda ostensiblement de l'autre côté. Un proxénète siffla et montra du doigt la voiture de Wormold. La fille répéta :

— Je veux rester ici.

Mais Béatrice la hissa sur la banquette arrière et s'assit près d'elle.

— Je vais crier, leur dit la fille en se penchant à la portière.

— Ne faites pas l'idiote, dit Béatrice en la tirant à l'intérieur.

Wormold mit la voiture en marche.

La fille cria, mais seulement à titre d'essai. L'agent de police se retourna et regarda dans la direction opposée. L'effet des cinquante pesos durait encore. Ils tournèrent à droite, vers l'esplanade. Aucune voiture ne les suivit. C'était aussi simple que cela. La fille, sentant qu'elle n'avait plus le choix, ajusta le manteau, pour la décence, et s'adossa confortablement aux coussins.

— *Hay mucha corriente*, dit-elle.

— Que dit-elle ?

— Elle se plaint des courants d'air, dit Wormold.

— Elle n'a pas l'air de nous être très reconnaissante. Où est sa sœur ?

— À Cienfuegos avec le directeur des Postes et Télégraphes. Naturellement, je pourrais l'y mener. Nous arriverions à l'heure du petit déjeuner. Mais il y a Milly.

— Il n'y a pas seulement Milly. Vous avez oublié le professeur Sanchez.

— Vraiment, le professeur Sanchez peut attendre.

— Ils ont l'air d'agir vite, les autres.

— Je ne sais pas où il habite.

— Moi, je sais. Je l'ai cherché dans la liste des membres du Country Club juste avant que nous partions.

— Emmenez cette fille à la maison et attendez-moi là.

Ils étaient arrivés devant la mer.

— Il faut tourner à gauche ici, dit Béatrice.

— Je vous ramène à la maison.

— Mieux vaut ne pas nous séparer.

— Milly…

— Vous ne voudriez pas qu'elle aussi soit compromise.

De mauvaise grâce, Wormold tourna à gauche.

— Où allons-nous ?

— À Vedado, dit Béatrice.

3

Les gratte-ciel de la ville neuve se dressaient devant eux comme des icebergs au clair de lune. Deux grandes initiales HH s'inscrivaient dans le ciel, semblables au monogramme du pyjama de Hawthorne, sans être plus royales : ce n'était qu'une publicité de Mr Hilton. Le vent secouait la voiture, et l'embrun, traversant toute la largeur de la route, brouillait la vitre du côté de la mer. La nuit chaude avait un goût de sel. Wormold donna un coup de volant qui leur fit quitter le bord de la mer.

— *Hace demasiado calor*, dit la fille.

— Que dit-elle maintenant ?

— Elle dit qu'il fait trop chaud.

— Elle est difficile à contenter, dit Béatrice.

— Il faut redescendre la vitre.

— Et si elle crie ?

— Donnez-lui une gifle.

Ils se trouvaient dans le quartier neuf de Vedado : petites maisons crème et blanches appartenant à des gens riches. On pouvait juger de la fortune du propriétaire au petit nombre d'étages. Seul un millionnaire pouvait s'offrir un bungalow sur un terrain qui aurait pu servir à construire un gratte-ciel. Quand Béatrice abaissa la vitre, ils respirèrent un parfum de fleurs. Elle fit arrêter Wormold près d'une grille percée dans un haut mur blanc.

— Je vois des lumières dans le patio, dit-elle. Tout a l'air en ordre. Je monterai la garde sur votre précieux morceau de chair fraîche pendant que vous y allez.

— Il a l'air bien riche pour un professeur.

— Il n'est pas trop riche pour se faire rembourser ses frais, à en croire vos comptes.

— Accordez-moi quelques minutes, dit Wormold. Ne partez pas.

— Vous me voyez en train de filer ! Dépêchez-vous. Jusqu'à présent leur score n'est que de un sur trois, sans tenir compte du coup perdu, naturellement.

Il essaya la grille, elle n'était pas fermée à clé. La situation était absurde. Comment allait-il expliquer sa présence ? « Vous êtes un de mes agents sans le savoir. Vous êtes en danger. Il faut vous cacher. » Il ne savait même pas de quoi Sanchez était professeur.

Un court sentier, entre deux palmiers, conduisait à une seconde entrée grillagée derrière laquelle était le patio éclairé. Un phonographe jouait en sourdine, et deux hautes silhouettes tournaient doucement, joue contre joue. Wormold, qui suivait en boitillant le sentier, déclencha une sonnerie d'alarme. Les danseurs s'immobilisèrent, puis l'un d'eux vint à sa rencontre.

— Qui est là ?

— Professeur Sanchez ?

— Oui.

Leurs routes se rejoignirent dans la zone de lumière. Le professeur portait un smoking blanc, il avait les cheveux blancs, son menton, à cette heure matinale, se couvrait d'un chaume blanc, et il tenait à la main un revolver braqué sur Wormold. Wormold vit derrière lui une femme très jeune et très jolie. Elle se baissa pour arrêter le phonographe.

— Excusez l'heure de cette visite, dit Wormold.

Il n'avait aucune idée de ce qu'il allait dire pour entrer en matière, et le revolver le troublait. Un professeur ne devrait pas porter de revolver.

— Il me semble… je ne me rappelle pas vous avoir jamais vu.

Le professeur parlait avec politesse, son arme toujours dirigée vers le ventre de Wormold.

— Il n'y a pas de raison. À moins que vous n'ayez un aspirateur.

— Un aspirateur ? Je dois en avoir un. Pourquoi ? Ma femme le sait sans doute.

La jeune femme traversa le patio et se joignit à eux. Elle avait ôté ses souliers ; ils étaient posés, comme deux souricières, à côté du phono.

— Qu'est-ce qu'il veut ? demanda-t-elle, sur un ton hargneux.

— Je suis désolé de vous déranger, *señora* Sanchez.

— Dis-lui que je ne suis pas la *señora* Sanchez, dit la jeune femme.

— Il dit qu'il s'occupe d'aspirateurs à poussière, expliqua le professeur. Crois-tu que Maria avant de partir…

— Pourquoi vient-il ici à une heure du matin ?

— Il faut me pardonner, dit le professeur d'un air embarrassé, mais vraiment c'est une heure insolite.

Il laissa son revolver se détourner un peu de sa cible.

— En général, on n'attend pas de visites…

— Vous paraissez en attendre.

— Oh ! ceci… précaution indispensable. Il se trouve que je possède quelques précieux Renoir.

— Il n'est pas venu pour les tableaux. C'est Maria qui l'envoie. Vous êtes un espion, n'est-ce pas ? demanda la jeune femme d'un air furibond.

— Mon Dieu… oui et non.

La jeune femme se mit à gémir en battant ses longs flancs minces. Ses bracelets cliquetaient et lançaient des éclairs.

— Calme-toi, chérie, calme-toi. Je suis sûr qu'il y a une explication.

— Elle est envieuse de notre bonheur, dit la jeune femme. Elle a d'abord envoyé le cardinal et, maintenant, cet homme. Est-ce que vous êtes un prêtre ? ajouta-t-elle.

— Mais non, ma chérie, ce n'est pas un prêtre, regarde ses vêtements.

— Tu as beau être professeur d'éducation comparée, dit-elle, n'importe qui peut te mettre dedans. Êtes-vous prêtre ? répéta-t-elle.

— Non, *señora.*

— Qu'est-ce que vous êtes ?

— Je vends des aspirateurs, c'est vrai.

— Vous venez de me dire que vous étiez espion.

— Bien, en un certain sens…

— Pourquoi êtes-vous venu ?

— Pour vous mettre en garde.

La jeune femme poussa un bizarre hurlement de chienne en gésine.

— Tu vois, dit-elle au professeur, elle nous menace, maintenant. D'abord le cardinal, et puis…

— Le cardinal ne faisait que son devoir. Après tout, il est le cousin de Maria.

— Tu as peur de lui. Tu veux m'abandonner.

— Ma chérie, tu sais que ce n'est pas vrai. Où est Maria en ce moment ? demanda-t-il à Wormold.

— Je ne sais pas.

— Quand l'avez-vous vue pour la dernière fois ?

— Je ne l'ai jamais vue.

— Vous êtes en train de vous contredire, non ?

— C'est un cochon de menteur, dit la jeune femme.

— Pas nécessairement, ma chérie. Il est probablement employé par quelque agence. Asseyons-nous et écoutons tranquillement ce qu'il a à dire. La colère est mauvaise conseillère. Il fait son devoir… nous ne pouvons pas toujours en dire autant de nous-mêmes.

Le professeur marchant en tête, ils gagnèrent le patio. Il avait remis le revolver dans sa poche. La jeune femme attendit que Wormold eût commencé à le suivre et elle ferma la marche, comme un chien de garde. Il s'attendait presque à ce qu'elle lui mordît les mollets. « Si je ne parle pas tout de suite, pensa-t-il, jamais je ne pourrai parler. »

— Asseyez-vous, dit le professeur.

(Qu'est-ce que l'éducation comparée ?)

— Que puis-je vous offrir à boire ?

— Ne vous dérangez pas, je vous en prie.

— Vous ne buvez pas pendant le service ?

— Service ! s'écria la jeune femme, tu le traites comme un être humain. Il ne sert jamais que les misérables qui le paient.

— Je suis venu vous avertir que la police…

— Oh ! voyons, voyons, dit le professeur, l'adultère n'est pas un crime. Je crois qu'il a été rarement considéré comme tel, si ce n'est dans les colonies américaines, au XVIIe siècle… et naturellement par la loi mosaïque.

— L'adultère n'a rien à voir là-dedans, dit la jeune femme. Ça lui était égal que nous couchions ensemble, ce qui la chiffonne, c'est que nous soyons ensemble.

— Il est difficile de faire l'un sans l'autre, dit le professeur, à moins que tu ne fasses allusion au Nouveau Testament : l'adultère du cœur.

— Du cœur, je croirai que tu en as si tu mets cet homme à la porte. Nous sommes là à bavarder comme si nous étions mariés depuis des années. Si tu veux rester debout toute la nuit à parler et parler, pourquoi n'es-tu pas resté avec Maria ?

— Ma chérie, c'est toi qui as eu l'idée de danser avant d'aller au lit.

— Ce que tu viens de faire, tu appelles ça danser ?

— Je t'ai dit que j'allais prendre des leçons.

— Oh ! oui, à cause des jeunes filles de l'école de danse !

Wormold avait l'impression que le fil de la conversation fuyait, hors d'atteinte.

— Ils ont tiré sur l'ingénieur Cifuentes, dit-il. Vous courez le même danger.

— Si je voulais des jeunes filles, mon petit, il n'en manque pas à l'université. Elles assistent à mes conférences. Tu devrais le savoir puisque tu y venais toi-même.

— C'est un reproche ?

— Nous nous éloignons du sujet, chérie. La chose importante est de savoir ce que Maria se prépare à faire.

— Elle aurait dû renoncer aux féculents il y a deux ans, dit la jeune femme, tombant dans la mesquinerie ; elle te connaissait. Tout ce qui compte pour toi, c'est le corps. Tu devrais avoir honte, à ton âge.

— Si tu ne veux pas que je t'aime…

— Aimer, aimer !…

La jeune femme se mit à arpenter le patio. Elle agitait les bras en l'air et ses gestes semblaient écarteler l'amour.

— Ce n'est pas de Maria qu'il faut vous inquiéter, dit Wormold.

— Sale menteur ! hurla la jeune femme. Vous avez dit que vous ne l'aviez jamais vue.

— Je ne l'ai jamais vue.

— Alors pourquoi l'appelez-vous Maria ? cria-t-elle.

Puis elle se mit à esquisser de triomphants pas de danse avec un cavalier imaginaire.

— Vous avez fait allusion à Cifuentes, jeune homme ?

— On lui a tiré dessus ce soir.

— Qui a tiré ?

— Je ne sais pas exactement, mais cela fait partie de la même opération. C'est un peu difficile à expliquer, mais vous me semblez être vraiment en grand danger, professeur Sanchez. Tout cela est un malentendu, bien sûr. La police a fait également une descente au *Théâtre Shanghai*.

— Qu'ai-je à faire avec le *Théâtre Shanghai* ?

— Qu'as-tu à faire, vraiment ? s'écria la jeune femme, tombant dans le mélodrame. Ah ! les hommes, dit-elle, les hommes ! Pauvre Maria. Ce n'est pas d'une

seule femme qu'elle devra se débarrasser. Elle sera for-
cée d'organiser un massacre.

— Je n'ai jamais eu le moindre rapport avec qui que
ce soit au *Théâtre Shanghai*.

— Maria est bien informée. Je suppose que tu es
somnambule.

— Tu as entendu ce qu'il a dit. C'est une erreur.
Après tout, on a tiré sur Cifuentes. Tu ne peux pas en
accuser Maria.

— Cifuentes ? Il a dit Cifuentes ? Oh ! crétin d'Espagnol ! Uniquement parce qu'il m'a parlé un jour au club
pendant que tu étais à la douche, voilà que tu paies des
brigands pour l'assassiner !

— Je t'en prie, ma petite, sois raisonnable. Je ne l'ai
appris qu'à l'instant, quand ce monsieur...

— Ce n'est pas un monsieur, c'est un infect menteur.

Ils avaient refermé le cercle de la conversation.

— Si c'est un menteur, nous ne devons pas tenir
compte de ce qu'il raconte. Il est probable qu'il calom-
nie Maria également...

— Naturellement, tu prends la défense de Maria !

Wormold, sans espoir, fit un dernier effort.

— Ce que je vous dis ne concerne en rien Maria... je
veux dire la *señora* Sanchez, dit-il, à bout d'inspiration.

— Que diable vient faire la *señora* Sanchez là-
dedans ? demanda le professeur.

— Je pensais que vous pensiez que Maria...

— Jeune homme, vous ne songez pas sérieusement à
me faire croire que Maria menace de s'attaquer à ma
femme, en même temps qu'à ma... qu'à mon amie que
voici ? C'est trop absurde.

Jusqu'à ce moment-là, Wormold avait cru que
l'imbroglio était assez facile à débrouiller. Mais il eut
brusquement l'impression qu'il avait tiré à lui un bout
de fil qui pendait par hasard et que tout un costume se
décousait. L'éducation comparée... était-ce cela ?

— J'ai cru, dit-il, vous rendre service en venant vous avertir, mais après tout la mort est sans doute pour vous la meilleure solution.

— Vous aimez les mystifications, jeune homme.

— Je ne suis pas jeune. C'est vous, professeur, qui êtes jeune, me semble-t-il. Si seulement Béatrice était ici, ajouta-t-il sans s'apercevoir que, dans son angoisse, il avait parlé tout haut.

— Je t'affirme, formellement, ma chérie, que je ne connais personne du nom de Béatrice. Personne.

La jeune femme fit entendre un ricanement de tigresse.

— On dirait que vous êtes venu chez moi, dit le professeur, avec l'unique intention de m'attirer des désagréments.

C'était la première plainte qu'il formulait et, vu les circonstances, cela semblait singulièrement modéré.

— Je ne puis imaginer quel profit vous en tirez.

Là-dessus, il rentra dans la maison et referma la porte derrière lui.

— C'est un monstre, dit la fille. Un monstre. Un détraqué sexuel. Un satyre.

— Vous ne comprenez pas.

— Je connais le slogan : Comprendre c'est pardonner. Pas dans ce cas-là, justement.

Elle semblait avoir oublié son hostilité contre Wormold.

— Maria, moi, Béatrice… je ne compte pas sa femme, pauvre créature. Je n'ai rien contre sa femme. Avez-vous un revolver ?

— Bien sûr que non. Je ne suis venu que pour le sauver.

— Dites-leur qu'ils tirent au ventre… au bas-ventre.

Puis, elle aussi rentra dans la maison d'un air décidé.

Wormold n'avait plus qu'à partir. L'invisible sonnette d'alarme fit entendre un nouvel avertissement lorsqu'il se dirigea vers la grille, mais personne ne bougea dans la petite maison blanche. « J'ai fait ce que je pouvais », songea Wormold. Le professeur semblait prêt à affronter le danger et peut-être même l'arrivée des policiers lui serait-elle un soulagement. Il leur tiendrait tête plus facilement qu'à la jeune femme.

4

En s'éloignant dans le parfum des fleurs qui s'épanouissaient dans la nuit, il n'avait qu'un seul et unique désir, celui de tout avouer à Béatrice. « Je ne suis pas un agent secret. Je suis un imposteur. Pas une de ces personnes ne travaille pour moi et je ne comprends rien à ce qui se passe. Je suis perdu. J'ai peur. » Il avait la certitude que, Dieu sait comment, elle prendrait les choses en main... après tout, elle était du métier. Mais il savait aussi qu'il n'aurait pas recours à elle. Ce serait renoncer à la sécurité pour Milly. Il préférerait disparaître comme Raoul. Est-ce que — dans son service — les enfants touchaient une pension ? Mais qui était Raoul ?

Avant qu'il fût parvenu à la seconde grille, il entendit Béatrice l'appeler par son prénom.

— Jim ! Attention. N'approchez pas.

Même à ce moment critique, la pensée lui vint : « Mon nom est Wormold, Mr Wormold, *señor Vomel*, personne ne m'appelle Jim. » Alors il se mit à courir à grands bonds, à cloche-pied, en direction de la voix, et il déboucha dans la rue, sur une voiture radio, sur trois officiers de police, et sur un nouveau revolver pointé contre son abdomen. Béatrice était debout sur le trottoir à côté de la fille qui s'efforçait de tenir fermé un manteau fait pour rester ouvert.

— Que se passe-t-il ?

— Je ne comprends pas un mot de ce qu'ils disent.

Un des policiers lui ordonna de monter dans leur voiture.

— Et la mienne ?

— On va la ramener au poste.

Avant qu'il eût obéi, on lui tâta la poitrine et les flancs pour voir s'il portait des armes.

— Je ne sais pas de quoi il s'agit, dit-il à Béatrice, mais ceci me paraît être la fin d'une brillante carrière.

Le policier se remit à parler.

— Il dit que vous montiez aussi.

— Dites-lui que je veux rester avec la sœur de Térésa. Je n'ai pas confiance en eux.

Les deux voitures se mirent à rouler lentement entre les petites maisons de millionnaires pour éviter de troubler leur sommeil, comme si on longeait une série d'hôpitaux : les riches ont besoin de repos. Ils n'eurent pas loin à aller : une cour, une grille qui se ferma derrière eux, et puis ce fut l'odeur du poste de police, l'odeur ammoniaquée de tous les zoos du monde. Aux murs du couloir blanchis à la chaux étaient collées les photos des hommes recherchés par la justice ; barbus, ils avaient un faux air de famille avec les sujets des maîtres primitifs. Dans une pièce au bout, le capitaine Segura jouait aux dames.

— Hum… fit-il, en ramassant deux pions.

Puis il leva les yeux vers les arrivants.

— Mr Wormold ! dit-il, tout surpris.

Et semblable à un petit serpent vert, boudiné dans sa peau, il se leva en apercevant Béatrice. Derrière elle, il distingua Térésa : le manteau venait de s'entrouvrir, peut-être intentionnellement.

— Qui diable… ? s'écria-t-il.

Puis il ajouta en s'adressant au policier avec qui il jouait :

— ¡ Anda !

— Que signifie tout ceci, capitaine Segura ?

— C'est à moi que vous le demandez, Mr Wormold ?

— Oui.

— Sans doute pourriez-vous me l'expliquer vous-même. Je n'imaginais pas que j'allais vous voir, vous, le père de Milly. Nous avons eu un coup de téléphone du professeur Sanchez au sujet d'un homme qui avait pénétré chez lui par effraction et avait proféré de vagues menaces. Il a pensé que ses tableaux étaient en cause : il possède quelques toiles de prix. J'ai envoyé immédiatement une voiture radio, et c'est vous qu'elle a ramassé, en compagnie de la *señorita* (nous nous sommes déjà rencontrés) et d'une prostituée nue. Ce n'est pas joli, joli, ajouta-t-il, comme le sergent de police à Santiago.

— Nous sortions du *Shanghai*.

— Ce qui n'est guère joli non plus.

— J'en ai assez d'entendre la police me dire que ce que je fais n'est pas joli.

— Pourquoi avez-vous rendu visite au professeur Sanchez ?

— Par erreur.

— Pourquoi aviez-vous une putain nue dans votre voiture ?

— Nous la ramenions chez elle.

— Elle n'a pas le droit de se promener nue dans les rues.

L'officier de police se pencha par-dessus la table et chuchota quelque chose.

— Ah ! reprit le capitaine Segura, je commence à comprendre. Il y a eu une descente de police ce soir au *Shanghai*. Je suppose que cette fille avait oublié ses papiers et voulait éviter de passer une nuit au dépôt. Elle a fait appel à vous…

— Ça ne s'est pas du tout passé comme cela.

— Il vaut mieux supposer que cela s'est passé comme cela, Mr Wormold. Tes papiers, dit-il en espagnol à la fille. Tu n'as pas de papiers ?

— *Sí, yo tengo*, répliqua-t-elle, indignée.

Elle se courba et tira du haut de son bas des morceaux de papier chiffonnés. Le capitaine Segura les prit et les examina. Il poussa un profond soupir.

— Mr Wormold, Mr Wormold, ses papiers sont en règle. Pourquoi vous promenez-vous dans les rues avec une fille nue ? Pourquoi vous introduisez-vous dans la maison du professeur Sanchez, en lui parlant de sa femme, et pour le menacer ? Quels rapports entre la femme du professeur et vous ? Va-t'en, dit-il à la fille, d'un ton sec.

Elle hésita, puis commença à enlever le manteau.

— Il vaut mieux qu'elle le garde, dit Béatrice.

Le capitaine Segura se rassit lourdement devant l'échiquier.

— Mr Wormold, dans votre propre intérêt, pas d'intrigue avec la femme du professeur Sanchez. Ce n'est pas une personne qu'on peut traiter avec légèreté.

— Je n'ai pas d'intrigue...

— Jouez-vous aux dames, Mr Wormold ?

— Oui, pas très très bien, je le crains.

— Mieux que ces crétins du poste de police, sans doute. Il faudra que nous fassions une partie un de ces jours, vous et moi. Mais aux dames, il faut surveiller soigneusement vos mouvements, comme avec la femme du professeur Sanchez.

Il déplaça un pion au hasard sur le damier en disant :

— Vous avez vu le docteur Hasselbacher, ce soir ?

— Oui.

— Est-ce judicieux, Mr Wormold ?

Il gardait les yeux baissés, bougeant les pions çà et là, jouant contre lui-même.

— Judicieux ?

— Le docteur Hasselbacher a d'étranges fréquentations.

— Cela ne me regarde pas.

— Pourquoi lui avez-vous envoyé de Santiago une carte postale où vous avez marqué d'une croix l'emplacement de votre chambre ?

— Quelle masse de détails insignifiants vous connaissez, capitaine Segura !

— J'ai une raison pour m'intéresser à vous, Mr Wormold. Je ne veux pas que vous soyez compromis. Qu'est-ce que le docteur Hasselbacher avait donc à vous dire, ce soir ? Son téléphone, sachez-le, est surveillé.

— Il désirait nous faire entendre un disque de *Tristan.*

— Et aussi, peut-être, vous parler de ceci ?

Le capitaine Segura retourna sur son bureau une photo, où la lueur livide caractéristique des instantanés au magnésium éclairait des visages rassemblés autour d'un monceau de métal broyé qui avait été une automobile.

— Et ceci ?

Le visage d'un jeune homme que l'éclair du magnésium ne faisait pas ciller ; une cartouche de cigarettes écrasée, anéantie comme sa propre vie ; le pied d'un homme posé sur son épaule.

— Le connaissez-vous ?

— Non.

Le capitaine Segura abaissa un levier et d'une boîte sortit une voix. Elle s'exprimait en anglais.

— Allô ! Allô ! Hasselbacher ?

— Oui. Amis.

— Quels amis ?

— S'il faut vous le dire, Mr Wormold.

— Apprenez-lui que Raoul est mort.

— Mort ? Mais vous aviez promis…

— On n'a pas toujours le contrôle d… d'un accident, d… docteur.

La voix marquait une légère hésitation devant certaines consonnes.

— Vous m'aviez donné votre parole…

— La voiture a fait un tonneau d… de trop.

— Vous m'aviez dit qu'il s'agissait d'un simple avertissement.

— Cela reste un avertissement. Allez lui d… dire que Raoul est mort.

Le ruban enregistreur sifflota quelques secondes encore puis une porte se ferma.

— Vous obstinez-vous à prétendre que vous ne connaissiez pas Raoul ? demanda Segura.

Wormold regarda Béatrice. Elle lui fit un très petit signe de tête négatif.

— Je vous donne ma parole d'honneur, Segura, dit Wormold, que je n'ai appris l'existence de cet homme que ce soir.

Segura déplaça un pion.

— Votre parole d'honneur ?

— Ma parole d'honneur.

— Vous êtes le père de Milly. Je dois donc l'accepter. Mais évitez de fréquenter des femmes nues et l'épouse du professeur. Bonsoir, Mr Wormold.

— Bonsoir.

Ils allaient franchir la porte quand Segura se remit à parler.

— Et notre partie de dames, Mr Wormold. Il ne faut pas l'oublier.

La vieille Hillman attendait dans la rue.

— Je vous dépose auprès de Milly.

— N'allez-vous pas rentrer ?

— Il est trop tard. Je ne pourrai plus dormir.

— Où allez-vous ? Puis-je y aller avec vous ?

— Je voudrais que vous restiez avec Milly en cas d'accident. Avez-vous vu cette photo ?

— Non.

Ils ne parlèrent plus jusqu'à Lamparilla.

— Je regrette que vous ayez donné votre parole d'honneur, dit alors Béatrice. Vous n'auriez pas dû aller jusque-là.

— Non ?

— Oh ! c'est de la conscience professionnelle. Je m'en rends compte. Pardon. J'ai parlé bêtement. Mais vous avez plus que je ne le pensais le sens du métier.

Il ouvrit pour elle la porte de la rue et la suivit des yeux tandis qu'elle circulait parmi les aspirateurs, comme un membre de la famille du défunt dans un cimetière.

Chapitre II

À la porte de l'immeuble du docteur Hasselbacher, il appuya sur la sonnette d'un locataire quelconque dont il voyait les fenêtres éclairées au deuxième étage. Il entendit un bourdonnement, puis la porte s'ouvrit avec un déclic. Il prit l'ascenseur jusqu'à l'appartement du docteur. Hasselbacher n'avait évidemment pas trouvé le sommeil ; lui non plus. On voyait de la lumière filtrer sous sa porte. Était-il seul ou bien en conférence, sur la ligne téléphonique surveillée ?

Wormold commençait à apprendre la prudence, en même temps que les ficelles de son irréel métier. Sur le palier, il y avait une haute fenêtre conduisant à un balcon trop étroit pour servir à quoi que ce soit. De ce balcon, il aperçut une lampe allumée chez le docteur. Une longue enjambée suffisait pour passer d'une corniche à l'autre. Wormold la franchit sans regarder en bas. Les rideaux n'étaient pas complètement tirés : il risqua un coup d'œil par l'étroite ouverture.

En face de lui, le docteur Hasselbacher était assis, vêtu d'un vieil uniforme qui ne pouvait être que l'ancienne tenue des uhlans : casque à pointe, plastron, bottes, gants blancs. Les yeux fermés, il semblait dormir. Il portait une épée et ressemblait à un figurant de cinéma, dans un studio. Wormold frappa à la vitre. Le docteur ouvrit les yeux et le regarda fixement.

— Hasselbacher !

Le docteur fit un petit mouvement qui pouvait être un sursaut de panique. Il essaya d'ôter vivement son casque, mais la jugulaire l'en empêcha.

— C'est moi, Wormold.

Le docteur s'avança sans empressement vers la fenêtre. Sa culotte était beaucoup trop étroite : elle avait été faite pour un homme plus jeune.

— Que faites-vous là, Mr Wormold ?

— Que faites-vous là, Hasselbacher ?

Le docteur ouvrit la fenêtre et fit entrer Wormold. Celui-ci s'aperçut qu'ils étaient dans la chambre à coucher. Une grande armoire était ouverte et deux costumes blancs y pendaient comme les dernières dents d'une bouche de vieillard. Hasselbacher commença à retirer ses gants.

— Sortez-vous d'un bal costumé ?

— Vous ne comprendriez pas, dit le docteur d'une voix mortifiée.

Il se mit à se dépouiller pièce à pièce, de tout son attirail, d'abord les gants, puis le casque, le plastron dans lequel Wormold et le mobilier de la pièce se reflétaient en images déformées comme dans une galerie des miroirs.

— Pourquoi êtes-vous revenu ? Pourquoi n'avez-vous pas sonné à la porte ?

— Je veux savoir qui est Raoul.

— Vous le savez.

— Je n'en ai pas la moindre idée.

Le docteur Hasselbacher s'assit et tira sur ses bottes.

— Êtes-vous un admirateur de Charles Lamb, docteur Hasselbacher ?

— Milly me l'a prêté. Vous ne vous rappelez pas qu'elle m'en avait parlé ?

Il demeurait assis, dans sa culotte bouffante, l'air égaré. Wormold remarqua qu'une couture avait été défaite pour permettre à l'actuel docteur Hasselbacher d'y entrer. Oui, il se rappelait maintenant cette conversation, le soir du *Tropicana*.

— Je suppose, dit Hasselbacher, que cet uniforme vous semble nécessiter une explication.

— D'autres choses en ont plus grand besoin.

— J'ai été officier de uhlans… oh ! voilà quarante-cinq ans.

— Je me rappelle une photographie de vous dans l'autre pièce. Vous n'y êtes pas habillé comme cela. Vous avez un air plus… plus pratique.

— La guerre avait éclaté. Regardez de ce côté, près de la table de toilette, 1913, manœuvres de juin, revue du Kaiser.

Sur la vieille photo jaunie portant dans un coin le cachet denté du photographe, Wormold vit les longs rangs de la cavalerie, sabre au clair, et une petite silhouette impériale aux bras desséchés qui la passait en revue sur son cheval blanc.

— Tout était si paisible à cette époque, dit le docteur Hasselbacher.

— Paisible ?

— Jusqu'à ce que la guerre éclate.

— Je croyais que vous étiez médecin.

— Je vous ai menti sur ce point. Je ne le suis devenu que plus tard. Après la fin de la guerre. Lorsque j'eus tué un homme. On tue un homme… c'est tellement facile. Cela n'exige aucune adresse. On n'a pas de doute sur ce qu'on a fait, la mort se constate avec certitude… mais pour sauver un homme, il faut plus de six années d'études et, finalement, vous ne pouvez jamais être tout à fait sûr que c'est vous qui l'avez sauvé. Les bacilles sont tués par d'autres bacilles. Les gens survivent, voilà tout. Il n'y a pas un seul malade dont je sache à n'en pas douter qu'il me doit la vie, mais l'homme que j'ai tué, je le connais. C'était un Russe et il était fort maigre. La lame que j'ai enfoncée a gratté l'os au passage. Cela m'a fait grincer des dents. Nous étions entourés de marécages de tous côtés et cela s'appelait Tannenberg. Je hais la guerre, Mr Wormold.

— Alors, pourquoi vous déguisez-vous en guerrier ?

— Je n'étais pas vêtu de cette manière quand j'ai tué un homme. Ceci représente la paix. Et je l'aime.

Il toucha de la main le plastron posé sur le lit à côté de lui.

— Mais, là-bas, nous étions couverts de la boue du marécage… N'avez-vous jamais éprouvé le désir de retrouver la paix, Mr Wormold ? Oh ! non, j'oublie, vous êtes jeune. Vous ne l'avez jamais connue. Ce fut la dernière époque de paix pour nous tous. La culotte ne me va plus.

— Qu'est-ce qui vous a poussé à vous habiller comme cela… ce soir, docteur Hasselbacher ?

— La mort d'un homme.

— Raoul ?

— Oui.

— Le connaissiez-vous ?

— Oui.

— Parlez-moi de lui.

— Je ne veux pas parler.

— Cela vaudrait pourtant mieux.

— Nous sommes tous les deux responsables de sa mort, vous et moi. Je ne sais dans quel piège vous vous êtes laissé prendre ou par qui, mais, si j'avais refusé de les aider, ils m'auraient fait déporter. Que pourrais-je faire à présent hors de Cuba ? Je vous ai raconté que j'avais perdu des papiers.

— Quels papiers ?

— Peu importe. N'avons-nous pas tous dans notre passé quelque chose qui nous poursuit ? Je sais maintenant pourquoi ils ont saccagé mon appartement. Parce que j'étais de vos amis. Partez, je vous en prie, Mr Wormold. Dieu sait ce qu'ils exigeraient que je fasse s'ils savaient que vous êtes chez moi !

— Qui sont-ils ?

— Vous le savez mieux que moi, Mr Wormold. Ils ne déclinent pas leurs nom et qualité.

Ils entendirent quelque chose remuer rapidement dans la pièce voisine.

— Ce n'est qu'une souris, Mr Wormold. Je lui laisse un petit morceau de fromage tous les soirs.

— Ainsi Milly vous a prêté les *Contes* de Lamb.

— Je suis content que vous ayez changé votre code. Peut-être maintenant me laisseront-ils tranquille. Je ne peux plus leur servir à rien. On commence par des acrostiches, des mots croisés, des casse-tête mathématiques, et puis, sans qu'on sache comment, on se trouve employé… À notre époque, il faut surveiller jusqu'à ses passe-temps.

— Mais Raoul… Il n'existait même pas. Vous m'avez conseillé de mentir, et j'ai menti. Ces gens sont tous imaginaires, Hasselbacher.

— Et Cifuentes ? Allez-vous prétendre qu'il n'existe pas non plus ?

— Il est différent. J'ai inventé Raoul.

— Alors vous l'avez trop bien inventé. Il y a maintenant tout un dossier sur lui.

— Il n'était pas plus réel qu'un personnage de roman.

— Sont-ils toujours inventés ? Je ne sais pas comment travaille un romancier, Mr Wormold. Vous êtes le premier que j'aie rencontré.

— Il n'y avait pas de pilote ivrogne sur la ligne aérienne Cubana.

— Oh ! oui, vous avez dû inventer ce détail… je ne sais pas pourquoi.

— Si vous avez intercepté mes câbles, vous avez dû vous rendre compte qu'ils ne contenaient rien qui fût vrai. Vous connaissez la ville… un pilote saqué pour intempérance, un ami possédant un avion, ils n'étaient que fiction.

— Je ne connais pas vos raisons d'agir, Mr Wormold. Peut-être désiriez-vous déguiser son identité pour le cas où nous découvririons votre code. Si vos amis avaient su qu'il possédait une fortune personnelle et son avion privé, peut-être ne l'auraient-ils pas payé aussi cher.

Combien d'argent est allé dans sa poche, je me demande, et combien dans la vôtre ?

— Je ne comprends pas un traître mot de ce que vous dites.

— Vous lisez les journaux, Mr Wormold. Vous saviez qu'on lui avait retiré son permis de voler il y a un mois, quand il avait atterri en état d'ivresse sur le terrain de jeux d'une école.

— Je ne lis pas les journaux locaux.

— Jamais ? Naturellement, il a nié avoir travaillé pour vous. Ils lui ont offert beaucoup d'argent pour travailler au contraire à leur compte. Eux aussi, Mr Wormold, veulent des photographies des plates-formes que vous avez découvertes dans les montagnes d'Oriente.

— Il n'y a pas de plates-formes.

— Ne comptez pas trop sur ma crédulité, Mr Wormold. Vous faites allusion dans une de vos dépêches aux plans que vous avez envoyés à Londres. Il leur faut, en outre, les photos.

— Vous savez certainement qui *ils* sont.

— *Cui bono ?*

— Et quelles sont leurs intentions à mon égard ?

— D'abord, ils m'ont affirmé qu'ils n'avaient aucune intention. Vous leur avez été utile. Ils connaissent vos activités depuis le début, Mr Wormold, mais ils ne vous prenaient pas au sérieux. Ils ont même cru que vous fabriquiez vos rapports de toutes pièces. Mais voilà que vous avez changé vos codes et accru votre personnel. Les Services secrets britanniques ne se laisseraient pas duper aussi facilement, n'est-ce pas ?

Une sorte de loyauté envers Hawthorne empêcha Wormold de parler.

— Mr Wormold, Mr Wormold, pourquoi avez-vous jamais commencé ?

— Vous savez pourquoi. J'avais besoin d'argent.

Il sentit qu'il avait recours à la vérité comme à un calmant.

— Je vous aurais prêté de l'argent. Je vous l'ai offert.

— Il m'en fallait beaucoup plus que vous ne pouviez m'en prêter.

— Pour Milly ?

— Oui.

— Prenez grand soin d'elle, Mr Wormold. Vous exercez un métier où l'on ne peut sans danger aimer quelqu'un ou quelque chose. C'est là qu'ils frappent. Vous vous rappelez la culture sur bouillon que je faisais ?

— Oui.

— Peut-être que s'ils n'avaient pas détruit ma raison de vivre, ils ne seraient jamais arrivés à me persuader aussi facilement.

— Croyez-vous vraiment…

— Je vous demande seulement d'être prudent.

— Puis-je me servir de votre téléphone ?

— Oui.

Wormold appela son appartement. Fut-ce seulement son imagination qui lui fit entendre le petit clic qui révèle la mise en marche d'une table d'écoute ? Béatrice répondit.

— Rien à signaler ? demanda-t-il.

— Rien.

— Attendez-moi. Milly va bien ?

— Profondément endormie.

— J'arrive.

— Vous n'auriez pas dû mettre de tendresse dans votre voix, dit le docteur Hasselbacher. Qui sait qui était à l'écoute ?

Il alla jusqu'à la porte d'une démarche rendue difficile par l'exiguïté de sa culotte.

— Bonne nuit, Mr Wormold. Voici le Lamb.

— Je n'en ai plus besoin.

— Milly pourrait le réclamer. Voudriez-vous ne parler à personne de ce… ce costume ? Je sais que je suis absurde, mais cette époque est chère à mon cœur. Un jour, le Kaiser m'a parlé.

— Que vous a-t-il dit ?

— Il m'a dit : « Je me souviens de vous. Vous êtes le capitaine Müller. »

Intermède londonien

Quand le chef avait des invités, on dînait chez lui et c'était lui qui faisait la cuisine, car aucun restaurant n'aurait pu se montrer à la hauteur de ses goûts méticuleux et romantiques. On racontait qu'un jour où il était malade, il avait refusé d'annuler une invitation adressée à un ami de longue date, mais qu'il avait préparé le repas de son lit, par téléphone. Avec une montre posée devant ses yeux, sur sa table de chevet, il interrompait la conversation au moment nécessaire pour donner des indications à son valet : « Allô ! allô ! Brewer, allô ! retirez ce poulet maintenant, et arrosez-le encore une fois de son jus. »

Le bruit courait aussi qu'un jour, retenu au bureau par quelque affaire, il avait essayé de faire un plat à distance, mais que le dîner avait été raté car, poussé par l'habitude, il s'était servi de son téléphone rouge — le brouilleur — et que seuls des bruits étranges qui ressemblaient à du japonais volubile étaient parvenus jusqu'à l'oreille du valet.

Le repas qu'il servit au sous-secrétaire permanent était simple et excellent : une viande rôtie avec une pointe d'ail. Un fromage de Wensleydale attendait sur la desserte et l'atmosphère de l'*Albany* les entourait de silence comme une épaisse couche de neige. Après le mal qu'il s'était donné dans la cuisine, l'hôte lui-même répandait une légère odeur de sauce.

— C'est vraiment excellent. Excellent.

— Une vieille recette du Norfolk. Le rôti à la mode d'Ipswich de grand-mère Brown.

— Et la viande elle-même... elle fond littéralement...

— J'ai dressé Brewer à faire le marché, mais il ne sera jamais cuisinier. Il faut le surveiller sans répit.

Ils mangèrent un moment dans un silence respectueux que seul rompait le toc-toc d'un talon féminin sur les dalles extérieures.

— Bon vin, dit à la fin le sous-secrétaire permanent.

— Oui... le 55 se fait bien. Encore un peu jeune.

— Oh ! à peine.

Au fromage, le chef se remit à parler.

— La note russe... qu'en pense le Foreign Office ?

— Nous sommes un peu intrigués par l'allusion aux bases des Caraïbes. (Craquement de biscuits salés.) Il ne saurait s'agir de l'archipel des Bahamas qui vaut à peu près le prix que les Yankees nous en ont donné... quelques vieux destroyers. Toutefois, nous avons toujours présumé que ces constructions de Cuba avaient une origine communiste. Vous ne pensez pas qu'elles pourraient être, après tout, de provenance américaine ?

— N'en aurions-nous pas été informés ?

— Pas nécessairement, j'en ai peur. Depuis l'affaire Fuchs. Ils soutiennent, eux aussi, que nous gardons pour nous beaucoup de renseignements. Qu'en dit votre agent à La Havane ?

— Je vais lui demander une estimation détaillée. Comment trouvez-vous le Wensleydale ?

— Parfait.

— Servez-vous du porto.

— Cockburn 47, n'est-ce pas ?

— 27. Croyez-vous qu'ils veuillent faire la guerre en fin de compte ? demanda le chef.

— Je n'en sais pas plus long que vous.

— Ils se sont mis brusquement à remuer à Cuba…
avec l'aide de la police, semble-t-il. Notre homme de
La Havane a eu pas mal d'ennuis. Son meilleur agent,
comme vous le savez, a été tué… accidentellement,
bien sûr, alors qu'il s'en allait prendre des photos
aériennes des constructions… très sérieuse perte pour
nous. Mais je donnerais plus que la vie d'un homme
pour avoir ces photographies. En fait, nous avions déjà
versé quinze cents dollars. Ils ont tiré sur un autre de
nos agents dans la rue et il a pris peur. Un troisième
s'est terré. Il y a une femme aussi, ils lui ont fait subir
un interrogatoire, bien qu'elle soit la maîtresse du directeur des Postes et Télégraphes. Jusqu'à présent, ils ont
laissé notre homme tranquille… peut-être pour le surveiller. Mais c'est un fin matois.

— N'a-t-il pas commis quelque imprudence pour
perdre ainsi tous ses agents ?

— Au commencement, nous prévoyons toujours des
pertes. Ils ont découvert le livre de son code. Je ne suis
jamais tranquille avec ce genre de chiffre. Il y a là-bas
un Allemand qui semble être leur meilleur opérateur et
qui est expert en cryptographie. Hawthorne a mis en
garde notre homme, mais vous savez comment sont ces
vieux marchands, d'une loyauté obstinée. Peut-être ces
quelques pertes auront-elles été utiles : elles lui auront
ouvert les yeux. Cigare ?

— Merci. Pourra-t-il se remettre à travailler s'il est
grillé ?

— Il a plus d'un tour dans son sac. Il a répondu en
frappant au sein même du camp ennemi. Recruté un
agent double en plein quartier général de la police.

— Est-ce que les agents doubles ne sont pas toujours
un peu… risqués ? On ne sait jamais qui récolte le gras,
qui a le maigre ?

— Je suis sûr que notre homme soufflera un pion à
tous les coups, répliqua le chef. Je dis soufflera parce
qu'ils sont l'un et l'autre fervents du jeu de dames.

C'est précisément le prétexte qu'ils ont trouvé pour se rencontrer.

— Je ne puis exagérer l'inquiétude que nous causent ces constructions, chef. Si seulement vous aviez pu avoir les photographies avant que votre homme se fasse tuer. Le PM insiste pour que nous informions les Yankees et que nous demandions leur aide.

— Ne le laissez pas faire. On ne peut pas se fier à eux. Aucune garantie de sécurité.

CINQUIÈME PARTIE

Chapitre I

— Je souffle, dit le capitaine Segura.

Ils s'étaient rencontrés au cercle *Havana*. Au cercle *Havana*, qui n'était pas du tout un cercle et appartenait au rival de Bacardi, toute boisson à base de rhum était offerte par la maison, ce qui permettait à Wormold d'augmenter ses réserves d'argent, car il continuait naturellement de faire figurer ses consommations dans ses notes de frais. Il eût été compliqué, sinon impossible, d'expliquer aux gens de Londres qu'il était possible de boire gratis à La Havane. Le bar se trouvait au premier étage d'un immeuble du XVIIᵉ siècle, et les fenêtres s'ouvraient sur la cathédrale où jadis avait reposé le corps de Christophe Colomb. Une grande statue grise de Colomb se dressait sur le parvis et l'on aurait pu croire qu'elle était l'œuvre d'insectes et s'était formée sous l'eau, au cours des siècles, comme un récif de corail.

— Savez-vous, dit le capitaine Segura, qu'à certain moment je croyais vous être antipathique.

— On peut avoir d'autres raisons que la sympathie pour jouer aux dames avec quelqu'un.

— Oui, j'en ai d'autres aussi, répondit le capitaine Segura. Regardez, me voici à dame.

— Et je vous souffle trois pions.

— Croyez-vous que je ne l'avais pas vu ? Mais vous allez comprendre que le coup est à mon avantage. Tenez, je prends votre seule dame. Pourquoi êtes-vous allé à Santiago, Santa Clara et Cienfuegos, voilà deux semaines ?

— J'y vais toujours à cette époque de l'année… pour visiter les détaillants.

— On aurait vraiment dit que c'était en effet le but de votre voyage. Vous êtes descendu au nouvel hôtel de Cienfuegos. Vous avez dîné seul dans un restaurant du bord de mer. Vous êtes allé au cinéma, puis vous êtes rentré. Le lendemain matin…

— Croyez-vous sincèrement que je sois un agent secret ?

— Je commence à en douter. Je pense que nos amis ont dû faire une erreur.

— Qui sont nos amis ?

— Oh ! disons les amis du docteur Hasselbacher.

— Et qui sont-ils ?

— Mon métier est de savoir ce qui se passe à La Havane, dit le capitaine Segura, et non de prendre parti ou de fournir des renseignements.

Il poussait sa dame en avant sur le damier, sans rencontrer d'obstacle.

— Y a-t-il à Cuba quelque chose d'assez important pour intéresser un service secret ?

— Bien sûr, nous ne sommes qu'un petit pays, mais à proximité des côtes américaines. Et nous sommes braqués sur votre propre base de la Jamaïque. Quand un pays est enfermé, comme l'est la Russie, il essaie de faire une trouée en partant de l'intérieur.

— Quelle pourrait être mon utilité, ou celle du docteur Hasselbacher, dans la stratégie mondiale ? Un homme qui vend des aspirateurs. Un médecin à la retraite.

— Il y a dans tous les jeux des pions sans importance, dit le capitaine Segura. Comme celui-ci. Je le prends, et il vous est indifférent de le perdre. Et n'oubliez pas que le docteur Hasselbacher réussit admirablement les mots croisés.

— Quel rapport ont les mots croisés avec cette histoire ?

— Cela fait de lui un bon cryptographe. Un jour, quelqu'un m'a montré un de vos câbles qu'on avait déchiffré… ou plutôt me l'a laissé interpréter. Peut-être croyait-on que j'allais vous expulser de Cuba.

Il éclata de rire.

— Le père de Milly ! S'ils avaient su.

— De quoi s'agissait-il ?

— Vous y prétendiez avoir recruté comme sous-agent l'ingénieur Cifuentes. Naturellement, c'était absurde. Je le connais bien. Peut-être ont-ils tiré sur lui pour donner au câble un air plus convaincant. Peut-être ont-ils fabriqué le message parce qu'ils voulaient se débarrasser de vous. Ou peut-être sont-ils plus crédules que moi.

— Quelle extraordinaire histoire !

Il bougea un pion.

— Comment êtes-vous si certain que Cifuentes n'est pas mon agent ?

— D'après la façon dont vous jouez aux dames, Mr Wormold, et parce que j'ai questionné Cifuentes.

— L'avez-vous torturé ?

Le capitaine se mit à rire.

— Non. Il n'appartient pas à la classe torturable.

— Je ne savais pas qu'il y avait des distinctions de classes en matière de torture.

— Mon cher Wormold, vous vous êtes sûrement aperçu que certaines gens s'attendent à être torturés, tandis que d'autres en trouvent la seule idée révoltante. Les tortures ne sont jamais infligées que par une sorte d'accord mutuel.

— Il y a torture et torture. Les gens qui ont saccagé le laboratoire du docteur Hasselbacher sont des tortionnaires.

— Ce dont les amateurs sont capables est imprévisible. La police n'a joué aucun rôle dans cette histoire. Le docteur Hasselbacher ne fait pas partie de la classe torturable.

— Qui en fait partie ?

— Les pauvres de mon propre pays… et de toute l'Amérique latine. Les pauvres d'Europe centrale et d'Orient. Bien entendu, dans vos « États providence » vous n'avez pas de pauvres… aussi êtes-vous intorturables. À Cuba, la police peut traiter avec autant de brutalité qu'elle le désire les émigrés venus d'Amérique latine ou des pays baltes, mais pas les visiteurs de votre pays ou de Scandinavie. C'est une question d'instinct, de part et d'autre. Les catholiques sont plus torturables que les protestants, de même qu'ils sont de plus grands criminels. Vous voyez que j'ai eu raison d'aller à dame, et je vais vous souffler pour la dernière fois.

— Vous gagnez toujours, n'est-ce pas ? C'est une de vos intéressantes théories.

— Une raison de la haine de l'Occident à l'endroit des grands États communistes, c'est que ces États ne reconnaissent pas les distinctions de classe. Il leur arrive de torturer les gens qu'il ne faut pas. C'est ce que fit Hitler et il offusqua le monde entier. Personne ne se soucie de ce qui se passe dans nos prisons ou dans les prisons de Lisbonne ou de Caracas, mais Hitler était trop en vue. C'était un peu comme si chez vous une pairesse couchait avec un chauffeur.

— Ce genre de chose ne nous choque plus.

— C'est très dangereux pour tout le monde quand les choses qui choquent se mettent à changer.

Chacun but son daiquiri gratuit, glacé au point qu'il fallait le consommer à très petites gorgées, sous peine de ressentir une vive douleur dans les sinus.

— Et comment va Milly ? demanda le capitaine Segura.

— Bien.

— J'aime beaucoup cette petite. Elle a été parfaitement élevée.

— Je suis enchanté que vous le pensiez.

— Voilà une raison de plus pour que je souhaite ne pas vous voir entraîné dans des complications, Mr Wormold. Vous finiriez par y perdre votre permis de séjour, et le départ de votre fille appauvrirait La Havane.

— Je ne suppose pas que vous allez me croire, capitaine, mais Cifuentes n'était pas mon agent.

— Je vous crois, sincèrement. Je pense que quelqu'un a voulu vous utiliser comme paravent, ou comme un de ces canards peints qui incitent les vrais canards sauvages à se poser.

Il vida son verre.

— Ce qui naturellement rentre dans mes calculs. J'aime à voir arriver les canards sauvages, de Russie, d'Amérique, d'Angleterre et même d'Allemagne maintenant, de nouveau. Ils méprisent le pauvre métèque de tireur, mais un de ces jours, lorsqu'ils seront tous bien posés, quel coup de fusil pour moi !

— Ce monde est compliqué. Je trouve beaucoup plus commode de vendre des aspirateurs.

— Les affaires marchent bien, j'espère ?

— Oh ! oui, oui.

— J'ai suivi avec intérêt l'accroissement de votre personnel. Cette charmante secrétaire au siphon, et ce manteau qui refusait de se fermer. Et le jeune homme.

— J'avais besoin de quelqu'un pour vérifier les comptes. Je ne puis me fier à Lopez.

— Ah ! Lopez, un autre de vos agents… à ce qu'on est venu me dire, répondit en riant le capitaine Segura.

— Oui. Il me fournit des informations secrètes sur les services de la police.

— Prenez garde, Mr Wormold. Lopez est parmi les torturables.

Ils rirent de bon cœur en buvant leurs daiquiris. Il est facile de rire en évoquant la torture par un jour de grand soleil.

— Ah ! il faut que je parte, Mr Wormold.

— Je suppose que vos cachots sont pleins de mes espions.

— Nous pouvons toujours faire de la place en procédant à quelques exécutions.

— Un jour, capitaine, je vous battrai aux dames.

— J'en doute, Mr Wormold.

Par la fenêtre, il suivit des yeux le capitaine Segura passant devant la statue en pierre ponce de Christophe

Colomb, pour se rendre à son bureau. Puis il commanda un dernier daiquiri aux frais de la maison. Le cercle *Havana* et le capitaine Segura semblaient avoir remplacé le *Wonder Bar* et le docteur Hasselbacher : c'était comme un changement de vie, et il fallait s'y adapter. Impossible de revenir en arrière. Le docteur Hasselbacher s'était senti humilié devant lui et nulle amitié ne résiste à l'humiliation. Il n'avait pas revu le docteur. Dans ce cercle, il avait du moins, comme au *Wonder Bar*, l'impression d'être un citoyen de La Havane : l'élégant jeune homme qui lui apporta son daiquiri ne fit aucun effort pour lui vendre une des bouteilles de rhum dont l'assortiment s'alignait sur sa table. Un homme à barbe grise lisait comme il le faisait toujours à cette heure-là son quotidien du matin ; comme d'habitude, un facteur avait interrompu sa tournée pour venir boire un coup gratis : tous ces gens appartenaient aussi à la cité. Quatre touristes quittèrent le bar, portant des paniers tressés contenant des bouteilles de rhum ; ils étaient rouges, réjouis, et ils avaient l'illusion que leurs consommations ne leur avaient rien coûté. « Ils sont étrangers, pensa Wormold, et font partie des intorturables. »

Il but son daiquiri trop vite, et lorsqu'il quitta le cercle *Havana* il avait des picotements dans les yeux. Les touristes se penchaient sur la margelle du puits XVIIe siècle : ils y avaient lancé, dans l'espoir de s'assurer un heureux retour, assez de pièces pour payer deux fois ce qu'ils venaient de boire. Une voix de femme appelait Wormold ; il aperçut Béatrice debout entre les colonnes des arcades, au milieu des gourdes, des crécelles et des poupées du magasin de curiosités.

— Qu'est-ce que vous faites là ?

— Je suis toujours mal à l'aise quand vous êtes avec Segura. Cette fois je voulais être sûre…

— Sûre de quoi ?

Il se demanda si, pour finir, elle ne commençait pas à se douter qu'il n'avait pas d'agents : peut-être avait-elle reçu de Londres ou de 59200 à Kingston l'ordre de le surveiller. Ils se dirigèrent vers leur demeure.

— Sûre qu'il ne s'agissait pas d'un piège et que la police ne vous attendait pas à la sortie. Un agent double est délicat à manier.

— Vous vous faites trop de souci.

— Et vous avez trop peu d'expérience. Regardez ce qui est arrivé à Raoul et à Cifuentes.

— Cifuentes a été interrogé par la police, dit Wormold.

Et il ajouta avec soulagement :

— Il est grillé, de sorte qu'il ne peut plus nous servir à rien.

— Alors, n'êtes-vous pas grillé du même coup ?

— Il n'a pas parlé. C'est le capitaine Segura qui choisissait les questions et Segura est avec nous. Peut-être le moment est-il venu de lui donner une gratification. Il essaie de dresser à notre intention une liste complète des agents étrangers de cette ville : américains autant que russes. Des canards sauvages, voilà comment il les appelle.

— Ça serait un grand boum. Et les constructions ?

— Nous allons les laisser dormir quelque temps. Je ne peux pas le forcer à agir contre son propre pays.

En passant devant la cathédrale, il donna sa pièce habituelle au mendiant aveugle assis sur les marches.

— C'est presque une chance d'être aveugle sous ce terrible soleil, dit Béatrice.

— Vous savez qu'il n'est pas vraiment aveugle, dit-il, rien de ce qui se passe ne lui échappe.

— Ce doit être un bon acteur. Je l'ai observé pendant tout le temps que vous étiez avec Segura.

— Et il n'a pas cessé de vous observer. En fait, c'est un de mes meilleurs informateurs. Je m'installe toujours à cet endroit quand je suis avec Segura. Précaution élémentaire. Je ne suis pas aussi négligent que vous le croyez.

— Vous ne l'avez jamais signalé en haut lieu.

— À quoi bon ? Ils auraient bien du mal à enquêter sur le passé d'un mendiant aveugle et je ne m'en sers pas pour les renseignements. Néanmoins, si j'avais été arrêté, vous l'auriez su en moins de dix minutes. Qu'auriez-vous fait ?

— Brûlé tous les documents et transporté dare-dare Milly à l'ambassade.

— Et Rudy ?

— Je lui aurais dit d'avertir Londres par radio que nous nous dispersions et puis de se planquer.

— Comment est-ce qu'on se planque ?

Il n'insista pas pour avoir une réponse. L'histoire s'élaborait toute seule.

— Le mendiant s'appelle Miguel, ajouta-t-il d'une voix lente, et, en réalité, il fait tout cela pour rien. Figurez-vous qu'un jour je lui ai sauvé la vie.

— Comment ?

— Oh ! pas grand-chose. Un accident sur le ferry-boat. Il se trouve que je sais nager et que lui ne savait pas.

— Vous a-t-on donné une médaille ?

Il la regarda vivement, mais il ne put lire sur son visage qu'un innocent intérêt.

— Non. Ce fut sans gloire. En fait, j'ai dû payer une amende parce que je l'ai ramené à la côte dans une zone militaire interdite.

— Quelle histoire romanesque ! Et maintenant, tout naturellement, il donnerait sa vie pour vous.

— Oh ! je n'irais pas jusqu'à le prétendre.

— Dites-moi un peu. Conservez-vous quelque part un petit livre des comptes à deux sous, avec une couverture de moleskine noire ?

— Je ne crois pas. Pourquoi ?

— Où sont inscrits vos premiers achats de plumes d'acier et de gommes ?

— Pourquoi diable des plumes d'acier ?

— Je me le demandais, voilà tout.

— On ne peut pas acheter de carnet de comptes pour ce prix-là. Et des plumes… personne ne se sert de plumes à notre époque.

— N'y pensez plus. Je me rappelais une chose que m'a dite Henry. Simple erreur.

— Qui est Henry ?

— 59200, dit-elle.

Il ressentit une étrange jalousie, car au mépris des règles de sécurité, elle ne l'avait appelé Jim qu'une seule fois.

La maison était vide, comme d'habitude, quand ils rentrèrent. Il s'aperçut que Milly ne lui manquait plus, et il éprouva ce soulagement mélancolique de l'homme qui constate que du moins l'un de ses amours ne le fait plus souffrir.

— Rudy est sorti, dit Béatrice. Il est allé acheter des bonbons, probablement. Il en mange trop. Il doit dépenser une somme considérable d'énergie, car il ne grossit pas, mais je ne vois pas à quoi il la dépense.

— Mettons-nous au travail, voulez-vous ? Il y a un câble à envoyer. Segura a fait de très précieuses révélations sur les infiltrations communistes dans la police. Croiriez-vous que…

— Je suis capable de croire à peu près tout. Regardez ceci. Je viens de découvrir une chose passionnante dans le manuel du code. Saviez-vous qu'il existait un groupe chiffré pour « eunuque » ? Pensez-vous que le mot se présente souvent dans les dépêches ?

— Je suppose qu'ils en ont parfois besoin au bureau de Constantinople.

— Quel dommage que nous ne puissions pas nous en servir ! On essaie ?

— Est-ce que vous vous remarierez un jour ?

— Vos associations d'idées portent parfois de gros sabots ! Pensez-vous que Rudy mène une double vie ? Il ne peut pas dépenser toute cette énergie au bureau.

— Quel entraînement doit-on suivre pour savoir mener une double vie ? Faut-il que vous demandiez l'autorisation de Londres avant de vous y lancer ?

— Oh bien ! il faudrait naturellement faire une enquête et suivre des pistes avant de s'engager très avant. Londres préfère maintenir les problèmes sexuels à l'intérieur du département.

Chapitre II

1

— Je deviens sûrement quelqu'un d'important, dit Wormold. On m'a demandé de faire un discours.

— Où ? demanda Milly, s'arrachant poliment au *Horse Woman's Year Book.*

C'était l'heure crépusculaire où le travail du jour est fini, où le dernier rayon doré s'étale à plat sur les toits, et met une chaude lueur aux cheveux couleur de miel et au whisky dans le verre.

— Au déjeuner annuel de l'Association des commerçants européens. Le président, le docteur Braun, m'a demandé de parler, au titre de doyen des membres de l'association. L'invité d'honneur est le consul général des États-Unis, ajouta-t-il avec orgueil.

Il lui semblait pourtant que bien peu de temps s'était écoulé depuis qu'il avait débarqué à La Havane et qu'au *Floridita* il avait rencontré, accompagnée de ses parents, la jeune fille qui devait devenir la mère de Milly. Et maintenant il était le plus ancien des commerçants de la place. Beaucoup s'étaient retirés des affaires ; quelques-uns étaient partis se battre pendant la dernière guerre : les Anglais, les Allemands, les Français, mais lui avait été réformé à cause de sa jambe infirme. Aucun de ceux-là n'était revenu à Cuba.

— De quoi vas-tu parler ?

— Je ne parlerai pas, répondit-il tristement, je ne saurais pas quoi dire.

— Je parie que tu parlerais mieux que tous les autres commerçants.

— Oh ! non. J'ai beau être le plus ancien, Milly, je suis le plus petit. Les exportateurs de rhum, les marchands de cigares, voilà les hommes qui sont réellement importants.

— Tu es toi.

— Quel dommage que tu n'aies pas choisi un père plus brillant !

— Le capitaine Segura dit que tu joues bien aux dames.

— Mais pas aussi bien que lui.

— Accepte, papa, je t'en prie, dit-elle. Je serai tellement fière de toi.

— Je me rendrais ridicule.

— Jamais de la vie. Fais-le pour moi.

— Pour toi, Milly, je remuerais des mondes. Très bien. J'accepte.

Rudy frappait à la porte. C'était l'heure où il écoutait pour la dernière fois de la journée les nouvelles à la radio… c'était minuit à Londres.

— Il vient d'arriver un câble urgent de Kingston. Faut-il aller chercher Béatrice ?

— Non. Je m'arrangerai tout seul. Elle est au cinéma.

— Les affaires ont l'air de marcher rudement bien, dit Milly.

— Oui, oui.

— Mais tu n'as pas l'air de vendre plus d'aspirateurs qu'avant.

— Ce sont des commandes à longue échéance.

Il alla dans sa chambre déchiffrer le câble. C'était Hawthorne qui lui ordonnait de prendre le plus tôt possible l'avion de Kingston pour aller lui rendre des comptes. « Ils ont fini par tout découvrir », pensa Wormold.

2

Le rendez-vous était à l'hôtel *Myrtle Bank*. Il y avait
de nombreuses années que Wormold n'était pas allé à
la Jamaïque, et il fut épouvanté par la saleté et la chaleur
qui y régnaient. Comment expliquer l'aspect sordide
des possessions britanniques ? Les Espagnols, les Français, les Portugais construisent des villes dans les pays
qu'ils colonisent, mais les Anglais se contentent de laisser pousser les agglomérations. La rue la plus pauvre
de La Havane a une certaine dignité, comparée aux
masures où vivent les habitants de Kingston : huttes
fabriquées avec des vieux bidons d'essence, et dont le
toit est fait de ferraille empruntée au cimetière des voitures abandonnées.

Hawthorne était allongé sur une chaise longue sous
la verrière du *Myrtle Bank* et, muni d'une paille, buvait
un punch planteur. Son costume était aussi impeccable
que lorsque Wormold l'avait rencontré pour la première
fois : la seule marque laissée sur lui par l'extrême chaleur était une petite plaque de poudre qui s'était dessé-
chée sous son oreille gauche.

— Posez-vous là.

(Même l'argot était revenu.)

— Merci.

— Bon voyage ?

— Oui, merci.

— Ça doit vous faire plaisir de vous retrouver chez
vous.

— Chez moi ?

— Je veux dire ici. De quitter un peu les métèques.
De revenir en territoire britannique.

Wormold pensa aux taudis qu'il avait vus en lon-
geant le port, à la misère dégradante d'un vieillard qui

dormait dans un coin d'ombre, à un enfant déguenillé serrant contre son cœur un débris d'épave.

— On n'est pas si mal que ça à La Havane.

— Prenez un punch planteur. Ils sont bons ici.

— Merci.

— Je vous ai demandé de venir, dit Hawthorne, parce qu'il y a quelque chose qui cloche.

— Ah ! oui ?

Il sentit que la vérité allait se découvrir. Pourrait-on l'arrêter, maintenant qu'il se trouvait sur territoire britannique ? Quel serait le chef d'accusation ? Avoir obtenu de l'argent par des moyens frauduleux, peut-être, ou quelque inculpation plus mystérieuse, tombant sous la loi concernant les secrets officiels, donc jugée à huis clos.

— C'est au sujet de ces constructions.

Il aurait voulu expliquer que Béatrice n'était au courant de rien. Sa seule complice était la crédulité des hommes.

— Qu'est-ce qu'elles ont, ces constructions ?

— J'aurais bien voulu que vous nous en procuriez des photographies.

— J'ai essayé. Vous savez ce qui est arrivé.

— Oui. Les dessins étaient un peu… déconcertants.

— Celui qui les a faits n'est pas un dessinateur.

— Ne me faites pas dire ce que je ne dis pas, mon vieux. Vous avez été épatant. Mais j'avoue que pendant un moment j'ai eu… eh bien, j'ai eu des doutes.

— À propos de quoi ?

— Certains m'ont fait un peu penser… tenez, pour être franc, ils m'ont fait un peu penser à des accessoires d'aspirateur.

— Oui, moi aussi.

— C'est probablement parce que je me rappelais les petits fourbis que j'ai vus dans votre magasin.

— Vous avez cru que je faisais avaler des couleuvres aux Services secrets ?

— Naturellement, ça a l'air extravagant quand on en parle comme ça, mais tout de même, en un sens, j'ai été soulagé quand j'ai appris que les autres avaient décidé de vous assassiner.

— De m'assassiner ?

— Parce que c'est la meilleure preuve que les dessins sont authentiques.

— Qui sont ces autres ?

— L'autre camp. Heureusement, cela va sans dire, j'avais gardé pour moi ces soupçons ridicules.

— Comment comptent-ils m'assassiner ?

— Oh ! nous y arrivons : une histoire de poison. Ce que je veux dire, c'est qu'à moins de posséder des photos, on ne peut pas avoir une meilleure confirmation de vos rapports. Nous les avons plutôt étouffés jusqu'à présent. Mais maintenant nous les faisons circuler dans tous les services. Nous les avons envoyés aussi à la Recherche atomique, ils n'ont rien trouvé. Ils ont dit que ça n'avait aucun rapport avec la fission nucléaire. L'ennui, c'est que nous nous sommes laissé obnubiler par les gars de l'atome et que nous avons oublié qu'il y a d'autres formes de stratégie scientifique qui sont tout aussi dangereuses.

— Comment vont-ils m'empoisonner ?

— Chaque chose en son temps, mon vieux. Ne perdons pas de vue le côté économique de la guerre. Cuba n'a pas les moyens de se mettre à fabriquer la bombe H, mais a-t-elle trouvé quelque chose d'aussi efficace, à courte portée, et *bon marché* ? Voilà la chose importante... bon marché.

— Voudriez-vous, s'il vous plaît, me dire de quelle manière ils vont m'assassiner ? Figurez-vous que cela m'intéresse personnellement.

— Mais, bien sûr, je vais vous le dire. Je voulais simplement vous donner une idée de l'arrière-plan, et aussi vous assurer que nous étions contents... que la vérité de vos rapports se révèle confirmée, veux-je dire. Ils méditent de vous empoisonner à je ne sais quel banquet d'affaires.

— L'Association des commerçants européens ?

— Je crois que c'est ce nom-là, en effet.

— Comment le savez-vous ?

— Nous avons poussé une pointe dans leur organisation ici. Vous seriez bien étonné si je vous disais tout ce que nous savons à propos de ce qui se passe sur votre territoire. Je peux vous assurer par exemple que la mort du tiret 4 fut un accident... leur intention était seulement de l'effrayer comme ils ont effrayé tiret 3 par des coups de feu. Vous êtes le premier qu'ils aient vraiment décidé de tuer.

— Très réconfortant.

— D'un côté, vous savez, c'est flatteur. Vous êtes devenu dangereux.

Hawthorne fit entendre un long sifflement en drainant les dernières gouttes de liquide glacé, restées entre les couches d'orange et d'ananas surmontées d'une cerise.

— Sans doute, dit Wormold, vaut-il mieux que je n'y aille pas.

Il se sentait étrangement déçu.

— Ce sera le premier de ces déjeuners que je rate en dix ans. Ils m'avaient même demandé de faire un discours. Mes patrons comptent sur moi pour représenter la maison : pour hisser le pavillon, en somme.

— Mais il faut absolument que vous y alliez.

— Et que je me laisse empoisonner ?

— Vous n'avez qu'à ne pas manger.

— Avez-vous jamais essayé d'assister à un banquet public en évitant de manger ? Il y a aussi la question des boissons.

— Il leur est difficile d'empoisonner une bouteille entière. Vous pourriez faire semblant d'être un alcoolique, qui ne mange pas et se contente de boire.

— Merci. Ça serait certainement très bien vu dans les affaires !

— Les gens ont un faible pour les ivrognes, dit Hawthorne. D'ailleurs, si vous n'y allez pas, ils se douteront de quelque chose. Cela met en danger mon informateur. Notre devoir est de protéger nos informateurs.

— C'est un bon exercice, je suppose.

— Exactement, mon vieux. Un autre point : nous connaissons le complot, mais nous ne savons rien des conspirateurs, si ce n'est leur symbole. En découvrant leur identité, nous pourrions parvenir à les faire arrêter, et disloquer ainsi leur organisation.

— Oui. Il n'y a pas de crime parfait, n'est-ce pas ? Je présume qu'à mon autopsie on découvrira un indice grâce à quoi vous pourrez décider Segura à agir.

— Vous n'avez pas peur, j'espère. Notre boulot est dangereux. Vous n'auriez pas dû le choisir, si vous n'étiez pas prêt à…

— Vous ressemblez à une mère de famille spartiate, Hawthorne. « Reviens vainqueur ou roule sous la table. »

— Tiens, c'est une bonne idée ! Vous pourriez rouler sous la table au bon moment ! Les assassins penseront que vous êtes mort et les autres penseront que vous êtes soûl.

— Il ne s'agit pas d'une rencontre des quatre Grands à Moscou. Les commerçants européens ne roulent pas sous la table.

— Jamais ?

— Jamais. Vous me trouvez exagérément inquiet, n'est-ce pas ?

— Je ne crois pas qu'il y ait lieu de vous tourmenter d'avance. Après tout, on ne vous sert pas, à table, c'est vous qui vous servez.

— Bien entendu. Si ce n'est qu'au *Nacional* le repas commence toujours par un crabe Morro qui est assaisonné d'avance.

— Alors il ne faut pas en manger. Il y a des tas de gens qui ne mangent pas de crabe. Quand ils serviront les autres plats, ne prenez jamais la part qui est le plus près de vous. C'est l'histoire du prestidigitateur qui vous force à choisir une carte. Écartez-la tout simplement.

— Mais, d'habitude, le prestidigitateur vous oblige quand même à prendre cette carte.

— Attendez !... Ne venez-vous pas de dire que le repas était donné au *Nacional* ?

— Si.

— Alors pourquoi ne pas vous servir de tiret 7 ?

— Qui est tiret 7 ?

— Vous ne vous souvenez pas de vos propres agents ? Voyons, c'est le maître d'hôtel en chef du *Nacional*. Il peut veiller à ce que personne ne touche votre assiette. Il est temps qu'il travaille un peu pour gagner son salaire. Je ne me souviens pas que vous ayez jamais envoyé un rapport fourni par lui.

— Est-ce que vous ne pouvez pas me donner une idée de l'homme qui viendra pour moi à ce banquet ? Je veux dire l'homme qui se prépare à... à agir.

(Il ne put pas se résoudre à dire : « à me tuer ».)

— Pas le moindre indice, mon vieux. Méfiez-vous de tout le monde sans exception. Un autre punch ?

3

Il y avait peu de voyageurs dans l'avion pour Cuba : une Espagnole traînait une bande d'enfants, quelques-uns vociférant et les autres ayant mal au cœur dès que l'avion eut quitté le sol ; une Noire portant un coq vivant enveloppé dans son châle ; un Cubain, exportateur de cigares, que Wormold connaissait tout juste assez pour le saluer, et un Anglais en veston de tweed qui fuma sa pipe jusqu'au moment où l'hôtesse de l'air vint lui dire de l'éteindre. Alors, il suça cette pipe vide avec ostentation pendant tout le reste du voyage, en transpirant abondamment dans son tweed. Il avait le visage revêche d'un homme qui a toujours raison.

Quand on servit le déjeuner, il recula de plusieurs rangs de fauteuils pour venir s'asseoir à côté de Wormold.

— Je ne peux pas supporter ces gosses qui braillent, dit-il. Vous permettez ?

Il regarda les papiers posés sur les genoux de Wormold.

— Vous travaillez pour Rapidaspis ?

— Oui.

— Moi, c'est Modern'Aspis. Je m'appelle Carter.

— Oh !

— Ce n'est que la seconde fois que je vais à Cuba. Bon endroit pour la rigolade, il paraît.

— C'est possible, répondit Wormold, si l'on aime la roulette ou les bordels.

Carter tapota sa blague à tabac comme il aurait caressé la tête d'un chien. (« Mon fidèle lévrier me tiendra compagnie. »)

— Je ne voulais pas insinuer… bien que je ne sois pas puritain. Peut-être que ce serait intéressant. À Rome, vivons comme vivent les Romains. Vous en vendez beaucoup, de vos instruments ? ajouta-t-il en changeant de sujet.

— Les affaires ne vont pas mal.

— Nous avons un nouveau modèle qui va faire exploser le marché.

Il mordit largement dans un gâteau couvert de sucre mauve, puis se coupa un morceau de poulet.

— Vraiment ?

— Circule à l'aide d'un moteur comme une tondeuse à gazon électrique. Repos total pour la chère petite femme d'intérieur. Pas de fils ni de tuyaux de tous les côtés.

— Bruyant ?

— Dispositif silencieux. Moins de bruit que votre modèle. Nous l'appelons la Ménagère murmurante.

Après avoir avalé une lampée de soupe à la tortue, il se mit à manger sa salade de fruits en faisant craquer les pépins de raisins entre ses dents.

— Nous sommes sur le point d'ouvrir une succursale à Cuba, ajouta-t-il. Connaissez le docteur Braun ?

— Je l'ai rencontré. À l'Association des commerçants européens. C'est notre président. Il importe de Genève des instruments de précision.

— Lui-même. Il nous a donné des conseils très utiles. En fait, je vais assister à votre petit gala annuel, invité par lui. Est-ce que le déjeuner est bon ?

— Vous savez comment sont, d'habitude, les déjeuners dans un hôtel.

— Meilleurs que celui-ci, quoi qu'il arrive, dit-il, en crachant une peau de raisin.

Il se mit ensuite à manger les asperges mayonnaise, qu'il n'avait pas encore vues. Puis, fouillant dans sa poche :

— Voici ma carte, dit-il, je descends au *Séville-Biltmore*. J'y resterai une semaine.

Wormold lut : « William Carter B. Tech. (Nottwich) », et dans le coin : « Modern'Aspis Ltd. »

— Je n'ai pas de carte sur moi. Mon nom est Wormold.

— Connaissez un type qui s'appelle Davis ?

— Je ne crois pas.

— On partageait une turne au collège. Il est entré chez Gripfix et il est venu dans ce pays-ci. C'est cocasse. Des gens de Nottwich, on en trouve partout. Vous n'y étiez pas par hasard, non ?

— Non.

— Reading ?

— Je ne suis pas passé par l'université.

— On ne s'en douterait pas, dit Carter par bonté. J'aurais dû aller à Oxford, vous savez. Mais ils sont très en retard en technologie. Épatant pour les maîtres d'école, probablement.

Comme un bébé qui tire sur sa tétine, il se remit à sucer sa pipe vide en faisant passer un sifflement entre ses dents. Puis il se remit brusquement à parler. On eût dit qu'un reste de tanin lui avait piqué la langue de son goût amer.

— Surannés, dit-il, des vestiges qui vivent sur leur passé. Moi, je les supprimerais.

— Vous supprimeriez quoi ?

— Oxford et Cambridge.

Il s'empara de la seule nourriture demeurée sur le plateau, un petit pain, qu'il émietta, à la façon dont le lierre et les années effritent les pierres.

À la douane, Wormold le perdit. Il avait des difficultés pour passer son modèle échantillon de Modern'Aspis, et Wormold ne voyait pas pourquoi le représentant de Rapidaspis viendrait à son aide. Béatrice l'attendait avec la Hillman. Il y avait bien des années qu'une femme n'était venue à sa rencontre.

— Tout va bien ? demanda-t-elle.

— Oui. Oh ! oui. Ils ont l'air contents de moi.

Il regardait les mains de la jeune femme posées sur le volant ; elle ne portait pas de gants par cet après-midi brûlant. C'était de belles mains capables.

— Vous ne portez pas votre alliance, dit-il.

— Je croyais que personne ne s'en apercevrait. Milly l'a vu aussi. On a le sens de l'observation dans la famille.

— Vous ne l'avez pas perdue ?

— Non. Je l'ai ôtée hier pour me laver et j'ai oublié de la remettre. À quoi bon, n'est-ce pas, porter une bague qu'on oublie de mettre ?

C'est alors qu'il lui parla du déjeuner.

— Vous n'irez pas ?

— Hawthorne désire que j'y sois. Pour protéger son informateur.

— Au diable son informateur !

— Il y a une raison meilleure. Quelque chose que m'a dit le docteur Hasselbacher. Il leur plaît de frapper ce qu'on aime. Si je n'y vais pas, ils inventeront autre chose. Ce sera pire. Et nous ne le saurons pas d'avance. La prochaine fois, ce ne sera pas forcément moi. Je ne crois pas tenir assez à la vie pour leur donner satisfaction. Ce sera peut-être Milly. Ou vous.

Il ne se rendit compte de la portée de ses paroles que lorsque Béatrice l'eut déposé à la porte de chez lui et qu'elle fut repartie.

Chapitre III

1

— Tu n'as pris qu'une tasse de café, dit Milly. C'est tout. Pas même une tranche de pain grillé.

— Je n'en ai pas envie.

— Et puis tu vas aller t'empiffrer au déjeuner des Commerçants, et tu sais très bien que le crabe Morro te fait mal à l'estomac.

— Je te promets d'être extrêmement prudent.

— Tu ferais beaucoup mieux de manger convenablement au petit déjeuner. Tu devrais même y ajouter une bouillie de céréales pour éponger tout l'alcool que tu vas ingurgiter.

C'était un des jours où elle obéissait à la duègne.

— Je regrette, Milly, mais je ne peux vraiment pas. Je suis préoccupé. Ne me tourmente pas, veux-tu ? Pas aujourd'hui.

— As-tu préparé ton discours ?

— J'ai fait de mon mieux. Mais je ne suis pas un orateur, Milly. Je ne sais pas pourquoi ils m'ont demandé de parler.

Pourtant, avec une sensation de malaise, il se disait qu'il le savait peut-être. Quelqu'un d'influent avait dû intervenir auprès du docteur Braun, quelqu'un qu'il fallait identifier à n'importe quel prix. « Ce prix, c'est moi », pensa Wormold.

— Je suis sûre que tu vas faire sensation.

— Je vais m'efforcer de ne pas faire la moindre sensation à ce déjeuner.

Milly partit pour l'école, laissant son père assis à la table du déjeuner. La boîte en carton contenant les flocons d'avoine préconisés par Milly portait imprimée la dernière aventure du petit nain Doudou. Au cours d'un épisode assez bref, le petit nain Doudou rencontrait un rat de la taille d'un chien saint-bernard qui fuyait terrorisé quand Doudou faisait semblant d'être un chat et criait : miaou ! C'était une histoire très simple. Il était difficile d'y faire l'apprentissage de la vie. La fabrique de flocons d'avoine promettait également une carabine à air comprimé en échange de douze couvercles de boîtes. Comme le paquet était vide, Wormold se mit à découper le carton en passant avec soin son couteau le long du pointillé. Il dégageait le dernier angle lorsque Béatrice entra.

— Que faites-vous ? demanda-t-elle.

— J'ai pensé qu'une carabine à air comprimé pourrait être utile au bureau. Il ne nous manque plus que onze couvercles.

— Je n'ai pas pu dormir cette nuit.

— Trop de café ?

— Non. Les paroles du docteur Hasselbacher que vous m'avez répétées. Au sujet de Milly. Je vous en prie, n'allez pas à ce déjeuner.

— C'est le moins que je puisse faire.

— Vous en faites bien assez. Ils sont contents de vous à Londres. Je le vois au ton de leurs câbles. Quoi que puisse dire Henry, Londres n'aimerait pas vous voir courir un risque idiot.

— Il a dit une chose absolument vraie : si je n'y vais pas, ils m'atteindront d'une autre manière.

— Ne vous inquiétez pas pour Milly. Mon œil de lynx ne la quittera pas, je veille sur elle.

— Et qui veillera sur vous ?

— J'appartiens à la corporation. C'est moi qui ai choisi d'en être. Vous n'avez aucune responsabilité en ce qui me concerne.

— Vous êtes-vous déjà trouvée dans un pétrin pareil ?

— Non, mais je n'ai jamais travaillé pour quelqu'un de pareil à vous. On dirait que vous les excitez à bouger. Vous savez, ce métier consiste en général à rester assis devant un bureau, à manier des fiches, des dépêches assommantes… nous ne pratiquons guère l'assassinat. Et je ne veux pas que vous vous fassiez assassiner. Comprenez-moi : vous existez réellement. Vous n'êtes pas sorti du *Boy's Own Paper*. Pour l'amour de Dieu, laissez ce carton tranquille et écoutez-moi !

— Je relisais *Le Petit Nain Doudou*.

— Alors ne le quittez pas de la journée. Je vais aller vous acheter tous les paquets précédents pour que vous retrouviez le fil de l'histoire.

— Tout ce que m'a dit Hawthorne était le bon sens même. Il faut simplement que je fasse attention à ce que je mange. Il est très important de découvrir qui ils sont. Alors, j'aurai travaillé pour mon argent.

— Vous l'avez déjà amplement gagné. Il n'y a aucune raison pour que vous alliez à ce maudit banquet.

— Si, il y en a une : l'orgueil.

— Qui cherchez-vous à épater ?

— Vous.

2

Il traversa l'hôtel *Nacional* entre les vitrines d'exposition pleines de chaussures italiennes, de cendriers danois, de verreries suédoises et de mauves lainages britanniques. La salle à manger privée où se rencontraient toujours les commerçants européens se trouvait juste derrière la banquette sur laquelle, ostensiblement, le docteur Hassel bacher attendait. Wormold s'approcha de lui en ralentissant le pas. C'était la première fois qu'il voyait le docteur depuis la nuit où il s'était assis sur son lit dans son uniforme de uhlan pour évoquer le passé. Des membres de l'association, qui se rendaient à la salle à manger, s'arrêtaient au passage et disaient quelques mots au docteur Hasselbacher, mais il ne semblait pas les entendre.

Wormold atteignit la banquette et s'assit.

— N'entrez pas dans cette salle, dit le docteur Hasselbacher.

Il avait parlé sans baisser la voix et ses paroles, dont les vibrations circulèrent parmi les vitrines d'exposition, attirèrent l'attention.

— Comment allez-vous, Hasselbacher ?

— N'y allez pas, vous dis-je.

— Je vous ai entendu la première fois.

— Ils vont vous tuer, Mr Wormold.

— Comment le savez-vous ?

— Ils ont l'intention de vous empoisonner à cette table.

Plusieurs convives s'arrêtèrent, les regardèrent fixement et sourirent. L'un d'eux, un Américain, demanda : « Est-ce que la nourriture est mauvaise à ce point-là ? » ce qui fit rire tout le groupe.

— Ne restez pas ici, Hasselbacher, dit Wormold. Vous êtes trop en vue.

— Allez-vous au banquet ?

— Mais bien sûr. Je prononce un discours.

— Songez à Milly. Il ne faut pas l'oublier.

— Ne vous tourmentez pas pour Milly. Je sortirai sur mes deux pieds, Hasselbacher. Rentrez chez vous, croyez-moi.

— Très bien. Mais il fallait que je fasse cette tentative. J'attendrai au téléphone.

— Je vous appellerai en sortant d'ici.

— Au revoir, Jim.

— Au revoir, docteur.

L'emploi de son prénom prit Wormold au dépourvu. Il se rappela ce qu'il avait toujours pensé en plaisantant : que le docteur Hasselbacher n'emploierait ce prénom qu'à son chevet, lorsqu'il aurait perdu tout espoir de le sauver. Il eut soudain très peur, et se sentit seul, loin de son foyer.

— Wormold, fit une voix.

En se retournant, Wormold vit que c'était Carter des Modern'Aspis, mais c'était aussi pour lui, à cette minute-là, les Midlands anglais, le snobisme anglais, la vulgarité anglaise avec ce sentiment de parenté et de sécurité qu'impliquait pour lui le mot Angleterre.

— Carter ! s'écria-t-il, comme si Carter fût, entre tous les hommes de La Havane, celui qu'il désirait le plus rencontrer, et c'était vrai en cet instant précis.

— Bigrement content de vous voir, répliqua Carter. Je ne connais personne à ce déjeuner. Pas même mon… pas même le docteur Braun.

Sa pipe et sa blague à tabac gonflaient sa poche : il les tapota comme pour se rassurer, comme s'il avait, lui aussi, le sentiment d'être loin de chez lui.

— Carter, je vous présente le docteur Hasselbacher, un vieil ami à moi.

— Bonjour, docteur.

Se tournant vers Wormold, il ajouta :

— Je vous ai cherché dans la ville entière hier soir. Je ne suis pas arrivé à trouver les bons endroits, figurez-vous.

Ils entrèrent ensemble dans la salle à manger privée. C'était tout à fait absurde, cette confiance qu'il mettait dans son compatriote, mais du côté où marchait Carter il se sentait protégé.

3

Deux grands drapeaux des États-Unis décoraient la salle à manger en l'honneur du consul général, et comme dans le restaurant d'un aérodrome, de petits drapeaux de papier marquaient la place de chaque convive suivant sa nationalité. Il y avait au bout de la table un drapeau suisse pour le docteur Braun qui présidait ; il y avait même les couleurs de Monaco pour le consul monégasque qui était l'un des plus grands exportateurs de cigares de La Havane. Il devait s'asseoir à la droite du consul général en hommage à l'alliance princière. Lorsque Carter et Wormold entrèrent, les cocktails circulaient et un garçon s'approcha aussitôt d'eux. Était-ce affaire d'imagination, ou le garçon tourna-t-il le plateau de manière que le dernier daiquiri se trouvât tout près de la main de Wormold ?

— Non, merci.

Carter avança la main, mais le garçon était déjà reparti vers la porte de service.

— Peut-être préférez-vous un dry martini, monsieur ? dit une voix.

Wormold se retourna : c'était le maître d'hôtel.

— Non, non, je n'aime pas cela.

— Scotch, monsieur ? Sherry ? Old-fashioned ? Vous pouvez commander ce qui vous plaira.

— Je ne bois pas.

Le maître d'hôtel l'abandonna pour un autre convive. Cet homme était probablement tiret 7 ; il serait étrange que, par une coïncidence ironique, il fût en même temps l'aspirant assassin. Wormold chercha des yeux Carter, mais celui-ci était à la poursuite de son hôte.

— Vous devriez boire tout votre soûl, dit à côté de lui quelqu'un qui parlait avec un fort accent écossais. Je me présente : Mac Dougall. J'ai vu que nous étions voisins.

— Je ne crois pas vous avoir jamais rencontré.

— Je succède à McIntyre. Vous connaissiez sûrement McIntyre ?

— Oh ! oui, oui.

Le docteur Braun, qui s'était débarrassé de l'insignifiant Carter au profit d'un de ses compatriotes spécialistes en montres, faisait le tour de la pièce en compagnie du consul général à qui il présentait les membres les plus importants de l'association. Les Allemands formaient un groupe à part, adossés avec un certain à-propos au mur de l'ouest ; ils arboraient sur leurs visages, au lieu des cicatrices de duels anciens, la supériorité du Deutsche Mark ; car ce qui, de leur honneur national, a survécu à Belsen est désormais le taux de leur change. Wormold se demanda si c'était l'un de ces hommes qui avait révélé au docteur Hasselbacher le secret du déjeuner. Trahison ? Pas nécessairement. Peut-être le docteur avait-il, sous la menace du chantage, fourni lui-même le poison. Dans ce cas, il aurait choisi, au nom d'une amitié de longue date, un produit indolore, s'il existe un poison qui tue sans douleur.

— Je vous disais, continua énergiquement la voix de Mr Mac Dougall qui avait la ténacité implacable d'une danse écossaise, que vous devriez boire maintenant. On ne vous offrira plus rien.

— Il y aura du vin, non ?

— Regardez la table.

De petites bouteilles individuelles de lait étaient posées près de chaque couvert.

— N'avez-vous pas lu votre invitation ? Un déjeuner américain par assiettes bleues[1], en l'honneur de nos grands alliés américains.

— Assiette bleue ?

— Ne me dites pas que vous ne savez pas ce qu'est une « assiette bleue », mon p'tit gars ! On vous colle brusquement sous le nez le repas entier sur votre assiette : dinde rôtie, sauce aux myrtilles, saucisses, carottes, et pommes frites à la française. Je ne peux pas souffrir les pommes frites, mais pas moyen de choisir dans une « assiette bleue ».

— Pas moyen de choisir ?

---

1. Insigne des buveurs d'eau aux États-Unis : un ruban bleu. (*N.d.T.*)

— Non. Vous mangez ce qu'on vous donne. C'est ça la démocratie, mon gars.

Le docteur Braun les invita à se mettre à table. Wormold espérait que les gens du même pays seraient groupés et que Carter serait placé à côté de lui. Mais ce fut un Scandinave inconnu qui vint s'installer à sa gauche en regardant de travers sa bouteille de lait. « Quelqu'un a soigneusement arrangé tout cela, pensa Wormold. Rien n'est sûr, pas même le lait. » Déjà les garçons tournaient vivement autour des convives, apportant le crabe Morro. Alors Wormold constata, à son grand soulagement, que Carter lui faisait face, de l'autre côté de l'étroite table. Il y avait quelque chose de si rassurant dans sa vulgarité. On pouvait faire appel à lui comme on s'adresse à un policeman anglais, parce qu'on lit facilement dans sa pensée.

— Non, dit-il au garçon, je ne veux pas de crabe.

— Vous avez bien raison de ne pas manger de ce truc-là, dit Mr Mac Dougall. Je le refuse aussi. Mais si vous buviez un peu de votre eau glacée et que vous teniez votre verre sous la table, j'ai dans ma poche un flacon qui contient assez pour nous deux.

Sans réfléchir, Wormold tendit la main vers son verre, puis un doute lui vint. Qui était Mac Dougall ? Il ne l'avait jamais vu, et c'était la première fois qu'il entendait dire que McIntyre fût parti. Peut-être l'eau du verre ou même le whisky du flacon étaient-ils empoisonnés, cela se pourrait bien.

— Pourquoi McIntyre est-il parti ? demanda-t-il, enveloppant le verre de sa main.

— Oh ! une de ces histoires comme il en arrive, répondit Mr Mac Dougall, vous savez comment ça se passe. Jetez une partie de votre eau. Il ne faut pas noyer le scotch. Celui-ci est le meilleur malt des Highlands.

— Il est encore trop tôt pour moi. Merci tout de même.

— Si vous vous méfiez de l'eau, dit Mr Mac Dougall, avec ambiguïté, vous avez rudement raison. Moi, je le bois sec. Si ça ne vous ennuie pas de partager le gobelet du flacon...

— Non, vraiment. Je ne bois jamais à cette heure-ci.

— Ce ne sont pas les Écossais, ce sont les Anglais qui ont fixé les heures où l'on peut boire. Bientôt, ils nous fixeront une heure pour mourir.

— Moi, j'en veux bien, dit Carter de l'autre côté de la table. Je me présente : Carter.

Et Wormold vit avec soulagement que Mr Mac Dougall lui versait du whisky. C'était un soupçon de moins, car personne, c'est sûr, n'aurait souhaité empoisonner Carter. Et tout de même, pensa-t-il, il y avait quelque chose de louche dans le personnage de Mr Mac Dougall, exagérément écossais à la façon fallacieuse du barde Ossian.

— Svenson, dit sèchement le lugubre Scandinave, derrière son petit drapeau suédois.

Du moins Wormold croyait-il qu'il était suédois, il ne pouvait jamais distinguer avec certitude les couleurs scandinaves les unes des autres.

— Wormold, dit-il.

— Que signifie cette plaisanterie de nous servir du lait ?

— Je crois, dit Wormold, que le docteur Braun prend les choses un peu trop au pied de la lettre.

— Ou à la blague, dit Carter.

— Je ne crois pas que le docteur Braun ait un sens très aigu de l'humour.

— Et qu'est-ce que vous faites, Mr Wormold ? demanda le Suédois. Je ne crois pas que nous nous soyons rencontrés, bien que je vous connaisse de vue.

— Aspirateurs électriques. Et vous ?

— Verrerie. Comme vous le savez, le verre suédois est le meilleur du monde. Ce pain est très bon. Vous ne mangez pas de pain ?

On eût dit qu'il avait préparé d'avance la conversation à l'aide d'un manuel de locutions courantes.

— J'y ai renoncé : cela fait grossir.

— À mon avis, un peu de graisse supplémentaire ne vous ferait pas de mal.

Mr Svenson fit entendre un petit rire triste, comme les échos d'une fête au milieu de la longue nuit polaire.

— Excusez-moi, je parle de vous comme d'une oie.

Vers le haut de la table, là où présidait le consul général, on commençait à servir les assiettes garnies. Mr Mac Dougall s'était trompé : au lieu de dinde, le plat principal était du poulet, mais il avait bien deviné en ce qui concernait les carottes, les frites et les saucisses. Le docteur Braun était un peu en retard, il pignochait encore dans son crabe Morro. L'intensité de la conversation et la fixité des verres convexes du consul général avaient dû lui faire perdre du temps. Deux garçons circulaient autour de la table, l'un escamotant les restes de crabe, l'autre les remplaçant par une « assiette bleue ». Seul le consul général avait pensé à ouvrir sa bouteille de lait. Le nom « Dulles » flotta mélancoliquement jusqu'à l'endroit où Wormold était assis. Le garçon s'approcha, portant deux assiettes : il en mit une devant le Scandinave, la seconde était celle de Wormold. La pensée que cette menace suspendue sur sa vie pourrait n'être qu'une farce idiote traversa l'esprit de Wormold. Peut-être Hawthorne était-il un humoriste, et le docteur Hasselbacher... Il se rappela Milly lui demandant s'il arrivait au docteur de le faire marcher. Il paraît parfois plus facile de courir le risque de mourir que celui d'être ridicule. Il aurait aimé se confier à Carter et entendre sa réponse pleine de bon sens. Mais en regardant son assiette, il remarqua un détail bizarre : il n'y avait pas de carottes.

— Vous préférez le plat sans carottes, dit-il vivement en faisant passer l'assiette à Mr Mac Dougall.

— Ce sont les frites que je n'aime pas, dit vivement Mr Mac Dougall, qui fit passer l'assiette au consul du Luxembourg.

Distrait et courtois, le consul du Luxembourg, plongé dans une grande conversation avec un Allemand assis de l'autre côté de la table, tendit l'assiette à son voisin. Une politesse contagieuse s'empara de tous ceux qui n'étaient pas encore servis et l'assiette circula, en une progression rapide, jusqu'au docteur Braun qu'on venait à peine de débarrasser des vestiges de son crabe Morro. Le maître d'hôtel, voyant ce qui s'était passé, se mit à poursuivre l'assiette jusqu'au bout de la table, mais elle était toujours en avance sur lui d'un convive. Le garçon qui revenait avec d'autres portions fut intercepté par Wormold qui en prit une, à la confusion visible du serveur. Wormold se mit à manger de bon appétit.

— Les carottes sont excellentes, dit-il.

Le maître d'hôtel piétinait derrière le docteur Braun.

— Excusez-moi, monsieur, dit-il, on ne vous a pas mis de carottes.

— Je n'aime pas les carottes, dit le docteur Braun, en coupant un morceau de poulet.

— Je suis désolé, poursuivit le maître d'hôtel en s'emparant d'autorité de l'assiette du docteur Braun, on a fait une erreur à la cuisine.

L'assiette en main, comme un bedeau qui vient de faire la quête, il remonta toute la longueur de la salle vers la porte de service. Mr Mac Dougall avala une gorgée de son propre whisky.

— Je crois que maintenant je peux me risquer, dit Wormold. J'ai quelque chose à fêter.

— Bravo ! À l'eau ou sec ?

— Puis-je prendre votre verre d'eau ? Une mouche est tombée dans le mien.

— Bien sûr.

Wormold but les deux tiers de l'eau, puis tendit son verre pour recevoir le whisky de la gourde de Mr Mac Dougall. Celui-ci lui en versa une généreuse double portion.

— Ne manquez pas d'y revenir, dit-il, vous avez du retard sur nous deux.

Wormold était de retour dans le domaine de la confiance. Il se sentait une espèce de tendresse pour son voisin qu'il avait soupçonné.

— Il faut que nous nous revoyions, dit-il.

— Une manifestation comme celle-ci serait inutile si elle ne permettait pas aux gens de se rencontrer.

— Sans ce déjeuner, je n'aurais connu ni Carter ni vous.

Ils burent un nouveau whisky tous les trois.

— Il faut que je vous fasse connaître ma fille, à tous les deux, ajouta-t-il, le cœur réchauffé par l'alcool.

— Comment vont les affaires pour vous ?

— Pas si mal. Nous développons nos bureaux.

Le docteur Braun frappa des petits coups sur la table pour réclamer le silence.

— Il faudra tout de même qu'ils nous servent quelque chose à boire au moment des toasts, dit Carter de sa bonne grosse voix aussi réconfortante que le whisky.

— Mon p'tit gars, dit Mr Mac Dougall, il y aura des discours, mais pas de toasts. Il faudra que nous écoutions les raseurs sans le moindre appui alcoolique.

— Je suis un des raseurs, dit Wormold.

— Vous parlez ?

— En qualité de doyen des membres.

— Je suis content que vous ayez survécu, dit Mr Mac Dougall.

Invité par le docteur Braun, le consul général américain se mit à parler. Il évoqua les liens spirituels qui unissent les démocraties ; il paraissait compter Cuba parmi les démocraties. Le commerce est important, car sans le commerce il n'existerait pas de liens spirituels… ou peut-être était-ce le contraire. Il parla de l'aide américaine aux pays sinistrés, aide qui leur permettait d'acheter des marchandises en plus grande quantité et de renforcer par ce moyen les liens spirituels… Dans les profondeurs de l'édifice, un chien hurlait et le maître d'hôtel ordonna d'un signe qu'on fermât la porte.

Ç'avait été un grand plaisir pour le consul général d'Amérique d'être invité à ce déjeuner, et d'y rencontrer les représentants les plus éminents du commerce européen et de renforcer ainsi plus encore les liens spirituels… Wormold but deux nouveaux whiskies.

— Et maintenant, dit le docteur Braun, je vais faire appel au doyen des membres de notre association… Je ne fais naturellement pas allusion au nombre de ses années, mais au temps pendant lequel il a servi la cause du commerce européen dans cette belle cité où, monsieur le ministre (il s'inclina vers son autre voisin, un homme au poil noir qui louchait), nous avons le privilège d'être vos invités. Vous savez tous que je parle de Mr Wormold.

Il jeta un rapide coup d'œil à ses notes.

— Mr James Wormold, l'agent de la firme Rapidaspis à La Havane.

— Nous avons terminé le whisky, dit Mr Mac Dougall. Imaginez cela ! Juste au moment où vous avez le plus besoin de vous donner du courage.

— J'étais venu armé, moi aussi, dit Carter, mais j'ai presque tout bu dans l'avion. Il n'en reste qu'un verre au fond de la gourde.

— C'est évidemment notre ami qui doit le prendre, dit Mr Mac Dougall. Il en a plus besoin que nous.

— Nous pouvons, dit le docteur Braun, choisir Mr Wormold comme symbole de tout ce qu'implique ce service : modestie, modération, persévérance et capacité professionnelle. Nos adversaires dépeignent souvent l'agent commercial sous les traits d'un hâbleur au verbe haut, résolu à placer, coûte que coûte, une marchandise sans valeur, inutile et même nuisible. Le portrait n'est pas exact…

— Vous êtes bien gentil, Carter ; il est certain que je boirais volontiers un coup.

— Pas habitué à parler en public ?

— Ce n'est pas seulement cela.

Il se pencha au-dessus de la table vers ce visage parfaitement ordinaire où il était sûr de trouver l'incrédulité, à la banalité rassurante, l'humour facile basé sur l'inexpérience : il était en sécurité avec Carter.

— Je sais que vous ne croirez pas un mot de ce que je vais vous dire… commença-t-il.

Mais il ne désirait pas que Carter le crût. Il voulait que Carter lui enseignât à ne pas croire. Quelque chose s'appuya avec insistance contre sa jambe. Baissant les yeux, il aperçut, entre des oreilles frisées retombantes, le museau d'un teckel le suppliant de lui donner quelque reste. Le chien avait dû se glisser par la porte de service, en trompant la surveillance des garçons, et il se voyait contraint de mener une vie clandestine, à demi caché sous la nappe.

Carter fit passer à Wormold une petite flasque.

— Il n'y en a pas assez pour deux, dit-il, buvez tout.

— Très chic de votre part, Carter.

Il dévissa le bouchon et versa tout le contenu dans son verre.

— Ce n'est que du Johnnie Walker. Rien d'extraordinaire.

— Si quelqu'un peut, en notre nom à tous, disait le docteur Braun, décrire les longues années de patient service qu'un commerçant consacre au public, je suis sûr que c'est Mr Wormold, à qui je demande maintenant…

Carter cligna de l'œil en levant un verre imaginaire.

— D… d… dépêchez-vous, dit-il. Il faut vous d… d… dépêcher.

Wormold reposa son verre plein de whisky.

— Je vous engage à boire vite.

— Oh ! mais non. Ce n'est pas cela que vous avez dit.

Comment jusque-là n'avait-il pas remarqué ce bégaiement ? Carter en avait-il conscience et évitait-il les mots commençant par *d*, sauf lorsqu'il était agité par la peur ou le d... d... désir ?

— Que se passe-t-il, Wormold ?

Wormold allongea le bras pour caresser la tête du chien et, comme par accident, renversa le verre qui tomba sur la table.

— Vous avez fait semblant de ne pas connaître le docteur.

— Qui cela ?

— Vous l'appelleriez le d... d... docteur Hasselbacher ?

— Mr Wormold, cria le docteur Braun de sa place.

Wormold se leva, sur des jambes mal assurées. Le chien, à défaut d'une meilleure provende, léchait le whisky répandu sur le plancher.

— Je suis sensible à l'honneur que vous me faites, quels que soient les mobiles auxquels vous obéissez.

Un petit rire poli le prit par surprise, car il n'avait pas eu l'intention d'être drôle.

— C'est la première fois que je parle en public et j'ai bien cru, pendant un moment, que ce serait la dernière fois, poursuivit-il.

Il rencontra l'œil de Carter. Carter fronçait les sourcils. Wormold se sentit coupable d'être encore vivant, comme on rougit d'un solécisme, ou de s'être montré ivre en public... peut-être était-il ivre.

— Je ne sais pas, dit-il, si j'ai des amis autour de cette table. Mais j'y ai certainement des ennemis.

Quelqu'un dit : « Allons donc ! » et plusieurs convives pouffèrent de rire. Si cela continuait, il allait acquérir la réputation d'être un orateur plein d'esprit.

— Nous entendons beaucoup parler de la guerre froide en ce moment, poursuivit-il, mais n'importe quel commerçant vous dira que la guerre entre deux fabricants qui sortent le même article peut être une guerre brûlante. Prenez par exemple Rapidaspis et Modern'Aspis, il n'y a pas grande différence entre les deux appareils, pas plus qu'il n'y en a entre deux êtres humains : un Russe ou un Allemand et un Anglais. Il n'y aurait ni concurrence ni guerre, n'était l'ambition de quelques hommes dans l'une et l'autre affaires : ces quelques hommes ordonnent la concurrence, inventent des besoins et sont cause que Mr Carter et moi nous nous empoignons à la gorge.

Personne ne riait plus. Le docteur Braun chuchota quelque chose à l'oreille du consul général. Wormold brandit la flasque de whisky de Carter et dit :

— Je ne suppose même pas que Mr Carter connaisse par son nom l'homme qui l'a envoyé ici pour m'empoisonner dans l'intérêt de sa firme.

De nouveaux rires éclatèrent, avec une note de soulagement cette fois.

— Nous ne refuserions pas un peu de poison par ici, dit Mr Mac Dougall.

Et tout à coup, le chien se mit à geindre. Il sortit de sa retraite et se dirigea vers la cuisine.

— Max ! cria le maître d'hôtel. Max !

Un silence se fit, suivi de quelques rires gênés. Le chien tenait à peine sur ses pattes. Il poussa un hurlement et tenta de se mordre la poitrine. Le maître d'hôtel le rattrapa près de la porte et le prit dans ses bras, mais l'animal s'en échappa en criant de douleur.

— Il a bu un coup de trop, dit Mr Mac Dougall, mal à l'aise.

— Excusez-moi, docteur Braun, dit Wormold, la représentation est terminée.

Il suivit le maître d'hôtel de l'autre côté de la porte de service.

— Arrêtez !

— Que voulez-vous ?

— Je veux savoir ce qu'on a fait de mon assiette.

— Que voulez-vous dire, monsieur ? Votre assiette ?

— Vous aviez rudement peur que mon assiette ne soit donnée à quelqu'un d'autre.

— Je ne comprends pas.

— Vous saviez donc qu'elle était empoisonnée ?

— Vous voulez dire que la nourriture était mauvaise, monsieur ?

— Je veux dire qu'elle était empoisonnée et que vous avez pris grand soin de sauver la vie du docteur Braun, pas la mienne.

— J'ai peur, monsieur, de ne pas vous comprendre. Il faut que vous m'excusiez. J'ai affaire.

Un hurlement de chien venu de la cuisine leur parvint, par le long corridor, un hurlement sourd et sinistre, interrompu par un paroxysme de douleur plus aiguë.

— Max ! s'écria le maître d'hôtel qui, redevenu un être humain, partit en courant dans le couloir.

Il ouvrit avec violence la porte de la cuisine.

— Max !

Le teckel, qui s'était pelotonné sous la table, leva la tête mélancoliquement, puis se mit à traîner son corps avec peine vers le maître d'hôtel. Un homme coiffé d'un bonnet blanc de chef expliquait :

— Il n'a rien mangé ici. L'assiette a été vidée dans la poubelle.

Le chien s'effondra aux pieds du maître d'hôtel et y demeura inerte comme une longue chose au rebut. Le maître d'hôtel s'agenouilla près de lui.

— *Max, mein Kind. Mein Kind*, dit-il.

Le corps noir semblait être le prolongement de son costume noir : sinon de même chair, on aurait pu les croire découpés dans la même pièce de serge. Tout le personnel de la cuisine se groupa autour d'eux.

Le tube noir fit un léger mouvement ; une langue rose en sortit comme de la pâte dentifrice et s'aplatit sur le sol de la cuisine. Le maître d'hôtel posa sa main sur le chien et releva la tête. Ses yeux pleins de larmes accusaient si clairement Wormold d'être vivant tandis que le chien était mort, que Wormold eut presque envie de s'en excuser. Il préféra tourner le dos et partir. Au bout du couloir, il regarda en arrière ; la silhouette noire était toujours agenouillée à côté du chien noir, dominée par le chef en blanc, et les aides et filles de cuisine attendaient, tels les membres d'un cortège funèbre autour d'une tombe, tenant comme des couronnes leurs bassines, leurs torchons et leurs plats. « Ma mort, pensa Wormold, eût été beaucoup plus discrète. »

4

— Me voici de retour, dit-il à Béatrice. Je ne suis pas sous la table. Je reviens vainqueur. C'est le chien qui est mort.

Chapitre IV

1

— Je suis content de vous trouver seul, dit le capitaine Segura. Êtes-vous seul ?

— Tout à fait seul.

— Vous n'en serez pas offusqué, j'en suis sûr : j'ai mis deux hommes devant la porte, afin que nous ne soyons pas dérangés.

— Suis-je en état d'arrestation ?

— Bien sûr que non.

— Milly et Béatrice sont au cinéma. Elles vont être surprises si on les empêche d'entrer.

— Je ne vous dérangerai pas longtemps. Je suis venu vous voir à propos de deux choses. L'une est importante. L'autre est affaire de routine. Puis-je commencer par ce qui est important ?

— Je vous en prie.

— Je suis venu, Mr Wormold, vous demander de m'accorder la main de votre fille.

— Cela exige-t-il deux policiers devant la porte ?

— Il est commode de ne pas être dérangés.

— En avez-vous parlé à Milly ?

— Je ne l'aurais pas fait avant de vous avertir.

— Je suppose que, même dans ce pays, il vous faut mon consentement légal.

— Ce n'est pas une question de loi, mais d'élémentaire courtoisie. Puis-je fumer ?

— Pourquoi pas ? Ce porte-cigarettes est-il vraiment en peau humaine ?

— Ah ! Milly, Milly, quelle petite taquine ! s'écria en riant le capitaine Segura.

Puis il ajouta avec ambiguïté :

— Croyez-vous vraiment à cette histoire, Mr Wormold ?

Sans doute hésitait-il devant un mensonge direct. Il devait être bon catholique.

— Elle est beaucoup trop jeune pour se marier, capitaine.

— Pas dans ce pays.

— Je suis sûr qu'elle n'a pour le moment aucun désir de se marier.

— Mais vous pourriez user de votre influence pour la persuader, Mr Wormold.

— On vous appelle le Vautour rouge, n'est-il pas vrai ?

— C'est, à Cuba, une sorte de compliment.

— Votre vie n'est-elle pas précaire ? Vous paraissez avoir beaucoup d'ennemis.

— J'ai mis assez d'argent de côté pour que ma femme soit à l'abri du besoin. De ce point de vue, Mr Wormold, je représente un appui plus solide que vous. Ce magasin… ne vous rapporte pas grand-chose sûrement, et risque à tout moment d'être fermé.

— Fermé ?

— Je suis convaincu que vous ne cherchez pas à créer de l'agitation volontairement, mais il y a eu ces temps-ci beaucoup d'agitation autour de vous. Si vous deviez quitter ce pays, ne vous sentiriez-vous pas plus heureux de savoir que votre fille y est confortablement établie ?

— De quelle agitation parlez-vous, capitaine Segura ?

— Une automobile a été tamponnée… peu importent les circonstances. Il y a eu un attentat contre le pauvre ingénieur Cifuentes, un ami du ministre de l'Intérieur. Le professeur Sanchez s'est plaint de ce que vous vous étiez introduit chez lui pour le menacer. Le bruit court même que vous avez empoisonné un chien.

— Que j'ai empoisonné un chien ?

— Cela paraît absurde, bien sûr. Mais un maître d'hôtel du *Nacional* a déclaré que vous aviez fait boire à son chien du whisky empoisonné. Pourquoi diable faites-vous boire du whisky à un chien ? Je ne comprends pas. Lui non plus. Il croit que c'est sans doute parce que c'était un chien allemand. Vous ne dites rien, Mr Wormold.

— Les mots me manquent.

— Il était dans un état affreux, le pauvre homme, sans quoi je l'aurais fait jeter dehors pour être venu débiter des sottises dans mon bureau. Il a même dit que vous étiez allé jusque dans la cuisine pour jouir du spectacle de ce que vous aviez fait. Cela m'a paru très étonnant de votre part, Mr Wormold. Vous m'avez toujours fait l'effet d'un homme qui évite de faire souffrir autrui. Dites-moi que cette histoire ne contient pas une trace de vérité…

— C'est vrai que le chien a été empoisonné. Le whisky venait bien de mon verre. Mais c'est à moi qu'il était destiné, pas au chien.

— Pourquoi essaierait-on de vous empoisonner ?

— Je ne sais pas.

— Deux versions étranges, elles s'annulent. Peut-être n'y avait-il pas de poison et le chien est-il mort de mort naturelle. À ce que je comprends, il était vieux. Mais reconnaissez, Mr Wormold, qu'il se produit beaucoup d'accidents autour de vous. Il se peut que vous soyez comme ces enfants innocents dont j'ai lu l'histoire et qui dans votre pays déchaînent les esprits frappeurs.

— C'est possible. Connaissez-vous le nom de mes esprits frappeurs ?

— Du plus grand nombre. J'estime que l'heure est venue de les exorciser. J'établis un rapport destiné au président.

— Est-ce que j'y figure ?

— Ce n'est pas utile. Il faut que je vous répète, Mr Wormold, que j'ai mis de l'argent de côté. Assez d'argent pour que Milly vive dans l'aisance, si jamais il m'arrivait quelque chose. Et naturellement assez pour aller nous installer à Miami, si la révolution éclatait.

— Vous n'avez pas besoin de me dire tout cela. Je ne discute pas vos ressources financières.

— C'est la coutume, Mr Wormold. Quant à ma santé, elle est bonne. Je puis vous montrer des certificats. Aucune difficulté non plus en ce qui concerne la procréation… j'ai fait mes preuves, amplement.

— Je vois.

— Rien dans cela même ne doit inquiéter votre fille. Le sort des enfants est assuré. Mes charges actuelles ne sont pas lourdes. Je sais que les protestants se préoccupent de ces détails.

— Je ne suis pas précisément un protestant.

— Et fort heureusement votre fille est catholique. Ce serait une union parfaitement assortie, Mr Wormold.

— Milly n'a que dix-sept ans.

— C'est le meilleur âge pour enfanter. M'autorisez-vous à lui parler de mes intentions ?

— Avez-vous besoin de mon autorisation ?

— C'est plus correct.

— Et si je disais non…

— Je tenterais, naturellement, de vous persuader.

— Vous m'avez dit un jour que je n'appartenais pas à la race « torturable ».

Le capitaine Segura posa la main affectueusement sur l'épaule de Wormold.

— Vous avez le même sens de la plaisanterie que Milly. Mais, sérieusement, il convient de réfléchir au maintien de votre permis de séjour.

— Vous paraissez résolu. Très bien. Autant que vous lui parliez. Les occasions ne vous en manquent pas quand vous la ramenez de l'école. Mais Milly est pleine de bon sens. Je ne crois pas que vous ayez la moindre chance.

— Il se peut dans ce cas que je vous demande d'user de votre autorité paternelle, dans quelque temps.

— Comme vous retardez, capitaine Segura. De nos jours, un père n'a pas d'autorité. Vous disiez qu'il y avait une chose importante...

— C'était cela, la chose importante, dit Segura d'un air réprobateur. L'autre n'est que routine. Voudriez-vous m'accompagner jusqu'au *Wonder Bar* ?

— Pourquoi ?

— Affaire de police. Rien qui puisse vous inquiéter. Je vous demande de me rendre un service, c'est tout, Mr Wormold.

Ils montèrent dans la voiture de sport écarlate du capitaine Segura, précédée et suivie d'un agent moto-cycliste. Tous les cireurs de chaussures du Paseo sem-blaient s'être donné rendez-vous dans la rue Virdudes. Il y avait un sergent de ville à droite et à gauche de la porte à tambour du *Wonder Bar*, et la chaleur du soleil tombait pesamment sur les têtes.

Les agents à motocyclette bondirent de leur machine et commencèrent à écarter les cireurs de chaussures. Des policiers sortirent en courant du bar et se rangèrent en escorte autour du capitaine Segura. Wormold suivit. Comme toujours à cette heure, au-dessus de la colon-nade, les jalousies grinçaient dans le souffle d'une légère brise marine. Le barman était du mauvais côté du bar, du côté des clients. Il avait l'air malade et apeuré. Derrière lui, plusieurs bouteilles brisées laissaient encore s'écou-ler quelques gouttes de leur contenu, mais elles s'en étaient vidées depuis longtemps. Quelqu'un, sur le plan-cher, était caché par les policiers, seules les chaussures dépassaient, les chaussures épaisses et souvent réparées d'un vieil homme dont les ressources sont médiocres.

— Ce n'est qu'une identification pour la forme, dit le capitaine Segura.

Wormold n'avait pas besoin pour cela de voir le visage, mais les hommes s'écartèrent pour qu'il pût contem-pler, allongé à leurs pieds, le docteur Hasselbacher.

— C'est le docteur Hasselbacher, dit-il, vous le connaissez aussi bien que moi.

— Il y a une règle à observer en ces circonstances, dit Segura. L'identification par un tiers.

— Qui a fait cela ?

— Qui sait ? Prenez donc un verre de whisky, vous en avez besoin. Barman !

— Non, donnez-moi un daiquiri. C'était toujours un daiquiri que je buvais avec lui.

— Quelqu'un est entré avec un revolver. Deux balles se sont perdues. Naturellement, nous allons accuser les rebelles d'Oriente. Cela servira à influencer l'opinion étrangère. Peut-être était-ce vraiment un rebelle.

Du plancher, le visage fixait au plafond son regard vide d'expression. On n'aurait pu décrire cette impassibilité en termes de paix ou d'angoisse. Il semblait que rien ne lui fût jamais arrivé : ce visage n'était pas encore né.

— Quand vous l'enterrerez, posez son casque sur le cercueil !

— Son casque ?

— Vous trouverez un vieil uniforme dans son appartement. C'était un sentimental.

Il était étrange que le docteur Hasselbacher eût survécu à deux guerres mondiales et qu'il mourût finalement, en temps de prétendue paix, frappé comme il aurait pu l'être sur la Somme.

— Vous savez très bien que les rebelles ne sont pour rien dans ce meurtre, dit Wormold.

— Il est commode de le prétendre.

— Les esprits frappeurs une fois de plus.

— Vous vous accusez trop aisément.

— Il m'a conseillé de ne pas aller à ce déjeuner : Carter l'a entendu, tout le monde l'a entendu, et ils l'ont tué.

— Qui sont ces *ils* ?

— Vous en avez une liste.

— Le nom de Carter n'y figure pas.

— Interrogez le maître d'hôtel propriétaire du chien. Celui-là, vous pouvez le torturer. Je ne protesterai pas.

— Il est allemand et il a des amis politiques haut placés. Pourquoi voudrait-il vous empoisonner ?

— Parce qu'*ils* s'imaginent que je suis dangereux. Moi ! Ils me connaissent mal. Donnez-moi un autre daiquiri. J'en prenais toujours deux avant de retourner au magasin. Voulez-vous me montrer votre liste, Segura ?

— Je la montrerai peut-être à mon beau-père, parce que je pourrai me fier à lui.

On peut imprimer des statistiques et compter par centaines de milliers le nombre des habitants, mais pour chaque homme une cité se compose de quelques rues, quelques maisons, quelques personnes. Supprimez ces rares éléments et la cité n'existe plus hormis dans la mémoire sous la forme d'une douleur, la douleur que cause longtemps après qu'on l'a perdue une jambe amputée. « Il est temps, pensa Wormold, de faire ses malles et de quitter à jamais les ruines de La Havane. »

— Vous savez, dit le capitaine Segura, ceci ne fait que confirmer ce que je vous disais. Ç'aurait pu être vous. Il faut que Milly soit à l'abri d'accidents de ce genre.

— Oui, dit Wormold, je ne manquerai pas d'y veiller.

2

Lorsqu'il rentra chez lui, les policiers avaient quitté le magasin. Lopez était sorti... Dieu sait où il était. Wormold entendait Rudy se trémousser au milieu de ses tubes, et de temps en temps, des bribes d'émission brouillées déferlaient dans l'appartement. Il s'assit sur son lit. Trois morts : un inconnu nommé Raoul, un teckel nommé Max et un vieux docteur nommé Hasselbacher. Wormold en était la cause... avec Carter. Carter n'avait pas combiné la mort de Raoul, ni celle du chien, mais en ce qui concernait le docteur, rien n'avait été laissé au hasard : une mort pour une vie, renversement de la loi de Moïse. Il entendait Milly et Béatrice bavarder dans la pièce adjacente. Bien que la porte fût entrouverte, il ne saisissait que des lambeaux de leur conversation. Il se dressait à la frontière d'un pays inconnu, le domaine de la violence que jamais auparavant il n'avait visité ; il tenait son passeport à la main. « Profession : espion ; signes particuliers : sans amis ; but de la visite : assassinat. » Pas besoin de visa. Ses papiers étaient en règle.

Et, de ce côté de la frontière, il entendait des voix, qui parlaient la langue qu'il connaissait.

— Non, disait Béatrice, je ne vous conseille pas l'œillet pourpre. Pas à votre âge.

— On devrait nous faire des cours de maquillage, le dernier trimestre, disait Milly. J'entends d'ici sœur Agnès nous dire : « Une goutte de *Nuit d'amour* derrière les oreilles. »

— Essayez cet œillet clair. Non, ne vous barbouillez pas le bord des lèvres. Approchez, que je vous montre.

Wormold pensait : « Je n'ai ni arsenic, ni cyanure ? Au surplus, je n'aurai pas l'occasion de boire avec lui. J'aurais dû lui verser de force son propre whisky dans la gorge... plus facile à dire qu'à faire, autre part que dans le théâtre élisabéthain, et même là, on aurait besoin pour l'achever d'une rapière à la pointe empoisonnée. »

— Là. Vous voyez ce que je veux dire ?

— Et le rouge pour les joues ?

— Vous n'en avez pas besoin.

— Quel est votre parfum, Béatrice ?

— *Sous le vent.*

« Ils ont tiré sur Hasselbacher, moi je n'ai pas de revolver, pensait Wormold. Vraiment, un revolver devrait faire partie de l'équipement d'un bureau, au même titre que le coffre-fort, les feuilles de celluloïd, le microscope et la bouilloire électrique. » Il n'avait qu'à se placer tout près de Carter, aussi près qu'il l'était de la porte par laquelle lui arrivaient les voix.

— Nous allons courir les magasins ensemble. Je crois que vous aimeriez *Indiscret* : c'est de Lanvin.

— Il n'y a pas beaucoup de passion dans ce nom-là, dit Milly.

— Vous êtes jeune. Vous n'avez pas besoin de vous mettre de la passion derrière les oreilles.

— Les hommes ont besoin d'encouragement.

— Regardez-les, c'est tout.

— Comme ça ?

Wormold entendit Béatrice éclater de rire. Il regarda la porte avec surprise. Sa pensée avait voyagé si loin de l'autre côté de la frontière qu'il ne se souvenait plus d'être demeuré en deçà, avec elles.

— Vous n'avez pas besoin de les encourager aussi énergiquement, dit Béatrice.

— Avais-je l'air langoureux ?

— Je dirais plutôt ardent.

— Est-ce que ça vous manque de ne plus être mariée ?

— Si vous voulez dire : est-ce que Pierre me manque, non.

— S'il mourait, est-ce que vous vous remarieriez ?

— Je ne crois pas que j'attendrai sa mort. Il n'a que quarante ans.

— Oh ! oui. Je suppose que vous pourriez vous remarier… si vous appelez ça un mariage.

— C'en est un pour moi.

— Mais c'est effrayant, n'est-ce pas ? Moi, si je me marie, ce sera pour toujours.

— La plupart d'entre nous croient que ce sera pour toujours… sur le moment.

— Je m'en tirerais beaucoup mieux en prenant un amant.

— Je ne crois pas que cela plairait à votre père.

— Je ne vois pas pourquoi. S'il se remarie, ce sera exactement la même chose. Elle sera sa maîtresse, en réalité, n'est-ce pas ? Il aurait voulu rester avec maman pour l'éternité. Je le sais. Il me l'a dit. C'était un vrai mariage. Même un bon païen ne peut pas s'en tirer par des tours de passe-passe.

— C'est ce que je pensais, au sujet de Pierre. Milly, Milly, ne les laissez pas vous endurcir le cœur.

— Qui ça ?

— Les religieuses.

— Oh ! Elles ne me parlent pas de cette façon-là, pas du tout.

Restait encore, naturellement, la possibilité de se servir d'un couteau. Mais pour s'en servir, il fallait être plus près de Carter qu'il ne pouvait espérer jamais atteindre.

— Aimez-vous mon père ? demanda Milly.

« Un jour, pensa-t-il, je pourrai revenir régler ces questions. Mais, pour l'instant, il y a des problèmes plus importants. Je dois découvrir le moyen de tuer un homme. On publie sûrement des manuels qui vous en enseignent la méthode. Il doit exister des traités sur les combats à mains nues. » Il regarda ses mains, mais elles ne lui inspiraient aucune confiance.

— Pourquoi me demandez-vous cela ? dit Béatrice.

— Votre façon de le regarder.

— Quand ?

— Quand il est rentré de ce déjeuner. Peut-être que vous étiez contente parce qu'il avait fait un discours.

— Peut-être.

— Ça ne pourrait rien donner, dit Milly ; je veux dire : si vous l'aimiez.

« Du moins, songeait Wormold, si j'arrivais à le tuer, ce serait pour une raison claire. Je le tuerais pour prouver qu'on ne peut pas tuer sans être tué à son tour. Je ne tuerais pas pour le capitalisme, le communisme, la démocratie sociale ou l'État providence !… (Providence de qui ?) Ma raison pour tuer Carter, c'est qu'il a tué Hasselbacher. Une haine de famille serait un meilleur motif de meurtre que le patriotisme ou quelque préférence pour un système économique à l'exclusion d'un autre. Si j'aime, si je hais, permettez-moi d'aimer ou de haïr en tant qu'individu privé. Je ne voudrais pas être 59200-5 dans la guerre globale de qui que ce soit. »

— Si je l'aimais, pourquoi ne pas l'épouser ?

— Il est marié.

— Milly, ma chère Milly, méfiez-vous des formules. Si Dieu existe, il n'est pas un Dieu de formules.

— L'aimez-vous ?

— Je ne vous ai rien dit de tel.

« Le seul instrument est un revolver. Où puis-je me procurer un revolver ? »

Quelqu'un franchit la porte : il ne leva même pas la tête. Dans la pièce voisine, les tubes de Rudy laissèrent échapper un cri perçant.

— Nous ne t'avons pas entendu rentrer, dit Milly.

— Je voudrais que tu fasses quelque chose pour moi, Milly.

— Est-ce que tu nous écoutais ?

Il entendit Béatrice demander :

— Qu'est-il arrivé de fâcheux ?

— Il s'est produit un accident. Une sorte d'accident.

— Qui ?

— Le docteur Hasselbacher.

— Grave ?

— Oui.

— Tu essaies de nous l'annoncer avec ménagement, n'est-ce pas ? dit Milly.

— Oui.

— Pauvre docteur Hasselbacher.

— Oui.

— Je vais demander au chapelain de dire autant de messes pour lui que nous l'avons connu d'années.

Wormold se rendit compte qu'il n'y avait aucun besoin de prendre des ménagements pour annoncer une mort à Milly. Pour elle, toutes les morts étaient des morts heureuses. La vengeance est inutile lorsqu'on croit en un ciel. Mais lui n'y croyait pas. La pitié et le pardon ne sont même pas des vertus chez un chrétien… elles lui sont trop faciles.

— Le capitaine Segura est venu me voir. Il voudrait que tu l'épouses.

— Ce vieux ! Je ne monterai jamais plus dans sa voiture.

— Je te demande d'y monter encore une fois… demain. Dis-lui que je voudrais le voir.

— Pourquoi ?

— Une partie de dames. À dix heures. Béatrice et toi, il faudra que vous nous laissiez seuls.

— Va-t-il me harceler ?

— Non. Dis-lui simplement de venir me parler. Demande-lui d'apporter sa liste. Il comprendra.

— Et après ?

— Nous rentrerons chez nous. En Angleterre.

« Et voilà, ajouta-t-il lorsqu'il fut seul avec Béatrice. La fin de ce bureau.

— Que voulez-vous dire ?

— Peut-être allons-nous faire naufrage, glorieusement, sur un bon rapport. La liste de tous les agents secrets opérant à La Havane.

— Y compris nous ?

— Oh ! non, nous n'avons jamais opéré.

— Je ne comprends pas.

— Je n'ai pas d'agents, Béatrice. Pas un seul. Hasselbacher a été assassiné pour rien. Il n'y a pas de constructions dans les monts d'Oriente.

Il était caractéristique de Béatrice qu'elle ne montrât pas d'incrédulité. Cette information était une information comme les autres, à classer dans un dossier. L'estimation de sa valeur, pensa Wormold, serait fixée par la direction.

— Naturellement, dit-il, votre devoir est de rendre compte immédiatement à Londres, mais je vous serais reconnaissant si vous vouliez bien attendre après-demain.

Nous serons peut-être en mesure alors d'ajouter quelque chose d'authentique.

— Si vous êtes encore en vie.

— Mais naturellement, je serai encore en vie !

— Vous avez un projet ?

— Segura a fait dresser la liste des agents.

— Ce n'est pas là votre projet. Mais si vous êtes mort, ajouta-t-elle avec dans la voix quelque chose qui ressemblait à de la colère, *de mortuis*, je suppose.

— Si quelque chose m'arrivait, je ne voudrais pas que vous appreniez par ces pseudo-fiches que je n'étais qu'un imposteur.

— Mais Raoul... Il y avait forcément un vrai Raoul.

— Pauvre type ! Il a dû se demander ce qui lui arrivait, tandis qu'il faisait sa petite virée habituelle, après avoir pris sans doute sa petite cuite habituelle par-dessus le marché. Je l'espère.

— Mais il existait.

— Il faut bien trouver un nom quelque part. J'ai choisi le sien par hasard et puis je ne m'en suis plus souvenu.

— Ces croquis ?

— Je les ai dessinés moi-même d'après les accessoires de l'aspirateur Atomic. Et maintenant la farce est jouée. Voulez-vous mettre au net mes aveux complets et je signerai. Je suis content qu'ils n'aient pas fait de mal à Térésa.

Elle éclata de rire. Elle se cacha la tête dans les mains pour rire et dit :

— Oh ! comme je vous aime !

— Cela doit vous sembler plutôt bête.

— C'est Londres qui me semble plutôt bête. Et Henry Hawthorne. Croyez-vous que j'aurais quitté Pierre si, une fois, rien qu'une fois, il s'était moqué de l'Unesco ? Mais l'Unesco était sacrée. Les conférences culturelles étaient sacrées. Il ne riait jamais... Prêtez-moi votre mouchoir.

— Vous pleurez ?

— Je ris. Ces dessins...

— L'un était un suceur à rotule et un autre un assemblage automatique à double action. Je n'aurais jamais cru que cela pouvait échapper aux experts.

— Les experts ne les ont jamais vus. Vous oubliez que c'est un service secret. Nous devons protéger nos informateurs. Nous ne pouvons risquer que ce genre de document tombe entre les mains de quelqu'un qui s'y connaisse vraiment. Chéri…

— Vous avez dit : chéri.

— Machinalement. Vous rappelez-vous le *Tropicana* et les paroles de la chanson ? Je ne savais pas que vous étiez mon patron et que j'étais votre secrétaire. Vous n'étiez qu'un monsieur très sympathique avec une fille ravissante et j'ai compris que vous vouliez faire quelque chose de loufoque avec une bouteille de champagne, et j'en avais par-dessus la tête des gens raisonnables.

— Mais je n'appartiens pas au type loufoque.

Ils disent que la Terre est ronde
Et ma folie les scandalise…

« Je ne vendrais pas d'aspirateurs électriques si j'étais loufoque.

Je dis que le jour est la nuit
Et que tout ça me laisse froid.

« N'avez-vous pas plus de loyalisme que moi ?

— Vous êtes loyal.

— Envers qui ?

— Milly. Je me fiche pas mal des hommes qui sont loyaux envers les gens qui les paient, envers les organisations… je ne crois même pas que mon pays ait tellement d'importance. Nous avons beaucoup de pays dans le sang, n'est-ce pas ? mais nous n'y avons qu'une seule personne. Le monde serait-il dans le gâchis où il est si nous étions fidèles à l'amour au lieu d'être fidèles à des patries ?

— Je suppose, dit-il, qu'ils peuvent m'enlever mon passeport.

— Qu'ils essaient !

— Tout de même, nous voilà au chômage, vous et moi.

Chapitre V

1

— Entrez, capitaine Segura.

Le capitaine Segura était éblouissant. Ses accessoires de cuir luisaient, ses boutons étaient des miroirs, et il avait les cheveux pommadés de frais. Il ressemblait à une arme bien fourbie.

— J'ai été ravi quand Milly m'a transmis votre message.

— Nous avons des tas de choses à discuter. Voulez-vous que nous fassions d'abord une partie ? Ce soir, je vais vous battre.

— J'en doute, Mr Wormold. Je ne suis pas encore tenu envers vous au respect filial.

Wormold installa le damier. Puis il disposa sur les cases noires et blanches vingt-quatre bouteilles échantillons de whisky : douze bourbons se dressaient en face de douze scotches.

— Que représente ceci, Mr Wormold ?

— C'est une idée du docteur Hasselbacher. J'ai pensé que nous pourrions dédier cette partie à sa mémoire. Le joueur qui prend un pion le boit.

— L'idée est astucieuse, Mr Wormold. Comme je suis le plus fort aux dames, c'est moi qui boirai le plus.

— Et puis, je vous rattrape… et je bois autant que vous.

— Je crois que j'aimerais mieux jouer avec des pions ordinaires.

— Avez-vous peur d'être battu, capitaine Segura ? Peut-être n'avez-vous pas la tête solide.

— J'ai la tête aussi solide que n'importe qui. Mais il arrive, si je bois, que je me fâche. Je ne voudrais pas me fâcher contre mon futur père.

— Milly ne vous épousera pas, Segura.

— C'est ce qu'il nous faut discuter.

— Jouez avec le bourbon. Le bourbon est plus fort que le scotch. Je serai handicapé.

— Ce n'est pas nécessaire. Je jouerai avec le scotch.

Segura fit tourner le damier et s'assit.

— Pourquoi n'ôtez-vous pas votre ceinturon, Segura ? Vous seriez plus à l'aise.

Segura détacha son ceinturon où pendait l'étui du revolver et le posa par terre près de lui.

— Me voici prêt à vous combattre, désarmé ! fit-il d'un ton jovial.

— Votre revolver est-il toujours chargé ?

— Bien sûr. Mes ennemis ne me laisseraient pas le temps de le charger : ce n'est pas leur genre.

— Avez-vous trouvé l'assassin d'Hasselbacher ?

— Non, il n'appartient pas à la classe criminelle.

— Carter ?

— Après ce que vous m'aviez dit, j'ai pris des renseignements. Il se trouvait à ce moment-là avec le docteur Braun. Et nous ne pouvons mettre en doute la parole du président de l'Association des commerçants européens, n'est-ce pas ?

— De sorte que le docteur Braun est sur votre liste ?

— Naturellement. Et maintenant, jouons.

Il y a au jeu de dames, comme nul joueur ne l'ignore, une ligne imaginaire qui traverse le damier en diagonale, d'un angle à l'autre ; c'est la ligne de défense ; quiconque s'assure le contrôle de cette ligne prend l'initiative ; quand la ligne est franchie, l'attaque est commencée. Avec une insolente facilité, Segura prit position par un début de partie qui était un défi. Il déplaça ensuite une bouteille au milieu du jeu. Il n'hésitait pas entre les coups. Il regardait à peine le damier. C'était Wormold qui faisait des pauses pour réfléchir.

— Où est Milly ? demanda Segura.

— Sortie.

— Et votre charmante secrétaire ?

— Avec Milly.

— Vous êtes déjà en difficulté, dit le capitaine Segura.

Il frappa à la base même de la défense de Wormold et captura une bouteille de Old Taylor.

— Premières libations, annonça-t-il, en la vidant.

Imprudemment, Wormold amorça pour lui répondre un mouvement en tenailles, et perdit presque tout de suite une bouteille, de Old Forester cette fois. Quelques gouttes de sueur apparurent sur le front de Segura et il toussa pour s'éclaircir la gorge après avoir bu.

— Vous jouez avec témérité, Mr Wormold.

Il montra du doigt le damier.

— Vous auriez dû prendre ce pion.

— Vous pouvez me le souffler.

Pour la première fois, Segura hésita.

— Non, dit-il. Je préfère que vous me preniez.

C'était un whisky peu connu appelé Cairngorm, qui écorcha la langue de Wormold en passant.

Ils jouèrent pendant un instant avec une prudence exagérée, ne se confisquant de pions ni l'un ni l'autre.

— Carter est-il encore au *Séville-Biltmore* ? demanda Wormold.

— Oui.

— Est-ce que vous le surveillez ?

— Non. À quoi bon ?

Wormold s'accrochait au bord du damier par les derniers vestiges de son attaque en tenailles qui avait échoué et lui avait coûté sa base. Il fit une fausse manœuvre qui permit à Segura d'introduire un pion protégé dans le carré 22 : il n'y avait plus moyen de se défendre sur le carré 25 ou d'empêcher Segura de parvenir à dame.

— Irréfléchi, dit Segura.

— Je puis faire un échange.

— Mais c'est moi qui ai la dame.

Segura but un Four Roses et Wormold, à l'autre bout du damier, prit un Dimpled Haig.

— Il fait très chaud, ce soir, dit Segura.

Il couronna sa dame d'un morceau de papier.

— Si je la fais prisonnière, dit Wormold, il faudra que je boive deux bouteilles. J'en ai en réserve dans le placard.

— Vous avez tout prévu, dit Segura d'un ton aigre.

Il jouait maintenant avec beaucoup de circonspection. Il devenait difficile de l'amener à faire des prises et Wormold commençait à comprendre, en même temps que la faiblesse fondamentale de son plan, la faculté que possède un joueur habile de battre l'adversaire sans lui prendre de pions. Il en captura un nouveau et se trouva bloqué. Il lui était devenu impossible de bouger.

Segura essuya son front couvert de sueur.

— Vous voyez, dit-il, vous ne pouvez pas gagner.

— Il faut que vous me donniez ma revanche.

— Ce bourbon est fort. Il fait 85.

— Nous changerons de whisky.

Dans cette deuxième partie, Wormold eut les noirs avec le scotch. Il avait remplacé les trois scotches et les trois bourbons qu'ils avaient bus. Il attaqua par un « Vieux Quatorzième » susceptible de faire durer la partie en longueur, car il savait que, désormais, son seul espoir était de contraindre Segura à perdre sa prudence et à rafler des pions. Il fit une nouvelle tentative pour forcer Segura à souffler, mais le capitaine repoussa la manœuvre. On eût dit qu'il avait compris que son véritable adversaire n'était pas Wormold, mais sa propre tête. Il sacrifia même un pion, sans avantage tactique, et força Wormold à le prendre... un Hiram Walker. Wormold se rendit compte que sa propre lucidité était en danger : le mélange de scotch et de bourbon est meurtrier.

— Donnez-moi une cigarette, dit-il.

Le capitaine se pencha en avant pour la lui allumer et Wormold sentit quel effort il devait faire pour tenir son briquet sans trembler. La flamme se refusait à jaillir, et Segura jura contre elle avec une violence excessive. « Deux bouteilles de plus et je le tiens », pensa Wormold.

Mais il est aussi difficile de perdre un pion au bénéfice d'un antagoniste qui n'en veut pas que d'en capturer un. Contre son gré, il sentait que la bataille tournait en sa faveur. Il but un Harper's et alla à dame.

— J'ai gagné la partie, Segura, dit-il avec une fausse jovialité. Voulez-vous plier bagage ?

Segura regarda le damier d'un œil sombre. Il était visiblement déchiré entre le désir de gagner et le désir de garder sa présence d'esprit, mais son esprit était embrumé par la colère autant que par le whisky.

— C'est une manière imbécile de jouer aux dames, dit-il.

Maintenant que son adversaire possédait une dame, il ne pouvait plus jouer sans qu'il y eût de victimes, car la dame se meut librement. Cette fois, lorsqu'il sacrifia un Kentucky Tavern, ce fut un vrai sacrifice et il pesta contre les pions.

— Saloperies de bouteilles, dit-il. Ça trompe. Du verre taillé. Qui a jamais vu des pions de jeu de dames en verre taillé ?

Wormold lui aussi se sentait le cerveau brouillé par le bourbon, mais le moment de la victoire… ou de la défaite était arrivé.

— Vous avez bougé un de mes pions, dit Segura.

— Non. C'est un Red Label. À moi.

— Comment diable puis-je voir la différence entre un scotch et un bourbon ? Ce ne sont jamais que des bouteilles.

— Vous êtes furieux parce que vous perdez.

— Je ne perds jamais.

Alors Wormold fit une erreur soigneusement méditée et mit sa dame en danger. Pendant quelques secondes, il crut que Segura ne s'en était pas aperçu, puis il crut que délibérément, pour éviter de boire, Segura allait laisser l'occasion lui échapper. Mais la tentation de prendre la dame était trop forte, et, derrière le coup, il y avait une possibilité de victoire écrasante : son propre pion devenant une dame, et lui permettant de se livrer à une hécatombe. Il hésita pourtant. Les vapeurs du whisky et la chaleur lourde du soir faisaient fondre ses traits comme ceux d'une poupée de cire : il éprouvait de la difficulté à mettre au point ses regards.

— Pourquoi avez-vous fait cela ? demanda-t-il.

— Quoi ?

— Vous perdez votre dame… et la partie.

— Nom de nom ! Je n'ai pas remarqué. Je dois être soûl.

— Vous ?

— Un peu.

— Moi aussi, je suis soûl. Vous savez que je suis soûl. Vous essayez de me soûler. Pourquoi ?

— Ne faites pas l'imbécile, Segura. Pourquoi voudrais-je vous soûler ? Arrêtons-nous de jouer. Décidons que c'est une partie nulle.

— Allez vous faire foutre avec votre partie nulle. Je sais bien pourquoi vous essayez de me soûler. Vous voulez me montrer cette liste… je veux dire, vous voulez que je vous montre…

— Quelle liste ?

— Je vous tiens tous dans mon filet. Où est Milly ?

— Je vous l'ai dit, elle est sortie.

— Ce soir, je vais chez le chef de la police. Nous resserrons les mailles du filet.

— Avec Carter dedans ?

— Qui est Carter ?

Il menaça Wormold du doigt.

— Vous êtes mêlé à l'affaire… mais je sais que vous n'êtes pas un agent. Vous êtes un imposteur.

— Et si vous dormiez un moment, Segura ? Partie nulle.

— Pas de partie nulle. Tenez, je prends votre dame.

Il déboucha la petite bouteille de Red Label et la but tout entière.

— Deux bouteilles pour une dame, dit Wormold en lui tendant un Dunosdale Cream.

Segura, le menton tremblant, était affalé dans son fauteuil.

— Reconnaissez que vous êtes vaincu. Je ne joue pas pour prendre des pions.

— Je ne reconnais rien. Ma tête est plus solide que la vôtre, et, tenez, je vous souffle. Vous auriez pu continuer et prendre.

Un whisky canadien s'était mêlé aux bourbons — un Lord Calvert — et Wormold le but. « Il faut que ce soit mon dernier, pensa-t-il. S'il ne tombe pas dans les pommes à l'instant même, je suis perdu. Je serai trop ivre pour presser sur la détente. A-t-il dit que son revolver était chargé, oui ou non ? »

— Pas d'importance, murmura Segura, v's'êtes fichu, de toutes les manières.

Il avança la main lentement au-dessus du damier, comme s'il portait un œuf dans une cuiller.

— Voyez ?

Il s'empara d'un pion, de deux, de trois pions…

— Buvez ceci, Segura.

Un George IV, un Queen Anne… la partie se terminait par un défilé royal : une Highland Queen.

— Vous pouvez continuer, Segura. Ou dois-je vous souffler, une fois de plus ? Videz cette bouteille. (Vat 69.) Cette autre. Buvez, Segura. (Grant's Stanfast, Old Argyll.) Buvez-les, Segura. Je capitule maintenant.

Mais c'était le capitaine qui avait capitulé. Wormold déboutonna son col pour lui donner de l'air et installa commodément sa tête sur le dossier du fauteuil, mais en allant vers la porte, il sentait que ses propres jambes flageolaient. Il emportait dans sa poche le revolver de Segura.

2

Au *Séville-Biltmore*, il appela Carter au téléphone intérieur. Il dut s'avouer, en lui-même, que Carter avait les nerfs solides, beaucoup plus solides que ne l'étaient les siens propres. La mission de Carter à Cuba n'avait pas été remplie intégralement et pourtant il prolongeait son séjour : était-ce à titre de tireur d'élite ou en canard leurre ?

— Bonsoir, Carter, dit Wormold.

— Tiens… bonsoir, Wormold.

Il y avait dans sa voix juste la note glacée d'orgueil outragé qu'il fallait.

— Je veux vous faire des excuses, Carter. Cette affaire idiote du whisky. Je devais être ivre. Suis un peu soûl en ce moment. Pas l'habitude de m'excuser…

— C'est très bien comme ça, Wormold. Allez vous coucher.

— Me suis moqué de vous… bégayer… ça s'fait pas, mon vieux.

Il s'aperçut qu'il parlait comme Hawthorne. Cette fausseté serait-elle une maladie professionnelle ?

— Je n'ai pas compris ce que vous vouliez d… d… dire.

— Chai… j'ai vu tout de suite de quoi il retournait. Ce sacré maître d'hôtel a empoisonné son propre chien. C'était un très vieux chien, c'est vrai, mais quand même, lui donner des restes empoisonnés, c'est pas une manière de supprimer un chien…

— C'est d… d… donc ce qui est arrivé. Merci pour me l'avoir expliqué, Wormold. Mais il est tard. Je suis en train de me mettre au lit.

— Meilleur ami de l'homme.

— Comment ? Je n'entends pas ce que vous d… d… dites.

— César, l'ami du roi, et l'autre, le chien au poil hirsute, qui a fait naufrage au Jutland. Jusqu'au bout sur le pont près de son maître, quand le bâtiment a coulé…

— Vous êtes soûl, Wormold.

Wormold s'apercevait qu'il était beaucoup plus facile d'imiter l'ivresse après… combien de scotches et de bourbons ? On croit ce que dit un homme ivre : *in vino veritas*. On peut aussi se débarrasser plus facilement d'un homme ivre. Carter serait un idiot de ne pas en profiter.

— Je me sens frais et dispos pour notre tournée.

— Quelle tournée ?

— La tournée des boîtes que vous vouliez voir à La Havane.

— Il est trop tard.

— C'est la bonne heure.

L'hésitation de Carter lui parvenait distinctement le long du fil.

— Prenez un revolver, ajouta-t-il.

Il répugnait étrangement à tuer un tueur désarmé… s'il arrivait jamais à Carter de s'aventurer sans armes.

— Un revolver ? Pourquoi ?

— Dans certains de ces endroits, on risque de se faire empaumer.

— Et vous, vous ne pourriez pas en prendre un ?

— Je n'en possède pas, figurez-vous.

— Moi non plus.

Mais Wormold crut percevoir dans le récepteur le déclic métallique d'un chargeur qu'on vérifie. « À bon chat bon rat », pensa-t-il avec un sourire. Mais un sourire est un danger pour l'acte de haine autant que pour l'acte d'amour. Wormold dut se rappeler le visage de Hasselbacher sous les tabourets de bar, les yeux fixés au plafond. On n'avait pas laissé au vieillard une seule possibilité de se défendre, tandis que lui allait en donner beaucoup à Carter. Il commença à regretter d'avoir vidé toutes ces petites bouteilles.

— Je vous retrouve au bar, dit Carter.

— Ne tardez pas trop.

— Il faut que je me rhabille.

Wormold fut alors heureux de trouver le bar plongé dans la pénombre. Carter, supposa-t-il, devait téléphoner à ses amis et prenait sans doute rendez-vous, mais dans le bar, en tout cas, ils ne pourraient pas l'atteindre sans le voir. Une entrée donnait sur la rue, une autre sur l'intérieur de l'hôtel et, dans le fond il y avait une espèce de balcon qui servirait d'appui à son revolver, s'il en avait besoin. Tous les gens qui entraient étaient aveuglés par l'obscurité comme il l'avait été lui-même, pendant quelques minutes. Il ne pouvait même pas, au premier coup d'œil, distinguer s'il y avait dans le bar un client ou deux, car c'était un couple étroitement enlacé qui se trouvait sur le canapé, près de la porte de la rue.

Il commanda un scotch, mais n'y toucha pas, et s'assit sur le balcon d'où il pouvait surveiller les deux portes. Bientôt, un homme entra ; Wormold ne voyait pas son visage, mais il identifia Carter à la main qui tâtait la poche où se trouvait sa pipe.

— Carter.

Carter vint à lui.

— Partons, dit Wormold.

— Videz votre verre d… d'abord et je vais d… demander quelque chose pour vous tenir compagnie.

— J'ai déjà trop bu, Carter. J'ai besoin de prendre l'air. Nous boirons dans une des maisons.

Carter s'assit.

— Où avez-vous l'intention de m'emmener ?

— Dans n'importe lequel des dix ou douze bordels. Ils se ressemblent tous, Carter. Une douzaine de filles au choix. Elles vous offriront une exhibition. Allons, en route ! Après minuit, on se bouscule.

258

— Je voudrais boire quelque chose d'abord, dit Carter d'une voix angoissée. Je ne peux pas aller voir des choses comme ça tout à fait de sang-froid.

— Attendez-vous quelqu'un par hasard, Carter ?

— Non, pourquoi ?

— J'avais cru... votre façon de regarder la porte...

— Je ne connais pas une âme dans cette ville. Je vous l'ai déjà dit.

— Sauf le docteur Braun.

— Oh ! oui, le docteur Braun, bien sûr. Mais il ne viendrait à l'idée de personne de l'emmener d... dans un lupanar, hein ?

— Après vous, Carter.

À contrecœur, Carter bougea. Il était visible qu'il cherchait une excuse pour rester.

— Il faut que je laisse un message au concierge. J'attends un appel téléphonique.

–– Du docteur Braun ?

— Oui.

Il hésita.

— C'est un peu grossier de partir comme ça avant qu'il m'ait appelé. Pouvez-vous me d... donner cinq minutes, Wormold ?

— Dites que vous serez de retour vers une heure. À moins que vous ne décidiez d'y passer toute la nuit !

— Je ferais mieux d... d... d'attendre.

— Alors, je pars sans vous. Bon Dieu, Carter, je croyais que vous vouliez visiter la ville !

Wormold s'éloigna d'un pas rapide. Sa voiture était rangée de l'autre côté de la rue. Il ne tourna pas la tête, mais entendit des pas qui le suivaient. Carter n'avait pas plus envie de le perdre qu'il n'avait envie de perdre Carter.

— Quel sale caractère vous avez, Wormold !

— Excusez-moi. Je suis toujours comme ça quand j'ai bu.

— J'espère que ça ne vous empêche pas de conduire d... d... droit.

— Il vaudrait mieux que vous preniez le volant, Carter.

« Ce qui l'empêchera, pensa-t-il, de porter la main à la poche. »

— D'abord à droite, puis la première à gauche.

Ils débouchèrent sur la promenade du bord de l'Atlantique : un bateau blanc et svelte quittait le port... yacht de plaisance qui se rendait à Kingston ou à Port-au-Prince. Ils voyaient les couples accoudés à la rambarde, romantiques au clair de lune, tandis qu'un orchestre jouait un vieux succès démodé : *I Could Have Danced All Night* (J'aurais pu danser toute la nuit)...

— Ça me donne le mal du pays, disait Carter.

— En songeant à Nottwich.

— Oui.

— On ne voit pas la mer de Nottwich.

— Quand j'étais petit, les barques de plaisance, sur la rivière, me paraissaient aussi grandes que cela.

« Un meurtrier n'a pas le droit d'être nostalgique : un meurtrier doit être une machine. Il faut que je devienne une machine, pensa Wormold, en tâtant dans sa poche le mouchoir qui lui servirait à effacer ses empreintes digitales quand le moment viendrait. Mais comment le choisir, ce moment ? Quelle ruelle ou quelle impasse ? Et si l'autre tirait le premier ?... »

— Vos amis sont-ils russes, Carter ? ou allemands ? ou américains ?

— Quels amis ?

Et il ajouta avec simplicité :

— Je n'ai pas d'amis.

— Pas d'amis ?

— Non.

— Encore à gauche, Carter, puis à droite.

Ils avancèrent au pas, le long d'une rue étroite bordée de clubs : des orchestres lançaient leurs messages du fond des entrailles de la terre, à la manière du père de Hamlet, ou comme la musique qui retentit sous les dalles d'Alexandrie quand le dieu Hercule quitta Antoine. Deux hommes en livrée de boîtes de nuit cubaines, et animés d'un esprit de concurrence, hurlaient leurs invitations d'un côté à l'autre de la rue.

— Arrêtons-nous ici, dit Wormold. J'ai grand besoin de boire quelque chose avant de continuer.

— Est-ce que ce sont des bordels ?

— Non. Nous irons dans un bordel après.

Il pensait : « Si seulement Carter en lâchant le volant avait empoigné son revolver, il aurait été facile de faire feu. »

— Connaissez-vous cet endroit ? demanda Carter.

— Non, mais je connais cette chanson.

Étrange qu'ils fussent en train de jouer l'air de *Ma folie scandalise* !

Il y avait des photos de filles nues à la porte et, dans un espéranto de boîte de nuit, un mot tracé au néon annonçait : *Strippteese*. Des marches peintes, dont les rayures rappelaient celles des pyjamas bon marché, les conduisirent en sous-sol jusqu'à une cave qu'ennuageait la fumée des havanes. L'endroit paraissait aussi bien adapté qu'un autre à une exécution. Mais Wormold avait besoin de boire, avant tout.

— Passez devant, Carter.

Carter hésita. Il ouvrit la bouche et se trouva aux prises avec une dentale. Jamais Wormold ne l'avait entendu lutter aussi longtemps.

— Je me d... d... d... d... demande...

— Que vous demandez-vous ?

— Rien.

Ils s'assirent et, tout en regardant les figurantes se déshabiller, burent du cognac avec de l'eau gazeuse. Une fille allait de table en table, ôtant ses vêtements un à un. Elle commença par ses gants. Un spectateur les prit avec résignation, comme s'il s'agissait de la corbeille contenant le courrier à trier. Puis elle tendit son dos à Carter et lui demanda de dégrafer son corset de dentelle noire. Carter tripota maladroitement les crochets, rougissant de plus en plus à mesure que la fille, avec des petits gloussements de rire, se tortillait en lui frôlant les doigts.

— Je suis d… d… désolé, dit-il. Je ne trouve pas…

Autour de la piste de danse, des hommes, assis devant des guéridons, regardaient Carter d'un air morose. Personne ne souriait.

— Vous n'avez pas eu beaucoup de pratique, Carter, à Nottwich. Vous permettez ?

— Laissez-moi tranquille, voulez-vous ?

Il réussit enfin à défaire le corset, et la fille, avant de passer son chemin, ébouriffa les minces mèches de ses cheveux rares. Il les remit en place à l'aide d'un peigne de poche.

— Je n'aime pas cet endroit, dit-il.

— Vous êtes timide avec les femmes, Carter.

Mais comment tirer sur un homme dont il est si facile de se moquer ?

— Je n'aime pas les jeux de mains grossiers, dit Carter.

Ils remontèrent l'escalier. La poche de Carter pesait sur sa manche : ce n'était peut-être que le poids de sa pipe. Il se remit au volant en grommelant :

— On peut voir ce genre de spectacle n'importe où. Ce ne sont que des putains qui se déshabillent.

— Vous ne l'avez pas beaucoup aidée.

— Je cherchais une fermeture Éclair.

— J'avais grand besoin de boire.

— En plus, leur cognac est infect. Je me demande même s'ils n'y mettent pas de la drogue.

— Il y avait autre chose que de la drogue dans votre whisky, Carter.

Il essayait d'entretenir sa colère et d'oublier sa victime aux doigts patauds, luttant avec un corset, et rougissant de sa maladresse.

— Qu'est-ce que vous dites ?

— Arrêtons-nous ici.

— Pourquoi ?

— Vous vouliez que je vous emmène dans une maison close. En voici une.

— Mais je ne vois personne.

— Elles sont toutes fermées et barricadées comme celle-ci. Descendez et sonnez.

— Que vouliez-vous dire au sujet du whisky ?

— Ne nous occupons pas de ça pour l'instant. Descendez et sonnez.

L'endroit était aussi bien approprié qu'une cave (on choisit fréquemment un mur blanc pour cet usage) : une façade grise et une rue que personne ne fréquentait, si ce n'est dans un but unique, et sans beauté. Lentement, Carter dégagea ses jambes de dessous le volant, tandis que Wormold gardait les yeux attentivement fixés sur ses mains, ses mains maladroites. « C'est un duel loyal, se dit-il, il a plus que moi l'habitude de tuer, les chances sont à peu près égales ; je ne suis même pas sûr que mon revolver soit chargé. Hasselbacher n'a pas eu la partie aussi belle. »

La main posée sur la portière, Carter hésita encore.

— Peut-être que ce serait plus raisonnable, dit-il, un autre soir... Vous savez, je d... d... d...

— Vous avez peur, Carter.

— Je ne suis jamais allé d... d... dans un bord... d... del. Pour tout vous avouer, Wormold, je n'ai pas grand besoin des femmes.

— Votre vie doit être bien solitaire.

— Je m'en passe très bien, dit-il d'un air agressif. Il y a des choses plus importantes pour un homme que de courir après...

— Alors, pourquoi vouliez-vous visiter une maison de tolérance ?

Il étonna Wormold en lui disant la vérité toute simple.

— J'essaie d'en avoir envie, mais quand le moment arrive...

Il demeura une seconde irrésolu, au bord de la confession, puis fit le plongeon.

— Ça ne marche pas, Wormold. Je n'arrive pas à faire ce qu'elles attendent de moi.

— Descendez de la voiture.

« Il faut, pensa Wormold, que j'agisse, avant qu'il en confesse davantage. » À chaque seconde qui passait, l'homme devenait plus humain : une créature semblable à soi, qu'on peut plaindre, ou consoler, mais pas tuer. Qui sait combien d'excuses sont ensevelies sous un acte de violence ? Il sortit le revolver de Segura.

— Quoi ?

— Descendez.

Carter était debout, et s'appuyait à la porte du bordel avec un air de protestation morose plus que de peur. Les femmes lui faisaient peur, pas la violence.

— Vous vous trompez, dit-il. C'est Braun qui m'a donné le whisky. Je ne suis pas important.

— Je me fous du whisky. Vous avez tué Hasselbacher, non ? répliqua Wormold.

De nouveau, Carter le surprit en disant la vérité. Cet homme avait une sorte d'honnêteté.

— J'avais reçu des ordres, Wormold. Je d... d... d... d...

Il avait manœuvré de manière que son coude arrive jusqu'à la sonnette et il appuya dessus en s'adossant à la porte. Dans les profondeurs de la maison, la sonnette retentit, appelant les pensionnaires au travail.

— Il n'y a pas de haine entre nous, Wormold. Vous êtes devenu trop dangereux, voilà tout. Nous ne sommes, vous et moi, que de simples soldats.

— Moi, dangereux ? Quels crétins vous devez être tous ! Je n'ai pas d'agents, Carter.

— Oh ! mais si, vous en avez. Ces constructions dans la montagne... Nous avons des copies de vos d... d... dessins.

— Ce sont des pièces détachées d'aspirateur.

Il se demanda qui avait pu leur fournir ces copies : Lopez ? Le propre courrier de Hawthorne ? Un employé du consulat ?

La main de Carter plongea dans sa poche et Wormold fit feu. Carter poussa un glapissement aigu.

— Vous avez failli me tuer.

Et il sortit sa main dont les doigts se crispaient autour d'une pipe en morceaux.

— Ma Dunhill, ajouta-t-il. Vous avez fracassé ma Dunhill.

— La veine du débutant, dit Wormold.

Il avait raidi sa volonté pour parvenir à tuer, mais il lui était impossible de tirer un second coup. La porte s'ouvrit lentement derrière le dos de Carter. Des échos de musique enregistrée leur parvinrent.

— On vous soignera là-dedans. Vous aurez peut-être besoin d'une femme, pour une fois, Carter.

— Espèce d... d... de clown !

Comme Carter avait raison ! Wormold posa le revolver à côté de lui et se glissa à la place du conducteur. Il se sentait brusquement heureux. Il avait failli tuer un homme. Il s'était fourni à lui-même l'indiscutable preuve qu'il n'était pas un des juges : il n'avait pas la vocation de la violence. C'est alors que Carter tira.

Chapitre VI

1

Il dit à Béatrice :

— Je me penchais en avant pour mettre le contact. Je pense que cela m'a sauvé. C'était son droit de répliquer, naturellement. Nous nous battions en duel. Mais le troisième coup me revenait.

— Que s'est-il passé ensuite ?

— J'ai eu le temps de m'éloigner avant de vomir.

— Vomir ?

— Si je n'avais pas raté la guerre, je suppose que j'aurais pris moins au sérieux le fait de tuer un homme. Pauvre Carter !

— Pourquoi le plaignez-vous ?

— C'était un être humain. J'avais appris peu à peu à le connaître. Il ne savait pas défaire un corset. Il avait peur des femmes. Il aimait sa pipe, et quand il était petit, en Angleterre, les bateaux de plaisance qui passaient sur la rivière lui semblaient aussi gros que des paquebots de ligne. Peut-être était-il un romantique. Les romantiques ont toujours peur, n'est-il pas vrai, que la réalité ne soit pas à la hauteur de leurs espérances. Ils exigent toujours trop.

— Et puis ?

— J'ai essuyé le revolver pour effacer mes empreintes et je l'ai rapporté. Bien entendu, Segura va s'apercevoir qu'on a tiré deux coups avec, mais je ne pense pas qu'il réclamera les balles. Ce serait un peu difficile de lui expliquer... Il dormait encore quand je suis rentré. Je tremble en pensant à l'état où doit être sa tête ce matin. J'ai moi-même assez mal aux cheveux. Mais j'ai essayé de suivre vos instructions, en ce qui concerne la photo.

— Quelle photo ?

— Il avait une liste des agents étrangers qu'il s'apprêtait à porter au chef de police. Je l'ai photographiée et je l'ai remise dans sa poche. Je suis content de penser que j'aurai envoyé un vrai rapport avant de donner ma démission.

— Vous auriez dû m'attendre.

— Comment faire ? Il allait s'éveiller d'un moment à l'autre. Mais ces photos microscopiques sont difficiles à prendre.

— Pourquoi diable avez-vous fait un microfilm ?

— Parce que nous ne pouvons pas nous fier au courrier de Kingston. Les amis de Carter — quels qu'ils soient — ont des copies des dessins de l'Oriente. Cela signifie qu'un agent double travaille quelque part. Peut-être votre contrebandier transporteur de drogues. Alors j'ai pris un microfilm en suivant vos indications, je l'ai collé derrière un timbre, et j'ai expédié par la poste un assortiment de cinq cents timbres de colonies britanniques, ce que nous avions décidé de faire en cas d'urgence.

— Maintenant, il faut leur indiquer par câble derrière quel timbre vous l'avez collé.

— Derrière quel timbre ?

— Vous n'imaginez pas qu'ils vont examiner un à un les cinq cents timbres, à la recherche d'un petit point noir ?

— Je n'ai pas réfléchi à cela. Quelle maladresse !

— Vous devez bien savoir derrière quel timbre...

— Je n'ai pas pensé à regarder l'autre face. Je crois que c'était George V et qu'il était rouge... ou vert.

— C'est d'un grand secours ! Vous rappelez-vous certains noms de la liste ?

— Non. Je n'ai pas eu le temps de la lire attentivement. Oui, je sais, Béatrice, je joue à ce jeu comme un idiot.

— Non. Les autres sont les idiots.

— Je me demande qui va se manifester, à présent. Le docteur Braun... Segura...

Mais ce ne fut ni l'un ni l'autre.

2

L'employé du consulat à l'air hautain fit son apparition dans le magasin, le jour suivant, à cinq heures. Il se tenait tout raide au milieu des aspirateurs, comme un touriste désapprobateur dans un musée d'objets phalliques. Il venait dire à Wormold que l'ambassadeur désirait le voir.

— Demain matin fera-t-il l'affaire ?

Wormold travaillait à son dernier rapport : la mort de Carter et sa propre démission.

— Pas du tout. Son Excellence a téléphoné de son domicile privé. Il faut que vous y alliez tout de suite.

— Je ne suis pas à son service.

— Vraiment ?

Wormold retrouva à Vedado les petites maisons blanches et les bougainvillées des riches. Il lui semblait que beaucoup de temps s'était écoulé depuis sa visite au professeur Sanchez. Il passa devant chez lui. Quelles querelles éclataient encore derrière les murs de cette maison de poupée ?

Il eut le sentiment que, dans la demeure de l'ambassadeur, tout le monde guettait son arrivée et que le vestibule et l'escalier avaient été soigneusement vidés de spectateurs. Au premier étage, une femme tourna le dos et s'enferma dans une chambre : l'ambassadrice, pensa-t-il. Deux enfants lancèrent un rapide coup d'œil par la rampe du second étage et se sauvèrent avec un claquement de petits talons sur le sol carrelé. Le majordome l'introduisit dans le salon, qui était désert, et ferma la porte derrière lui, furtivement. Par les hautes fenêtres, il voyait une longue pelouse verte et de grands arbres tropicaux. Même sous ces arbres, quelqu'un disparut rapidement.

La pièce ressemblait à beaucoup de salons d'ambassade et contenait de gros meubles hérités, mêlés à de petits objets personnels acquis dans des postes antérieurs. Wormold crut discerner un passage à Téhéran (une pipe de forme étrange, une plaque de céramique), à Athènes (une ou deux icônes), mais il fut momentanément intrigué par un masque africain… Monrovia peut-être.

L'ambassadeur entra ; c'était un homme grand, à l'aspect glacial, qui portait une cravate du régiment des Gardes et personnifiait dans l'ensemble ce que Hawthorne aurait sûrement souhaité être.

— Asseyez-vous, Wormold, dit-il. Cigarette ?

— Non, merci, Excellence.

— Ce fauteuil est plus confortable. Je crois qu'il est inutile de tourner autour du pot, Wormold. Vous avez des ennuis.

— Oui.

— Naturellement, j'ignore tout, absolument tout, de ce que vous faites ici.

— Je vends des aspirateurs électriques.

L'ambassadeur le regarda avec un dégoût non dissimulé.

— Des aspirateurs ? Ce n'est pas à cela que je faisais allusion.

Il détourna son regard du visage de Wormold pour le poser sur la pipe persane, l'icône grecque, le masque libérien. Ils figuraient comme l'autobiographie d'un homme qui n'aurait noté pour se rassurer que le souvenir de ses meilleurs jours.

— Hier matin, poursuivit-il, j'ai reçu la visite du capitaine Segura. Remarquez que je ne sais pas comment la police a été renseignée... je n'ai pas à le savoir, mais il m'a raconté que vous aviez expédié à Londres un grand nombre de rapports d'un caractère absolument fallacieux. Quels étaient là-bas vos correspondants, cela ne me regarde pas non plus. En fait, il m'a dit que vous vous étiez fait donner de l'argent, en prétendant posséder des sources d'information qui n'existent pas, tout bonnement. J'ai pensé qu'il était de mon devoir d'en aviser sur-le-champ le Foreign Office. J'ai cru comprendre que vous alliez recevoir l'ordre de rentrer à Londres pour rendre des comptes... à qui, je n'en ai pas la moindre idée, car mon rôle n'est pas de m'occuper de ce genre de choses.

Wormold vit deux petites têtes qui l'épiaient de derrière un des grands arbres. Il les regarda et elles le regardèrent... non sans sympathie, pensa-t-il.

— Oui, monsieur ? dit-il.

— J'ai eu l'impression que le capitaine Segura considérait que vous causiez ici beaucoup d'agitation. Je crois que, si vous refusiez de rentrer en Angleterre, vous auriez de graves difficultés avec les autorités locales ; or, étant donné les circonstances, je ne pourrais naturellement rien faire pour vous aider. Rien du tout. Le capitaine Segura vous soupçonne même d'avoir fabriqué de toutes pièces une espèce de document que vous prétendez avoir trouvé en sa possession. Toute cette histoire me semble fort déplaisante, Wormold. Je ne puis vous dire à quel point elle me déplaît. Les sources d'information correctes, à l'étranger, sont les ambassades. Nos attachés sont là pour assurer ce service. Les renseignements prétendus secrets ne font que causer des désagréments à tous les ambassadeurs.

— Oui, monsieur.

— Je ne sais pas si vous l'avez appris, car on l'a caché à la presse, mais un Anglais a été tué d'un coup de revolver l'avant-dernière nuit. Le capitaine Segura a insinué que cet Anglais et vous n'étiez pas étrangers l'un à l'autre.

— Je l'ai rencontré une fois, monsieur, à un banquet.

— Rentrez en Angleterre le plus vite possible, Wormold. Prenez le premier avion où vous trouverez de la place. Le plus tôt sera le mieux en ce qui me concerne. Et discutez votre cas avec ces gens, qui qu'ils soient.

— Oui, monsieur.

3

L'avion KLM devait décoller à trois heures trente du matin, pour Amsterdam, *via* Montréal. Wormold n'avait aucune envie de passer par Kingston où Hawthorne avait peut-être reçu des instructions et viendrait l'attendre. Le bureau se ferma sur un ultime câble, Rudy et sa valise étaient expédiés à la Jamaïque. Les livres-codes furent brûlés à grand renfort de feuilles de celluloïd, Béatrice partait avec Rudy. Les aspirateurs demeuraient sous la garde de Lopez. Tous les objets auxquels Wormold attachait quelque prix allèrent dans une caisse et il prit des dispositions pour que cette caisse suivît par bateau. La maison fut vendue… au capitaine Segura.

Béatrice l'aida à faire ses bagages. Le dernier objet qu'ils placèrent dans la caisse fut la statue de sainte Séraphina.

— Milly doit être très triste, dit Béatrice.

— Sa résignation est merveilleuse. Elle dit, comme sir Humphrey Gilbert, que Dieu est tout aussi près d'elle en Angleterre qu'à Cuba.

— Ce n'est pas tout à fait ce qu'a dit Gilbert.

Il restait à brûler toute une pile de vieilleries, non secrètes.

— Quelle masse de photographies d'*elle* vous aviez mises sous clé !

— Je croyais que déchirer une photographie faisait le même effet que tuer quelqu'un. Maintenant, je sais que c'est tout à fait différent.

— Qu'est-ce que c'est que cette boîte rouge ?

— Un jour, elle m'a donné des boutons de manchettes. On me les a volés, mais j'ai gardé l'écrin. Je ne sais pas pourquoi. Au fond, je suis content de voir disparaître tout ça.

— La fin d'une vie.

— De deux vies.

— Et ça ?

— C'est un vieux programme.

— Pas si vieux. Le *Tropicana*. Puis-je le conserver ?

— Vous êtes trop jeune pour conserver des choses, dit Wormold. Elles s'accumulent exagérément. Vous vous apercevrez qu'il ne vous reste plus de place pour vivre au milieu des boîtes pleines de vieux débarras.

— Tant pis, je me risque. Quelle merveilleuse soirée !

Milly et Wormold l'accompagnèrent à l'avion. Rudy disparut discrètement à la suite du porteur chargé de son énorme valise. C'était un après-midi de grosse chaleur et debout autour d'eux les gens buvaient des daiquiris. Depuis la demande en mariage du capitaine Segura, la duègne de Milly avait disparu et n'avait plus reparu, mais après son départ, l'enfant que Wormold avait souhaité revoir, la fillette qui avait mis le feu à Thomas Earl Parkman Junior n'était pas revenue non plus. On eût dit que Milly avait laissé derrière elle les deux personnages simultanément.

— Je vais chercher des magazines pour Béatrice, dit-elle avec un tact de grande personne.

Et elle alla s'installer, le dos tourné, devant l'étalage du marchand de journaux.

— Je suis désolé, dit Wormold. Dès que je serai rentré, j'irai leur dire que vous ne saviez rien. Je me demande où ils vont vous envoyer à présent.

— Peut-être dans le golfe Persique. Basra.

— Pourquoi le golfe Persique ?

— C'est pour eux l'équivalent du purgatoire. La régénération par la sueur et les larmes. Est-ce que les Rapidaspis ont une succursale à Basra ?

— J'ai bien peur que les Rapidaspis ne me gardent pas.

— Que ferez-vous ?

— J'ai assez d'argent — grâce au pauvre Raoul — pour envoyer Milly en Suisse pendant un an. Après cela, je ne sais pas.

— Vous pourriez ouvrir une de ces boutiques de « farces et attrapes », vous savez : le pouce taché de sang, l'encre renversée, la mouche sur le morceau de sucre. Que les départs sont des inventions sinistres ! Je vous en prie, n'attendez plus.

— Vous reverrai-je ?

— J'essaierai de ne pas partir pour Basra. J'essaierai de rester dans le pool des dactylos avec Angelina, Ethel et miss Jenkinson. Les jours de veine, je sortirai à six heures et nous nous rencontrerons dans une crémerie : petit repas léger, puis ciné. Une de ces existences horribles comme celle qu'on mène à l'Unesco entre les conférences de poètes modernes. Ici, avec vous, la vie était bien amusante.

— Oui.

— Maintenant, allez-vous-en.

Il alla au kiosque à journaux où il retrouva Milly.

— Nous partons, dit-il.

— Mais, Béatrice… elle n'a pas ses magazines.

— Elle n'en veut pas.

— Je ne lui ai pas dit au revoir.

— Trop tard. Elle a déjà franchi le contrôle des passeports. Tu la verras à Londres. Peut-être.

4

Ils eurent l'impression de passer dans des aéroports tout le temps qui leur restait. Ce fut enfin la gare KLM, il était trois heures du matin, le ciel était teint en rose par le reflet des pavillons éclairés au néon et des feux d'atterrissage, et c'était le capitaine Segura qui accompagnait les voyageurs jusqu'à l'avion. Il essayait de rendre ce geste officiel aussi « privé » que possible, mais cela ressemblait encore un peu à une déportation.

— Vous m'y avez poussé, disait Segura d'un ton de reproche.

— Vos méthodes sont plus douces que celles de Carter ou du docteur Braun. Qu'allez-vous faire du docteur Braun ?

— Il est obligé de rentrer en Suisse pour des raisons concernant ses instruments de précision.

— Avec un billet direct pour Moscou ?

— Pas nécessairement. Peut-être Bonn. Ou Washington. Ou même Bucarest. Je ne sais pas. Quels que soient ses amis, je crois qu'ils sont enchantés de vos dessins.

— Mes dessins ?

— Oui, de ces constructions dans l'Oriente. On le félicitera aussi d'être parvenu à supprimer un agent dangereux.

— Moi ?

— Oui. Cuba va retrouver un peu de tranquillité sans vous deux, mais Milly me manquera.

— Milly ne vous aurait jamais épousé, Segura. Elle n'aime pas vraiment les porte-cigarettes en peau humaine.

— Vous a-t-on jamais nommé l'homme dont c'est la peau ?

— Non.

— Un officier de police qui a torturé mon père à mort. Voyez-vous, mon père était pauvre, il appartenait à la classe torturable.

Milly les rejoignit, *Time, Life, Paris-Match* et *Quick* sous le bras. Il était près de trois heures quinze et l'on voyait à une bande grise au-dessus des projecteurs de la piste d'envol que la fausse aurore avait commencé. Les pilotes se dirigèrent vers l'appareil, suivis de l'hôtesse de l'air. Wormold les connaissait de vue tous les trois : il les avait rencontrés avec Béatrice au *Tropicana* des semaines et des semaines auparavant. Un haut-parleur annonça en anglais et en espagnol le départ du vol 396 pour Montréal et Amsterdam.

— J'ai un cadeau pour chacun de vous, dit Segura.

Il leur tendit deux petits paquets qu'ils ouvrirent tandis que l'avion tournait au-dessus de La Havane : le cordon des lumières qui courait le long de la plage s'effaça en oscillant mollement et la mer tomba comme un rideau sur tout ce passé. Dans le paquet de Wormold, il y avait une bouteille échantillon de Grant's Standfast et une balle qui avait été tirée par un revolver de police. Milly trouva dans le sien un petit fer à cheval en argent gravé à ses initiales.

— Pourquoi la balle de revolver ? demanda Milly.

— Oh ! une plaisanterie... d'un goût assez douteux. Malgré tout, ce n'était pas un mauvais type, dit Wormold.

— Non, mais pas pour en faire un mari, répliqua Milly, la grande personne.

Épilogue à Londres

1

Ils l'avaient regardé d'un air curieux lorsqu'il avait donné son nom, avant de le mettre dans l'ascenseur qui, à sa légère surprise, descendit au lieu de monter. Maintenant, il était assis dans un long couloir en sous-sol, les yeux fixés sur une lampe rouge allumée au-dessus d'une porte ; on lui avait dit que lorsque le signal deviendrait vert il pourrait entrer, mais pas avant. Des gens qui ne se préoccupaient pas de la couleur de la lumière entraient et sortaient ; certains portaient des papiers à la main, d'autres des serviettes de cuir, l'un était en uniforme de colonel. Personne ne faisait attention à Wormold : il avait l'impression de les gêner. On évitait de le regarder, comme on évite de regarder un infirme. Mais il est probable que sa claudication n'était pas en cause.

Sortant de l'ascenseur, Hawthorne arriva par le couloir. Il était fripé comme s'il s'était couché tout habillé. Peut-être arrivait-il de la Jamaïque par le vol de nuit sans escale. Lui aussi serait passé en feignant de ne pas voir Wormold si celui-ci n'avait pas parlé.

— Hello ! Hawthorne !

— Tiens, Wormold !

— Béatrice est-elle bien arrivée ?

— Mais oui, naturellement.

276

— Où est-elle ?

— Je n'en ai pas la moindre idée.

— Qu'est-ce qui se passe ici ? On dirait une cour martiale.

— C'est une cour martiale, dit Hawthorne d'un air glacé.

Et il franchit la porte où brûlait le signal. Il était onze heures vingt-cinq. Wormold avait été convoqué pour onze heures.

Il se demanda quelles sanctions on allait lui appliquer, en plus de le mettre à la porte, ce qui était sûrement déjà fait. Ils étaient sans doute en train d'essayer de prendre une décision à ce sujet. On pouvait difficilement lui appliquer la loi sur les secrets officiels. Il avait inventé des secrets, il n'en avait pas trahi. Sans doute pouvait-on lui créer des difficultés s'il essayait de trouver une situation à l'étranger ; or, en Angleterre, les situations pour un homme de son âge ne couraient pas les rues ; mais il n'avait pas la moindre intention de leur rendre l'argent : c'était pour Milly. Il avait l'impression de l'avoir bien gagné, en servant de cible d'abord au poison de Carter, puis au revolver de Carter.

À onze heures trente-cinq, le colonel ressortit, le visage pourpre et l'air furieux, et se dirigea à grandes enjambées vers l'ascenseur. « Voilà l'impitoyable juge qui passe », pensa Wormold. Un homme en veston de tweed sortit ensuite. Ses yeux bleus étaient enfoncés dans leurs orbites et, même sans qu'il portât son uniforme, on voyait que c'était un marin. Il regarda Wormold par inadvertance et détourna aussitôt les yeux, en homme intègre.

— Attendez-moi, mon colonel.

Et il descendit le couloir avec un léger mouvement de roulis, comme s'il était encore sur sa passerelle par mauvais temps. Hawthorne entra alors en conversation avec un très jeune homme, et Wormold eut brusquement le souffle coupé net, car la lumière était devenue verte, et Béatrice était là.

— Il faut que vous entriez, dit-elle.

— Quel est le verdict ?

— Je ne peux pas vous parler en ce moment. Où êtes-vous descendu ?

Il le lui dit.

— Je viendrai vous voir à six heures. Si je peux.

— Vont-ils me fusiller à l'aube ?

— Ne vous inquiétez pas. Entrez maintenant. Il n'aime pas qu'on le fasse attendre.

— Et vous ? Que vous arrive-t-il ?

— Djakarta, répondit-elle.

— Qu'est-ce que c'est que ça ?

— Le bout du monde. Plus loin que Basra. Entrez, je vous prie.

Un homme qui portait un monocle noir était assis tout seul derrière un bureau.

— Asseyez-vous, Wormold, dit-il.

— Je préfère rester debout.

— Oh ! c'est une citation, si je ne m'abuse.

— Une citation ?

— Je suis sûr que j'ai entendu cette réponse dans une pièce, à une représentation d'amateurs. Il y a de nombreuses années, cela va de soi.

Wormold s'assit.

— Vous n'avez pas le droit de l'envoyer à Djakarta, dit-il.

— Envoyer qui à Djakarta ?

— Béatrice.

— Qui est-ce ? Oh ! cette secrétaire que vous aviez. Comme je déteste tous ces noms de baptême. Il faudra que vous en parliez à miss Jenkinson. C'est elle qui s'occupe du pool, ce n'est pas moi, Dieu merci !

— Elle n'est mêlée à rien.

— À rien ! Écoutez, Wormold. Nous avons décidé de supprimer votre poste, et la question se pose : qu'allons-nous faire de vous ?

« Nous y voilà », pensa Wormold. À en juger d'après la figure du colonel qui avait été un de ses juges, il imagina que ce qui allait venir ne serait pas agréable. Le chef enleva son monocle noir et Wormold fut surpris par l'œil bleu de bébé.

— Nous avons pensé que, étant donné les circonstances, il valait mieux pour vous que vous restiez en Angleterre... parmi notre personnel enseignant. Vous ferez des conférences. Organisation et direction d'un poste à l'étranger. Ce genre de questions.

Il fit la mine de quelqu'un qui avale une chose très mauvaise.

— Naturellement, ajouta-t-il, comme nous le faisons toujours quand un de nos agents rentre après avoir occupé un poste à l'étranger, nous poserons votre candidature pour une décoration. Je crois que dans votre cas — vous n'y êtes pas resté très longtemps — nous ne pouvons guère suggérer une distinction plus élevée que le OBE[1].

2

Ils s'abordèrent, cérémonieusement, au milieu d'une forêt vierge de sièges d'un vert cendré, dans un hôtel bon marché près de Gower Street, appelé le *Pendennis*.

— Je ne crois pas que je pourrai vous offrir à boire, dit Wormold. Pas de boissons alcoolisées dans cette maison.

— Alors, pourquoi y êtes-vous descendu ?

— J'y venais avec mes parents quand j'étais petit. Je ne me rendais pas compte alors que c'était anti-alcoolique : ça ne me dérangeait pas. Béatrice, que s'est-il passé ? Sont-ils fous ?

— Ils sont fous furieux contre nous deux. Ils disent que j'aurais dû me douter de ce qui se passait. Le chef

_____

1. *Order of British Empire. (N.d.T.)*

avait réuni un vrai jury. Toutes ses liaisons y étaient, avec le ministère de la Guerre, la Marine et l'Air. Ils avaient tous vos rapports du premier au dernier étalés devant eux et ils les ont étudiés, un à un : « Infiltration communiste dans le gouvernement », personne n'a fait attention à la note adressée au ministère des Affaires étrangères annulant celui-là. Il y avait des rapports économiques qu'ils s'accordèrent pour désavouer aussi. Seul le ministère du Commerce s'en soucierait. Personne ne prit vraiment la mouche jusqu'à ce que surgissent les rapports sur la Défense nationale. Il y en avait un sur le mécontentement dans la Marine et un autre sur les bases de ravitaillement en carburant pour les submersibles.

« — Il doit y avoir une certaine vérité dans ceux-ci, a dit le commandant.

« — Cherchez l'informateur, ai-je rétorqué, il n'existe pas.

« — Nous allons avoir l'air si bête, a dit le commandant. Ils seront contents comme des rois dans le contre-espionnage de la Marine.

« Mais ça n'est rien, comparé à leur agitation quand on s'est mis à discuter les constructions.

— Ils avaient vraiment gobé ces espèces de dessins ?

— C'est à ce moment-là qu'ils ont attaqué le pauvre Henry.

— Comme je voudrais que vous ne l'appeliez pas Henry !

— Ils lui ont dit d'abord qu'il n'avait jamais signalé que vous vendiez des aspirateurs, et qu'il vous avait présenté comme une sorte de prince-marchand. Le chef n'a pas pris part à cette offensive. Il avait l'air gêné, je ne sais pourquoi ; d'ailleurs, Henry — je veux dire Hawthorne — a sorti le dossier, et tous les détails y étaient. Bien entendu, ces renseignements n'avaient jamais dépassé le pool de miss Jenkinson. Puis ils lui ont dit, à Hawthorne, qu'il aurait dû reconnaître les pièces détachées d'un aspirateur. Il a répondu qu'il les avait reconnues, mais qu'il n'y avait pas de raison pour que le *principe* d'un aspirateur par le vide ne puisse s'appliquer à une machine de guerre. Après ça, ils ont réellement réclamé votre tête, tous sauf le chef. Par moments, j'avais l'impression qu'il discernait le côté amusant de la chose. Il leur a dit :

« — Ce qui nous reste à faire est très simple. Nous devons aviser l'Amirauté, la Guerre et le ministère de l'Air que tous les rapports envoyés de La Havane au cours des six derniers mois sont totalement indignes de foi.

— Mais, Béatrice, ils m'ont offert une situation.

— Facile à expliquer. C'est le commandant qui s'est dégonflé le premier. Peut-être que sur mer on apprend à voir de loin. Il a dit que cela serait une catastrophe pour le prestige de l'Amirauté. À l'avenir, ils ne se fieraient qu'au contre-espionnage de la Marine. Alors, le colonel a déclaré :

« — Si je raconte ça à la Guerre, nous pouvons aussi bien faire nos paquets.

« Ils ont eu la sensation d'être dans une impasse, jusqu'à ce que le chef eût suggéré que la solution la plus simple serait de faire circuler un rapport supplémentaire émanant de 59200-5 disant que les constructions avaient été un échec et qu'on les avait démantelées. Restait naturellement à décider de votre sort. Le chef exprima le sentiment que vous aviez acquis une expérience précieuse qui devrait être mise au service du département plutôt qu'autorisée à alimenter la presse populaire. Trop de gens avaient publié récemment les souvenirs de leur passage dans les Services secrets. Quelqu'un prononça les mots : Secrets officiels, mais le chef riposta que votre cas ne tombait pas sous le coup de cette loi. J'aurais voulu que vous voyiez leur tête quand on les a frustrés de leur victime. Bien entendu, ils se sont retournés contre moi, mais je n'étais pas disposée à subir des interrogatoires de cette clique. Alors, je me suis mise à parler.

— Que diable leur avez-vous raconté ?

— Je leur ai dit que vous aviez travaillé pour quelque chose d'important et pas pour l'idée qu'un individu quelconque se faisait d'une guerre mondiale qui n'éclaterait peut-être jamais. L'imbécile déguisé en colonel a dit une phrase où il était question de « votre patrie ». Je lui ai répliqué :

« — Qu'appelez-vous sa patrie ? Un drapeau inventé Dieu sait par qui voilà deux cents ans ? Le Banc des évêques discutant le principe du divorce, et la Chambre des communes où les députés se crient « Ya » d'un côté à l'autre ? Voulez-vous parler du TUC[1], des Chemins de fer britanniques et des Co-Ops[2] ? Vous pensez probablement que c'est votre régiment, si par hasard vous prenez la peine de penser, mais ni lui ni moi n'avons de régiment.

« Ils ont essayé de m'interrompre, mais j'ai continué :

« — Oh ! j'oubliais... il y a des choses plus grandes que notre pays, n'est-ce pas ? Vous nous avez enseigné cela avec votre Société des Nations et votre pacte Atlantique, OTAN et ONU et SEATO. Mais ils n'ont pas plus de signification pour nous que toutes vos autres initiales, USA et URSS. Et nous avons cessé de vous croire quand vous dites que vous désirez la paix, la justice et la liberté. Quelle sorte de liberté ? Vous désirez faire votre carrière.

« Et j'ai ajouté que je sympathisais avec les officiers français qui, en 1940, s'étaient occupés de leurs familles ; eux du moins n'avaient pas fait passer leur carrière avant tout. Un pays est plus une famille qu'un système parlementaire.

— Mon Dieu, vous avez dit tout cela !

— Oui. Oh ! j'ai fait un vrai discours !

— Et vous croyez ce que vous avez dit ?

---

1. *Trade Unions Congress. (N.d.T.)*
2. Sociétés de ventes au détail, coopératives. *(N.d.T.)*

— Pas tout. Ils ne nous ont pas laissé grand-chose en quoi l'on puisse croire, n'est-ce pas ?... fût-ce l'incroyance. Je ne puis croire à rien qui dépasse la taille d'un foyer ou qui soit plus vague qu'un être humain.

— N'importe quel être humain ?

Elle s'écarta de lui d'un mouvement vif, parmi les sièges vert cendré, et il s'aperçut qu'à force de parler elle était parvenue au bord des larmes. Dix ans avant, il l'eût suivie, mais la quarantaine est l'âge de la mélancolique prudence. Il la regarda errer dans le salon morne, en pensant « chéri » se dit machinalement, façon de parler, quatorze ans de différence, Milly... on ne doit rien faire qui puisse choquer son propre enfant, ou blesser la foi qu'on ne partage pas. Béatrice était au seuil de la porte lorsqu'il la rattrapa.

— J'ai cherché Djakarta dans tous les dictionnaires, dit-il. Vous ne pouvez pas y partir. C'est un endroit affreux.

— Je n'ai pas le choix. J'ai essayé de rester dans les bureaux.

— Auriez-vous aimé travailler dans les bureaux ?

— Nous aurions pu nous rencontrer dans une crémerie de temps en temps, et aller au cinéma.

— « Une vie horrible »... c'est vous qui l'avez dit.

— Vous en auriez fait partie.

— Béatrice, j'ai quatorze ans de plus que vous.

— Qu'est-ce que cela peut bien faire ? Je sais ce qui vous inquiète en réalité. Ce n'est pas votre âge... C'est Milly.

— Il faut qu'elle apprenne que son père est humain, lui aussi.

— Elle m'a dit un jour que ça ne me mènerait à rien de vous aimer.

— Il faut que ça mène quelque part. Je ne peux pas continuer de vous aimer à sens unique.

— Ce ne sera pas facile de le lui apprendre.

— Ce ne sera peut-être pas facile de vivre avec moi dans quelques années.

— Mon chéri, dit-elle, ne vous préoccupez pas de cela. Vous ne serez pas abandonné deux fois.

Au moment où ils s'embrassaient, Milly entra, elle portait une grande corbeille à ouvrage pour aider une vieille dame. Milly avait un air particulièrement vertueux. Elle inaugurait probablement une série de « bonnes actions ». La vieille dame fut la première à voir le couple et elle s'accrocha au bras de Milly.

— Partons, mon enfant, dit-elle. A-t-on jamais… Ici, où tout le monde peut les voir !

— Ça va, dit Milly, ce n'est que mon père.

Le son de sa voix les fit se séparer.

— Est-ce votre mère ? demanda la vieille dame.

— Non. C'est sa secrétaire.

— Donnez-moi ma corbeille ! s'écria la vieille dame, indignée.

— Voilà, dit Béatrice, rien à ajouter.

— Je te demande pardon, Milly, dit Wormold.

— Oh ! dit Milly, il était temps qu'elle apprenne un peu ce que c'est que la vie.

— Ce n'est pas à cette vieille dame que je pensais. Je sais que cela ne te fera pas l'effet d'être un vrai mariage…

— Je suis contente que vous vous épousiez. À La Havane, j'ai cru que c'était une liaison. Bien sûr, ça revient au même, puisque vous êtes déjà mariés tous les deux… mais tout de même, ça aura l'air plus digne. Papa, est-ce que tu sais où se trouve Tattersall[1] ?

— Knightsbridge, je crois, mais ce sera fermé.

— Je voulais voir seulement par où je peux y aller.

— Et… tu n'es pas contrariée, Milly ?

— Oh ! les païens peuvent faire n'importe quoi ou presque, et vous êtes des païens. Heureux mortels ! Je serai de retour pour le dîner.

---

1. Célèbre sellier-maroquinier de Londres. *(N.d.T.)*

— Vous voyez, dit Béatrice, que ça s'est très bien passé.

— Oui, j'ai bien su la prendre, vous ne trouvez pas ? Il y a certaines choses que je réussis à faire. Au fait, le rapport sur les agents de l'ennemi… ils en ont sûrement été contents.

— Pas précisément. Voyez-vous, chéri, le laboratoire a été forcé de faire tremper les timbres dans l'eau un à un pendant une heure et demie pour essayer de repérer votre point noir. Je crois qu'ils y sont arrivés au quatre cent quatre-vingt-deuxième timbre. Et puis, lorsqu'ils ont voulu faire un agrandissement, eh bien, ils n'ont absolument rien trouvé. Vous aviez sans doute surexposé, ou bien vous vous étiez servi du mauvais bout du microscope.

— Et cependant ils me donnent le OBE ?

— Oui.

— Et une place.

— Je doute que vous y restiez longtemps.

— Je n'en ai pas l'intention. Béatrice, quand avez-vous commencé à penser que vous…

Elle lui posa la main sur l'épaule et l'obligea à se déplacer, en traînant les pieds, entre les chaises à l'aspect lugubre. Puis elle se mit à chanter, un peu faux, comme si elle avait couru pendant longtemps pour arriver à le rattraper :

> *Vieux amis de la famille,*
> *Des gens fort sensés vous entourent,*
> *Ils disent que la Terre est ronde,*
> *Et ma folie les scandalise.*
> *La pomme a, dit-on, une écorce,*
> *L'orange est pleine de pépins…*

— De quoi allons-nous vivre ? demanda Wormold.

— Nous nous débrouillerons toujours, vous et moi.

— Mais nous sommes trois, dit-il.

Et Béatrice comprit alors quel serait le problème essentiel de leur avenir : Wormold ne serait jamais tout à fait assez fou.

Achevé d'imprimer en mars 2005
dans les ateliers de Normandie Roto Impression s.a.s.
61250 Lonrai
N° d'impression : 05-0741
N° d'édition : 3246
Dépôt légal : avril 2001
Nouvelle édition : avril 2005
Imprimé en France